Shari Lapena

Nadie lo vio venir

Traducción de
Francisco González López

SUMA de letras

Papel certificado por el Forest Stewardship Council®

MIXTO
Papel | Apoyando la silvicultura responsable
FSC® C117695

Penguin Random House Grupo Editorial

Título original: *She Didn't See It Coming*

Primera edición: enero de 2026

Printed in Spain – Impreso en España

ISBN: 978-84-10257-86-3
Depósito legal: B-19635-2025

Compuesto en Mirakel Studio, S. L. U.

Impreso en Black Print CPI Ibérica
Sant Andreu de la Barca (Barcelona)

SL57863

A las bibliotecas públicas de todo el mundo,
y a las personas que las sostienen

16

Seis semanas antes

Prólogo

Seis semanas antes

Bryden Frost llega tarde. Si no recoge a su hija, Clara, de la guardería en los próximos minutos, recibirá una amonestación y una multa por retraso. La multa le da igual, lo que quiere evitar es la amonestación. Sabe que, siendo las cinco de la tarde de un martes a finales de enero, en Albany, Nueva York —una ciudad de unos cien mil habitantes—, es normal encontrar tráfico, pero hoy está peor de lo habitual. Avanza unos metros y frena, avanza unos metros y frena. Mira de reojo el teléfono móvil, colocado en el portavasos, a su derecha, inquieta por si la llaman de la guardería. O le mandan un mensaje de texto. ¿Por qué mandan mensajes si saben que está en el coche, de camino?

Resopla detrás de un camión enorme que le bloquea la visión. ¿Qué demonios está pasando? Piensa en Clara, tan pequeña y adorable, la luz de su vida, esperándola en la guardería. ¿Será la única niña que quede por recoger? No, no puede ser. Parte del personal se queda un poco más de tiempo porque hay padres que salen de trabajar más tarde. ¿Será consciente con tres años de que su madre se ha retrasado? ¿Se sentirá triste, abandonada? ¿Le habrán puesto ya su pequeña chaqueta de pana rosa? ¿Se encogerá su corazoncito cuando vea que otros padres recogen con entusiasmo a sus hijos? ¿O estará distraída con alguna cuidadora amable, quizá Hilda, tan atenta y experta en prevenir cualquier disgusto antes de que ocurra? Esa mujer vale su peso en oro. Pero, si es Sandy la que está con ella, estará mirando el móvil, seguro, pensando en sus cosas, sin preocuparse por los sentimientos de Clara. Y Clara es tan sensible. Su niña orquídea.

—¡Por el amor de Dios! —murmura Bryden, exasperada por la demora. Son las 17.04 y tenía que recoger a Clara a las 17.00. Debería pedir trabajar desde casa más a menudo, así sería todo más fácil. Los coches empiezan a moverse de nuevo y ve una oportunidad de cambiarse al carril derecho. Pega un volantazo con la esperanza de adelantar al camión alto que tiene delante y recuperar algo de tiempo. Dentro de pocos metros hay un cruce y reza para que el semáforo no se ponga en rojo. Delante tiene un Tesla negro, muy elegante. Oye que le llega un mensaje y mira automáticamente el teléfono. Cuando ve en la pantalla el nombre «Guardería Dandylion», su cuerpo se proyecta hacia delante, el cinturón de seguridad la retiene con brusquedad y un ruido estridente y horrible resuena en sus oídos.

Pese a que solo iba a treinta por hora, siente el impacto, el sobresalto, el estruendo. Alza la mirada, incrédula, y se da cuenta de que ha chocado con el Tesla, que se había detenido ante el semáforo en ámbar. «¡Mierda!».

Se queda quieta un momento, aturdida, con ambas manos sobre el volante, con la mirada al frente, diciéndose a sí misma que no ha sido tan grave. Los airbags ni siquiera se han activado; ha sido más el ruido y el susto que otra cosa. El corazón le late con fuerza y se da cuenta de que respira de forma rápida y entrecortada. La persona a la que ha golpeado conduce un coche de lujo, está claro que hoy no es su día de suerte.

Mientras piensa en todo esto, ve que un hombre alto, ataviado con un traje oscuro y un abrigo de lana abierto, sale lentamente del Tesla y cierra la puerta. La observa y sus miradas se cruzan a través del parabrisas. Luego avanza despacio hacia la parte trasera de su coche, en dirección a ella.

«Mierda, mierda, mierda». Aún no sabe si está enfadado o no. Lo que más le llama la atención, a medida que se acerca, es lo atractivo que es, parece un actor de cine. Bryden sale con torpeza de su coche, un Volvo viejo pero duro como un tanque: seguro que el parachoques trasero del Tesla está totalmente abollado. Los coches vuelven a circular y está a esto y nada de que la atropelle uno. Respira hondo y mira al hombre que tiene enfrente.

No da la impresión de que esté enfadado. Parece… cordial. Razonable. Gracias a Dios. En este momento se ve incapaz de lidiar con la rabia de otro conductor. Se mostrará conciliadora. Pagará lo que haga falta. Todo saldrá bien.

—Vaya —dice él. Y, por un momento, Bryden no tiene nada claro por dónde va a salir. Está demasiado impresionada por su aspecto. Es alto, bien proporcionado, elegante, lleva un traje y un abrigo caros. Tiene el pelo negro y espeso, los ojos azules y barba de un par de días. Se pregunta a qué se dedicará. Hay algo en él un tanto inquietante, como si en el fondo estuviese molesto pero intentara no demostrarlo. Claro que está molesto, piensa; su coche parecía recién salido del concesionario. Impoluto. El suyo, en cambio, tiene mugre acumulada a lo largo del mes. Y es probable que él también vaya con retraso a donde sea que se dirija.

Entonces sonríe y su rostro se transforma. Como si hubiese decidido dejar el incidente atrás, perdonarla, mostrarse encantador y no complicarle la vida. Ella se siente agradecida. Su marido, cuando vea la factura, igual no tanto.

—Lo siento muchísimo —dice nerviosa. Nunca había tenido un accidente de tráfico—. Iba a recoger a mi hija de la guardería y llego tarde —balbucea, intentando explicarse—, y me han enviado un mensaje y me he distraído... Lo siento, ha sido culpa mía, totalmente mía. —Cualquier esperanza de recoger a Clara a una hora razonable ya se ha desvanecido, por supuesto. Tiene que llamar a Dandylion y avisar de que ha tenido un percance con el coche. No pueden amonestarla por eso, ¿no?

Él sigue mirándola a los ojos y Bryden no puede evitar sonrojarse. Se aparta el pelo de la cara y, de repente, se siente un poco avergonzada. Se pregunta qué estará pensando él. Ahora es madre y a menudo olvida que los hombres suelen encontrarla atractiva. Sin saber muy bien por qué, mira de reojo su mano izquierda y ve una alianza de oro en el dedo anular. Eso la tranquiliza: no está flirteando, solo le presta atención.

—Vamos a ver los daños, ¿le parece? —dice él con naturalidad, y luego se da media vuelta para examinar la parte trasera de su coche. Se acuclilla y la examina.

El parachoques está abollado. Llama mucho la atención en un coche tan nuevo y reluciente, parece que lo acabase de comprar. Ella desea con todas sus fuerzas que no sea el caso. No recuerda la última vez que lavó el suyo, ni siquiera se molesta en comprobar si tiene daños; está pendiente de él, de cómo acaricia la superficie del parachoques. Hay algo casi tierno en el gesto. El hombre vuelve a mirarla y su sonrisa se ha esfumado. Luego mira el Volvo, y después a ella.

—El suyo parece estar bien —comenta—. El mío, en cambio...

Bryden agradece que no le grite ni la insulte por haberle destrozado la parte trasera de su vehículo.

—Lo siento mucho. ¿Cree que será muy cara la reparación? —Y entonces se siente tonta por haberle hecho esa pregunta. Claro que sí. Él pone cara de «me temo que bastante» y ella dice—: Disculpe, tengo que llamar a la guardería.

Se aleja un poco y llama a Gwen, la directora de Dandylion, para explicarle el motivo de su retraso. Le pide que le cobre por el tiempo extra y que, por favor, tranquilice a Clara, que le diga que todo está bien y que llegará en cuanto pueda.

—¿Le importa pedirle a Hilda que se lo diga, por favor? —añade.

—Por supuesto —responde Gwen.

Gwen sabe que a Bryden le gusta el modo en que Hilda interactúa con su hija; a todos los padres les gusta.

—Gracias —contesta Bryden con calidez, y vuelve a centrarse en el asunto que tiene entre manos. Él espera a que finalice la llamada.

—¿Quiere que lo tramitemos a través del seguro o por nuestra cuenta? —le pregunta.

Bryden no está segura.

—Pues ahora mismo no sé decirle, es la primera vez que tengo un accidente con el coche. No sé cómo funciona. Tendré que hablarlo con mi marido —responde.

—De acuerdo. Pues nos pasamos los datos entonces. —Intercambian sus números de teléfono y se facilitan el nombre, la dirección y los datos del seguro de cada uno—. Llevaré el coche mañana para que me den presupuesto —añade—. Después me pondré en contacto con usted para ver cómo lo hacemos.

—Vale, de acuerdo. Lo siento mucho —repite Bryden.

Él vuelve a esbozar esa sonrisa tan encantadora.

—Cosas que pasan —dice. A continuación, camina con elegancia hacia su abollado Tesla y se va.

Bryden se monta en su Volvo y conduce con más cuidado el resto del camino hasta la guardería, pensando en cuánto costará la reparación. No es el fin del mundo, pueden permitírselo, pero será un golpe al bolsillo. Seguidamente intenta apartar el pensamiento de su cabeza y centrarse en la alegría inminente de ver a su hija.

1

En la actualidad

Bryden anima a Clara a que se termine los Cheerios y el plátano. Debe prepararla para llevarla a la guardería. Hoy es martes y va a trabajar desde casa —un apartamento ubicado en el barrio residencial de Buckingham Lake— porque aquí tiene menos distracciones y le cunde más que en la oficina. Es contable en una empresa mediana y bastante prolífica situada en Pearl Street, en el centro de Albany, y no le ponen reparos a que teletrabaje.

Su marido, Sam, aparece en la cocina ya vestido para irse al trabajo, ajustándose una corbata de seda estampada. Le da un beso en la mejilla y se dirige a la cafetera. De espaldas a ella, mientras se sirve el café, le pregunta:

—¿Qué haces hoy? ¿Trabajas desde casa?

—Sí, te lo dije anoche, ¿no te acuerdas?

—Es verdad. —Se gira para mirarla y sonríe—. Además, llevas tu uniforme de teletrabajo.

Ella se ríe y se mira la sudadera y las mallas que lleva puestas.

—Es lo mejor de trabajar en casa, que no necesitas arreglarte.

Sam prepara unas tostadas y se las come sentado a la mesa de la cocina, junto a su hija, mientras le hace muecas para que se ría; Bryden, entretanto, se asegura de que Clara tenga todo listo para la guardería.

Sam es el primero en irse del apartamento. Trabaja como gestor de carteras en Kleinberg Wealth y hoy tiene una reunión a primera hora. Antes de que se vaya, Bryden coge a Clara y se dan un abrazo grupal en la entrada; luego, le da un beso a su marido antes de que se ponga el abrigo. Madre e hija le dicen adiós con la mano desde la puerta, lo ven caminar por el pasillo y entrar en el ascensor para bajar al garaje, donde está su coche. Tarda catorce minutos en llegar a su oficina, ubicada en el centro de Albany.

Poco después, Bryden entra en el ascensor con Clara, baja al garaje y abrocha a su hija en la sillita del Volvo para llevarla a la guardería.

Ese mismo día, a media tarde, Sam Frost se encuentra en una reunión con un cliente de alto perfil. Están sentados a una mesa larga, frente a unas ventanas de cristal con vistas panorámicas de la ciudad, cuando Connie le hace una señal a través de la pared de vidrio: quieren hablar con él por teléfono. Él niega con la cabeza. Si tiene el móvil apagado durante las reuniones es por algo. Pero ella insiste, le hace gestos y muecas, y a Sam no le queda más remedio que disculparse y salir.

—¿Qué es tan importante como para interrumpir la reunión?

—Es de la guardería de su hija.

—¿Está bien? —pregunta él enseguida.

—Sí, está bien, pero su mujer no ha pasado a recogerla.

Mira el reloj. Son las 17.30. Bryden siempre la recoge a las 17.00.

—¿En serio?

—Creo que debería atender la llamada.

La sigue hasta la recepción y coge el teléfono.

—Sam Frost —dice.

—Señor Frost, disculpe que lo moleste, pero Bryden no ha venido a recoger a Clara y no responde ni a las llamadas ni a los mensajes.

—Debe de estar en el coche, de camino —responde él—. ¿Podrían esperar un poco más?

—No nos vamos hasta las seis y media. Pero alguien tendrá que venir a por ella antes de esa hora.

Sam hace cálculos mentales.

—De acuerdo: si Bryden no llega antes de las seis, iré yo a por la niña. Me encuentro a pocos minutos de allí. Pero seguro que aparecerá en cualquier momento. Intentaré ponerme en contacto con ella.

—Gracias, señor Frost.

Cuelga. Connie lo mira.

—¿Todo bien? —pregunta.

—Seguro que sí —contesta Sam—. Algo la debe de haber retenido.

Le envía un mensaje: «¿Estás bien?». Observa el móvil unos segundos, pero no hay respuesta. La llama, pero salta el buzón de voz.

—Seguro que va al volante —le dice a Connie.

Regresa a la reunión, que termina poco después. Son las seis de la tarde y no ha logrado localizar a Bryden, así que llama a la guardería. Contesta Gwen, la directora.

—Íbamos a llamarlo, señor Frost. Bryden no ha llegado todavía. Espero que se encuentre bien.

—No sé qué le habrá pasado —dice Sam, permitiendo que la preocupación penetre en su voz—. Pero salgo para allá ahora mismo.

Mira a Connie, que sigue allí, expectante.

—Esto es muy raro. La he llamado y le he mandado mensajes, y en la guardería también lo han intentado, pero no responde. Ya debería haber llegado.

Por si acaso, llama de nuevo a Bryden mientras Connie lo observa. Nada, sin respuesta. Deja otro mensaje:

—Estoy muy preocupado, Bryden. Por favor, ponte en contacto conmigo. Voy a recoger a Clara.

Sam sale rápidamente de la oficina y conduce deprisa, tanto como se atreve, hasta llegar a la guardería, situada a medio camino entre el centro y su apartamento, en la zona noroeste de la pequeña ciudad de Albany. Lo primero que hace es abrazar a Clara y cubrir con besos las lágrimas de su rostro hasta arrancarle una sonrisa. Luego mira a Gwen, que se ha quedado esperándolo.

—Lo siento, no sé qué le habrá pasado a Bryden. Seguro que hay una explicación. —Nunca había ocurrido algo así. Deja a su hija en el suelo y la coge de la mano—. Vamos a buscar a mamá, ¿vale?

Salen de la guardería como si no pasara nada. Es importante actuar con normalidad delante de su hija, piensa, aunque esto no tenga nada de normal.

Entran en el garaje y lo primero que ve Sam es el coche de su mujer, en su sitio habitual. Aparca en la plaza de al lado.

—Mira, el coche de mamá está aquí —le dice a Clara. Su voz suena falsa, con un optimismo impostado.

Baja del coche y echa un vistazo por las ventanillas del Volvo, pero está vacío. Luego ayuda a Clara a salir de la sillita.

Se montan en el ascensor del sótano 1B y suben al octavo piso. Las puertas se abren, Sam avanza por el pasillo silencioso de la mano de su hija. La moqueta amortigua el ruido de sus pasos; siente el golpeteo de su propio corazón.

Al abrir la puerta, ve el bolso de Bryden encima de la mesita del recibidor, bajo el espejo. Todo parece normal, como siempre. Llama a su mujer mientras cierra la puerta.

—¿Bryden?

Ninguna respuesta.

El recibidor y el pequeño pasillo conducen al salón, un espacio amplio y abierto. A la izquierda está el comedor y, sobre la mesa, donde ella suele trabajar cuando se queda en casa, se encuentra su portátil, abierto. Y el móvil, al lado. Sam hace una búsqueda rápida por todas las habitaciones, mientras Clara, de tres años, lo sigue como un cachorrillo nervioso. Mira en la cocina, luego revisa el dormitorio principal y el baño en suite, después la habitación de Clara, el estudio, el otro baño. Todo parece estar en su sitio, tal como debería. El apartamento está ordenado, como de costumbre. Pero no hay rastro de Bryden. Vuelve apresurado al comedor. El portátil de su mujer está encendido, pero en modo de reposo. Como si hubiese salido con la intención de volver enseguida.

Luego revisa el apartamento de nuevo, pero esta vez con más cuidado. No hay ninguna nota en el frigorífico ni en ningún otro sitio. Clara empieza a darse cuenta de que algo va mal de verdad.

—¿Dónde está mamá? —pregunta. El labio inferior le tiembla, está a punto de echarse a llorar.

—No lo sé, cariño, pero ya verás como vuelve pronto. Seguro que tenía una cita y a mí se me olvidó que debía ir yo a recogerte. Papi tonto. La encontraremos, te lo prometo.

Levanta a la niña en brazos, sale de casa y llama al apartamento 808, dos puertas más allá de la suya. Se da cuenta de que casi la está aporreando y se obliga a calmarse.

Angela Romano abre con cara de sorpresa. Los observa durante un instante: él con Clara en brazos, el gesto de preocupación.

—Sam, ¿qué pasa?

—¿Sabes dónde está Bryden? —pregunta él directamente.

—No, he llegado a casa hace una hora. No la he visto.

—No ha ido a recoger a Clara a la guardería y tampoco está en casa. No sé dónde puede estar.

Clara empieza a llorar.

Ahora Angela se muestra preocupada. De forma instintiva, extiende los brazos hacia la niña y la coge.

—Clara, ¿quieres saludar a Savanah? Está en el salón.

La deja en el suelo y le da una palmadita en el culete para que vaya con su hija, que también es su mejor amiga. Clara y Bryden pasan mucho tiempo con Angela y su hija.

Una vez que Clara se va, Sam no tiene que seguir fingiendo que todo está bien.

—Se ha dejado el bolso y el móvil en la casa, y su coche está en el garaje —dice Sam. Angela mira el reloj. Sam sabe que son casi las seis y media—. Se suponía que tenía que recoger a Clara a las cinco. ¿Dónde coño se ha metido?

—No lo sé —responde Angela en voz baja pero tensa—. Déjame a Clara un rato. Y envíame un mensaje cuando la encuentres, ¿vale? Mantenme informada de todo.

Sam nota que su vecina está intentando mantener la calma por él, pero es obvio que también está preocupada.

—De acuerdo. Gracias.

Vuelve a toda prisa a su apartamento y llama a la hermana de Bryden, Lizzie, que vive en el centro, no muy lejos de ellos.

—¿Qué? —dice Lizzie cuando se lo cuenta.

—¿Has hablado hoy con Bryden? —pregunta Sam.

—No, ¿y tú? ¿Cuándo hablaste con ella por última vez?

—Esta mañana, cuando me fui a trabajar. Su móvil está aquí y el bolso también, pero ella no. —Está ansioso y se le nota en la voz mientras camina de un lado a otro por el apartamento. En el comedor, mientras habla con Lizzie, coge el móvil de Bryden y revisa rápidamente los últimos mensajes. Sabe su contraseña y ella la suya. Ve los de la guardería y los suyos propios: no ha respondido a ninguno. No hay nada que le dé pistas acerca de adónde puede haber ido—. ¿Qué hago?

—¿Le has preguntado a Paige? —pregunta Lizzie—. Igual sabe algo. Llámame en cuanto hables con ella, ¿vale?

Lizzie cuelga. Sam llama a Paige Mason, la mejor amiga de Bryden; salta el buzón de voz, así que le envía un mensaje de texto: «¿Está Bryden contigo?». No recibe ninguna respuesta inmediata y llama de nuevo a Lizzie.

—No me cabe en la cabeza que no fuera a por Clara, algo grave ha tenido que pasar —dice Lizzie, inquieta.

Sam traga saliva.

—Lo sé.

—Creo que deberías llamar a la policía.

—Sí, voy a llamarla ahora mismo.

—Está bien. Voy para allá.

—Sí, por favor, ven —responde Sam.

2

La inspectora Jayne Salter, del Departamento de Policía de Albany, está cenando en su apartamento, cerca de Washington Park, cuando recibe la llamada. Levanta el móvil de la mesa y, por encima de la llama titilante de una vela, lanza una mirada de disculpa al hombre sentado frente a ella, traga el trozo de comida que tiene en la boca y dice:

—Jayne Salter.

—Disculpe que la moleste, inspectora, pero acabamos de recibir el aviso de una mujer desaparecida. No fue a recoger a su hija de la guardería. El marido fue quien nos llamó. Ya hay patrullas de camino a la vivienda.

Jayne mira el reloj. Son las 18.51.

—Voy para allá ahora mismo. ¿Cuál es la dirección?

—Es un edificio de apartamentos: Constitution Drive, apartamento 804. En Buckingham Lake.

Anota la dirección y cuelga. Observa a su novio, Michael Fraser, que ha dejado de comer y ha depositado el cuchillo y el tenedor sobre la mesa. La observa con desánimo. Es 7 de marzo, el primer aniversario de su primera cita, y él quería que fuese algo especial. Le ha preparado su plato favorito, *lingui-*

ne con marisco, y ha comprado champán. Ella apenas ha bebido media copa, por lo que supone que está en condiciones de conducir.

Entonces se da cuenta de que ha vuelto a hacerlo, dar prioridad al trabajo. Tendría que haber pensado primero en Michael, en todo el esfuerzo que ha hecho. Pero luego duda. ¿Seguro? ¿Debería preocuparle más la posible decepción de su novio que encontrar a una mujer desaparecida? Se da cuenta de que ya está a la defensiva, porque sabe que a él no le agrada la idea de que se tenga que ir. Bueno, cuando la conoció ya sabía a lo que se dedicaba.

Se levanta de la mesa. Él también se pone en pie.

—Lo siento muchísimo, Michael, sabes que lo siento. Pero hay una mujer desaparecida. Una mujer con una hija.

Él asiente, resignado, y se despide de ella con un beso.

Jayne va a por el abrigo y el bolso.

—Termina tú de comer, yo me caliento el plato cuando vuelva. —Y añade—: Intentaré no llegar muy tarde.

—Ajá —responde él con una sonrisa compungida—. Nada, cenaré viendo Netflix, seguro que hay algo bueno.

Menos de diez minutos después, Jayne llega a la dirección indicada. Un coche patrulla está estacionado en la calle, frente al edificio; ella aparca detrás. Es un inmueble grande, lujoso, de color arenisca, de unas diez o doce plantas, y la mayoría de las viviendas parecen tener balcón. Un camino semicircular permite el acceso desde la calle hasta la entrada. La puerta principal es bastante elegante, con un arco sobre el que puede leerse: CONSTITUTION DRIVE 100. Es un edificio atractivo, ubicado en un buen barrio. Jayne entra por las puertas de cristal y enseguida repara en la conserjería, que se encuentra a la izquierda; el joven detrás del mostrador parece aburrido y ni siquiera levanta la vista. Los suelos relucen y el interior se ve bien cuidado. Los ascensores se hallan a la derecha. Se acerca al mostrador y enseña su placa.

—¿Está el administrador del edificio? —pregunta.

El joven mira la placa, alarmado, y responde:

—No.

—Llámelo, por favor, es urgente.

—Sí, señora.

Mientras el joven busca el teléfono, ella se aparta del mostrador, cruza el vestíbulo y coge el ascensor hasta el octavo piso. Alza la vista para ver si hay cámaras, pero parece que no es el caso. El ascensor hace ding al llegar arriba. Las puertas se abren y enfila el pasillo; la moqueta amortigua sus pisadas. Saluda a una agente uniformada que está en la puerta del 804 y entra en el apartamento. Lo primero que salta a la vista es su amplitud. Está decorado en tonos claros y neutros; desde la entrada se alcanza a ver el salón, cubierto por una elegante moqueta beis. Un hombre y una mujer aguardan sentados en un sofá grande y cómodo; al advertir su presencia, alzan la mirada. Los acompaña el oficial Hernandez, que se acerca a ella cuando la ve y le dice en voz baja:

—Acabamos de llegar. El marido se encuentra bastante alterado. La hermana de la desaparecida también está aquí.

Jayne se adentra en el salón y se sienta. Hernandez permanece de pie, a su lado.

—Soy la inspectora Jayne Salter —se presenta.

Examina al hombre que tiene frente a ella: está sentado con las rodillas separadas y los dedos de las manos fuertemente entrelazados. El marido. Sabe que, cuando una mujer desaparece, muchas veces es él el responsable de una manera u otra, pero intenta no ser prejuiciosa al respecto. Parece angustiado. Es atractivo y viste de manera formal, aunque con un toque algo desaliñado: se ha aflojado el cuello de la camisa y se ha quitado la chaqueta —que descansa, junto a una corbata roja, sobre el brazo del sofá—, y es evidente que no ha dejado de pasarse los dedos por el pelo. Nota que le tiemblan un poco las manos; por eso las mantiene entrelazadas, para que no se note. La mujer sentada al lado no tiene ningún rasgo especialmente llamativo: menuda, de cabello castaño intermedio, media melena por encima de los hombros. Sus ojos azules están en alerta.

—Soy Sam Frost —dice el hombre—, el marido de Bryden.

—Y yo su hermana, Lizzie Houser —añade ella.

—Haremos todo lo posible por encontrarla —dice Jayne, inclinándose hacia delante. Dirige la mirada a Sam—. ¿En qué momento se dio cuenta de que su mujer había desaparecido?

Traga saliva, nervioso.

—Me llamaron de la guardería. Bryden no había ido a recoger a Clara. Serían las cinco y media. Normalmente la recoge a las cinco. Llevaban un rato llamándola y enviándole mensajes. Yo también intenté llamarla, pero tampoco tuve suerte, así que recogí a la niña y llegué a casa hacia las seis y media. Dejé a Clara con una vecina y llamé a la policía. El móvil de Bryden está aquí, en la mesa del comedor. Y el bolso también. Ella nunca sale de casa sin el bolso ni el teléfono.

—¿Y su coche?

—Está abajo, en el garaje.

—De acuerdo. Discúlpeme un momento —le dice a Sam.

Jayne cruza el salón, entra en la cocina y llama al inspector Tom Kilgour, que ya está al tanto de la situación y va de camino a la comisaría.

—Necesito que envíes un dispositivo al número 100 de Constitution Drive para hacer un registro completo de todo el edificio.

—Entendido —responde Kilgour.

—Es un edificio de apartamentos. El coche de la desaparecida sigue en el garaje; se dejó el teléfono y el bolso en casa, así que podría seguir aquí. Que revisen todas las zonas comunes: gimnasio, trasteros, garajes, azotea, todo.

—Igual se ha desmayado en algún sitio o se ha caído por las escaleras —sugiere Kilgour.

—Es posible. Si no aparece en ninguna zona común, tendremos que ir puerta por puerta preguntando si alguien la ha visto. Ahora te envío una descripción completa y una foto.

—Perfecto, te aviso en cuanto lleguemos.

—Cuando estés aquí, tenemos que hablar con el administrador de la propiedad. Viene de camino. Necesitamos acceso a todas las grabaciones de las cámaras de seguridad que haya dentro y fuera del edificio.

La inspectora termina la llamada y regresa al salón. Se sienta de nuevo frente al hombre nervioso del sofá.

—Hábleme de su mujer, Sam.

—Es una madre excelente, muy responsable. Nunca se iría sin más, jamás abandonaría a Clara.

—¿Trabaja en algún sitio?

—Sí, es contable en Rolf y Weiner. Pero justo hoy trabajaba desde casa.

—¿Tiene algún problema de salud física? ¿Epilepsia, diabetes, algo así?

—No.

—¿Algún problema de salud mental?

—No, ninguno.

—¿Podría haber ido a algún sitio dentro del edificio? ¿A la lavandería, el gimnasio?

—Tenemos lavadora y secadora en casa, y ella no usa el gimnasio. Podría haber ido al garaje. También va mucho a casa de nuestra vecina Angela, pero estuve con ella antes de llamarles y tampoco la había visto. Clara, nuestra hija, está ahora con ella. Tiene tres años. —Su voz se quiebra.

—¿En qué apartamento vive Angela? —pregunta Jayne.

—En el 808. Ah —recuerda Sam de pronto—, y también va a veces al trastero... Estos últimos días ha estado bajando cosas allí.

Jayne asiente con la cabeza.

—Lo revisaremos. ¿Sabe si ha tenido algún problema últimamente?

—No —responde Sam. Su cuñada niega con la cabeza.

—¿Ha notado algún cambio reciente en su estado de ánimo o en su comportamiento?

—No.

—¿Problemas económicos?

—No.

—¿Y entre ustedes dos, en el matrimonio, están pasando por una mala racha?

—En absoluto —niega Sam con firmeza—. Somos muy felices. —Se inclina hacia delante en el asiento—. Por favor, tiene que encontrarla. Temo que le haya pasado algo.

—Esto no es nada propio de ella —coincide Lizzie, un poco agitada.

Jayne observa que está muy tensa. Ambos lo están, pero es normal.

—¿Cuándo fue la última vez que habló con su mujer, Sam?

—Esta mañana, antes de irme a trabajar, sobre las ocho. Me fui un poco antes porque tenía una reunión a primera hora. Como le he dicho, Bryden trabajaba hoy desde casa, pero antes debió de llevar a Clara a la guardería, a las nueve más o menos.

—Entiendo. ¿Y no ha recibido noticias de ella en todo el día? ¿Ningún mensaje ni nada?

—No.

—¿Suelen hablar o enviarse mensajes durante el día? —pregunta Jayne.

—A veces. Bueno, casi todos los días. Pero yo sabía que hoy tenía mucho trabajo, por eso se quedó en casa, y no quería que la interrumpieran, así que no me extrañó no saber nada de ella.

La inspectora mira a Lizzie.

—¿Y usted? ¿No ha tenido ningún contacto con ella a lo largo del día?

—No.

—Bien. Necesitamos una foto reciente de Bryden y una descripción completa, incluida la ropa que llevaba la última vez que la vio esta mañana. ¿Puede ayudarme con eso?

Sam asiente.

—Mide un metro sesenta, pesa unos cincuenta y cuatro kilos. Tiene treinta y cinco años. Pelo rubio hasta los hombros, ojos verdes. Esta mañana llevaba unas mallas negras y una sudadera gris, y el pelo recogido en una coleta.

Mientras Sam busca fotos en el móvil, Jayne observa cómo Hernandez toma nota de todos los datos.

—Si no aparece en el edificio, necesitaremos llevarnos el móvil y el portátil. ¿Ha notado algo raro en el apartamento, algo que falte?

—No, nada.

—¿Está completamente seguro?

—Sí, lo he revisado todo.

—¿La puerta estaba cerrada con llave cuando llegó a casa?

Sam parece confundido por un momento.

—Hum, he entrado con mi llave, como siempre, pero no recuerdo si estaba la cerradura echada. Solo recuerdo que metí la llave y entré.

—¿Le importa si echo un vistazo? —pregunta Jayne.

—No, en absoluto.

Jayne se pone en pie y le pide a Hernandez que envíe de inmediato la descripción y la foto al equipo. Luego mira Sam y le advierte:

—Si no la encontramos pronto, necesitaremos toda la información bancaria para comprobar si ha accedido a sus cuentas recientemente.

—No se ha fugado, si es eso lo que insinúa —dice Sam con brusquedad.

No se molesta en responderle. Sabe que a veces la gente se fuga. De hecho, pasa continuamente: gente que llega al límite y decide romper con todo, o lo va planeando poco a poco, de forma meticulosa. Jayne no sabe nada de esa mujer ni de su familia. Todo parece estar bien, pero eso no significa que lo esté. Si su intención era irse y empezar de cero, podría haber dejado el bolso y el teléfono a propósito.

También es posible que se haya caído en algún lugar del edificio y se haya dado un golpe en la cabeza. O algo peor, como que la hayan sacado del apartamento contra su voluntad o que su marido la haya asesinado. Es posible que esta sea la escena de un crimen. Lleva al oficial Hernandez a un aparte y le dice en voz baja:

—Proceda como si el apartamento fuera la escena de un crimen. Nadie más debe acceder sin mi autorización, y asegúrese de que todos los presentes queden registrados.

3

Lizzie observa todo lo que pasa en el apartamento de su hermana con atención: el agente uniformado, la inspectora echando un vistazo, su cuñado. Sam parece inquieto. Menos mal que Clara se encuentra en casa de Angela y no está presenciando nada de esto. Piensa que debería ir a ver a su sobrina, pero no quiere salir por si ocurriese algo importante, por si hubiera alguna novedad.

No quiere perderse nada. Sabe que algo le ha pasado a Bryden: ella nunca abandonaría a su familia. Siente como si una corriente eléctrica le recorriese el cuerpo, como si fuera un diapasón humano que no deja de vibrar. Pero no cree que nadie se haya percatado. Es enfermera, sabe manejarse en situaciones complicadas. Su trabajo consiste en hacer que los demás mantengan la calma y en controlar sus propias emociones siempre que sea necesario. Está acostumbrada.

Ya ha hecho lo más difícil: llamar a sus padres, que viven en Tampa, Florida. Su madre se puso histérica y su padre se quedó tan sorprendido que apenas dijo nada. Todos saben que Bryden no dejaría de ir a recoger a su hija…, a menos que algo se lo impidiese. Le han dicho que tomarían el primer vuelo a Albany. Se quedarán con Lizzie, en su apartamento de Center Square, no muy lejos del de Bryden y Sam, a escasos diez minutos en coche. Lizzie intentó tranquilizarlos, pero sus palabras sonaron poco convincentes. Esto no es nada propio de Bryden.

Jayne baja al vestíbulo y se reúne con Kilgour y el equipo de búsqueda. Tom Kilgour, que ronda los treinta y pocos, es algo más joven que ella. Alto y de hombros anchos, es un hombre que transmite robustez y calma. Sería un error pensar que su mayor cualidad es la fuerza física; es un inspector inteligente y capaz, y se alegra de que esté aquí con ella. Trabajan bien juntos.

El administrador del edificio, Ravi Sabharwal, ha llegado también. Está tras el mostrador de la conserjería, junto al joven de antes, que ahora parece menos aburrido. Ravi, un hombre de unos cuarenta años de aspecto preocupado, va a acompañar al equipo de búsqueda. Conoce cada rincón del edificio y tiene las llaves necesarias para acceder a cualquier parte. Jayne se ha puesto en contacto con la unidad canina de la policía de Albany, pero están ocupados con otro servicio. Quizá no sea necesario recurrir a ellos.

—¿Cuántos apartamentos hay en total? —pregunta Jayne a Ravi Sabharwal.

—Ciento treinta y cinco, distribuidos en doce plantas. El tamaño de los apartamentos oscila entre cincuenta y cinco y trescientos setenta metros cuadrados.

—¿Y las zonas comunes? —pregunta Kilgour.

—En la planta doce hay un salón para eventos y un gimnasio. Hace falta llave para entrar, y todos los residentes tienen una. Los pasillos, ascensores y escaleras, por supuesto, están abiertos a cualquiera que entre en el edificio. Hay dos niveles de aparcamiento subterráneo y un cuarto de trasteros al que también se accede con llave. Y luego están las áreas de mantenimiento, basura y reciclaje, pero los residentes no tienen acceso a ellas. Casi todas las viviendas tienen balcón.

Jayne ya sabe que el apartamento de Bryden Frost no tiene balcón: no querían por la pequeña, por seguridad.

Mientras Kilgour acompaña al equipo de búsqueda, ella empieza a ir puerta por puerta, comenzando por el octavo piso. Le indica a Ravi que, si Bryden no aparece pronto, tendrá que revisar con él las grabaciones de las cámaras de seguridad, de modo que no debe marcharse.

—¿Qué zonas cubren las cámaras que tienen aquí? —pregunta.

El administrador parece un poco incómodo.

—Las puertas delanteras y traseras del edificio —responde—. No hay ninguna en los pasillos ni en los ascensores.

—¿Y en los aparcamientos?

—Allí sí, pero ahora mismo no funcionan.

Jayne lo mira con incredulidad.

—¿Por qué no? —Esperaba que la seguridad de un edificio como este sería mejor.

—Instalamos un sistema nuevo hace un par de semanas, pero no funciona bien.

Jayne observa cómo el equipo se dispone a iniciar la búsqueda antes de regresar a la octava planta.

Es un edificio relativamente nuevo, de unos cinco años, en buen estado y con acabados de lujo. Las lámparas son elegantes; la moqueta, de buena calidad. A Jayne le impresionó la amplitud del apartamento de los Frost: habitaciones grandes con muchas ventanas, cocina moderna de alta gama, todo muy exclusivo. Se pregunta cuánto les habrá costado.

Comienza por la amiga de Bryden, la vecina del 808. Una treintañera de cabello oscuro y recogido en una coleta abre la puerta enseguida, ansiosa. Jayne le muestra la placa.

—Soy la inspectora Jayne Salter, de la policía de Albany. ¿Es usted Angela Romano? —La mujer asiente—. ¿Podría hablar con usted un momento?

—Es por Bryden, ¿verdad? —pregunta con nerviosismo—. ¿La han encontrado?

—Todavía no.

La expresión de Angela se ensombrece y deja pasar a Jayne.

—Clara está aquí con mi hija, viendo la tele —susurra—. Podemos hablar en la cocina.

De un vistazo, Jayne advierte que el apartamento es muy parecido al de los Frost. Pero mientras el de ellos tiene un estilo escandinavo, con maderas claras y suaves colores crema, este es mucho más colorido. También está más desordenado, hay juguetes por todas partes. Angela la conduce hasta la cocina, recoge varios platos de la isla de mármol y se sientan.

Jayne ya sabe, por lo que han contado Sam y Lizzie, que Bryden pasa mucho tiempo con Angela Romano. Al vivir tan cerca y tener también una hija, su amistad ha surgido de manera natural. Ambas niñas tienen tres años y se llevan muy bien. Angela parece bastante afectada por la desaparición de su vecina.

—Angela, queremos encontrar a Bryden y espero que nos pueda servir de ayuda —dice Jayne, y ve cómo la vecina asiente con la cabeza—. ¿Qué tipo de relación tiene con ella?

—Nos vemos mucho desde que nacieron las niñas... Nuestras hijas son casi de la misma edad. Pasamos bastante tiempo juntas, sobre todo los fines de semana. Las dos trabajamos a jornada completa. De lunes a viernes, las niñas van a la guardería, cada una a una distinta.

—¿Cuándo fue la última vez que la vio?

—El domingo. Vino a dejarme a la niña. Se quedaron aquí las dos jugando por la tarde.

—¿Sabe adónde fue ella?

—Sí, a cortarse el pelo. Siempre nos hacemos favores así.

—¿Tiene idea de dónde podría estar?

—No.

—¿Le ha mencionado algo raro últimamente?

—No, nada.

—¿Alguien con quien haya tenido algún problema? ¿Algún vecino del edificio?

—No.

—¿Y con alguien del trabajo?

—Tampoco. Le gusta mucho su trabajo y se lleva muy bien con sus compañeros.

—¿Confía en usted?

—Sí. Eso creo. Hablamos de todo.

—¿De qué?

—De las niñas. De cómo conciliar trabajo y maternidad. De nuestros maridos. De nuestros planes de futuro. De todo.

—¿Cómo describiría la relación con su marido? —pregunta Jayne.

—Sé que es muy feliz con Sam. Parecen hechos el uno para el otro. A ver, las dos nos quejamos de nuestros maridos de vez en cuando.

—¿De qué se queja ella?

—Bueno... En ocasiones siente que es ella la que lleva el peso de la crianza de la niña y de las tareas de la casa, aunque tienen salarios parecidos. A mí me pasa igual, la verdad. Hacemos muchas cosas que nadie ve. —Se encoge de hombros—. Mi marido viaja mucho por trabajo. Parece que nunca está en casa. Pero Bryden y Sam son una pareja muy sólida. —Se detiene un instante antes de revelar—: Sé que están intentando tener otro hijo.

Jayne archiva el dato en su mente.

—¿Sabe si estaba preocupada por algo?

—No.

—¿No mencionó nada raro estos últimos días? ¿Algún cambio? ¿Alguien que haya conocido?

Angela cambia de postura en la silla, parece incómoda.

—¿Qué está insinuando? Bryden nunca engañaría a Sam.

—No me refería necesariamente a eso. Lo que quiero saber es si ha notado algo distinto en su vida, algún cambio. ¿Algo extraño que la incomodara?

Angela niega con la cabeza.

—No creo, la verdad. Nunca se iría así sin más, al menos por voluntad propia. —Su expresión se transforma, como si estuviese sopesando contar algo.

—¿Qué pasa, Angela? —la apremia Jayne. Pero la vecina parece insegura, aprensiva—. Dígamelo.

—Uno de los inquilinos del edificio tuvo un problema hará cosa de un par de años —dice dubitativa.

—¿Qué tipo de problema?

—Creo que debería hablar con él, no quiero ser una cotilla. Vive al fondo del pasillo, en el 811, con su mujer. Ella y yo éramos amigas.

—De acuerdo, muchas gracias, Angela —contesta Jayne y le entrega una tarjeta—. Si se le ocurre cualquier otra cosa, llámeme, por favor.

4

Jayne llama a la puerta del apartamento 811. Le abre una mujer cuya expresión amable se esfuma en cuanto se presenta y muestra la placa. Como si se hubiese puesto en guardia, como si esperase problemas.

—¿Puedo pasar? —pregunta Jayne.

La mujer deja que Jayne entre en el recibidor y cierra la puerta tras ella. Luego la mira, cruza los brazos sobre el pecho y dice:

—¿Qué ocurre ahora?

Una pregunta extraña, piensa Jayne.

—Una de sus vecinas, Bryden Frost, ha desaparecido. Vive en el apartamento 804. Estoy preguntando a todos los vecinos por si alguien la ha visto.

La mujer se queda muy quieta.

—No la he visto. —Luego continúa con un ánimo más colaborador—: Sé cómo es físicamente, nos saludamos, pero nada más. No recuerdo cuándo fue la última vez que la vi.

Jayne mira hacia el salón.

—¿Podemos sentarnos?

—¿Por qué? —La brusquedad ha vuelto a la voz de la mujer.

—Serán solo unas preguntas.

La conduce de mala gana al salón, donde toman asiento.

—¿Cuál es su nombre? —dice Jayne.

—Tracy Kemp.

Lo anota. La mujer la mira con nerviosismo.

—¿Cuánto tiempo lleva viviendo aquí?

—Casi tres años.

—¿Vive sola?

—No, con mi marido.

—¿Y cómo se llama su marido?

—Henry Kemp.

El nombre le resulta familiar.

—¿Su marido conoce a Bryden?

—No —responde con firmeza, casi enfadada.

Jayne decide meter el dedo en la llaga.

—Tengo entendido que su marido, Henry, tuvo ciertos problemas con la justicia hace un par de años.

Ahora la mujer la mira sin disimular su hostilidad.

—Por eso ha venido, ¿no? Ya me lo imaginaba. —Jayne no dice nada, deja que el silencio haga su trabajo—. Él era inocente, ni siquiera llegaron a imputarlo. Pero aquello nos arruinó la vida, así que perdóneme si me nota un poco molesta.

—¿Puede contarme qué pasó? —pregunta Jayne.

Tracy Kemp permanece rígida, atrapada en una situación de la que no puede escapar. Al fin, dice:

—Una mujer hizo una acusación falsa contra él. Lo arrestaron, pero, como le digo, no llegaron a imputarlo y lo dejaron en libertad. No encontraron ninguna prueba. Ella se lo inventó todo. Y, desde entonces, lo estamos pagando.

—¿De qué lo acusó? —pregunta Jayne, pese a que lo recuerda a la perfección.

En ese momento, la puerta se abre y ambas mujeres miran al hombre que entra en el recibidor ataviado con un traje. Suelta las llaves sobre la mesa consola, se gira y se sorprende al ver a una desconocida sentada con su mujer en el salón.

—¿Por qué no se lo pregunta a él? —dice Tracy con frialdad.

Henry Kemp se afloja lentamente la corbata mientras camina hacia ellas.

—¿Qué está pasando? —pregunta, mirando a Jayne y luego a su mujer.

Jayne se pone en pie, se presenta y muestra su placa.

—¿Qué coño pasa? —insiste Henry.

Tracy también se levanta. Jayne ve cómo traga saliva antes de hablar con su marido; ambos se miran fijamente.

—La vecina del final del pasillo, Bryden Frost, ha desaparecido.

Jayne percibe una extraña tensión entre ellos. Aunque Tracy parece proteger a su marido, da la impresión de que teme que esté involucrado en la desaparición de Bryden.

—Ah, entiendo —dice Henry con sarcasmo antes de mirar a Jayne—. Y usted cree que tengo algo que ver con eso.

Tracy ve cómo el rostro de su marido se ensombrece mientras se encara con la inspectora. Siente un nudo en la garganta, no puede tragar. Tiene el estómago revuelto. Ella creía que todo eso había quedado atrás. Qué rápido regresa el pánico y qué familiar le resulta.

—No la conozco, alguna vez me la he cruzado en el pasillo, nada más —le dice Henry a la inspectora—. ¿Cuándo ha desaparecido?

—A lo largo del día de hoy.

Tracy sabe que su marido está nervioso, pero ve que habla con aparente despreocupación.

—He estado todo el día trabajando. Hay gente que lo puede corroborar, no tiene más que preguntarles.

—¿Dónde trabaja? —quiere saber la inspectora Salter.

—Soy dueño de un concesionario. —Saca la cartera y le tiende una tarjeta—. Lo saben perfectamente.

—Lo comprobaremos —dice Salter y acepta la tarjeta.

—Eso, compruébenlo —responde él con inquina.

—Necesitaré una lista de todos sus empleados y sus datos de contacto.

Tracy siente cómo algo le oprime la tráquea. Es miedo. Miedo a que todo esté empezando de nuevo. Las acusaciones. Recuerda las preguntas, las negativas, la duda. Ya pasó por eso una vez, no cree que pueda volver a hacerlo. La inspectora la mira y Tracy aparta la vista, temiendo que pueda leerle el pensamiento, oler su miedo.

Salter se queda esperando mientras Henry enciende el portátil y le envía por correo electrónico la lista de empleados y sus datos de contacto. Tracy no puede mirar ni a una ni a otro. El silencio intensifica aún más la tensión. Oye el fuerte tictac del reloj que hay colgado sobre el aparador, una bomba de relojería, una cuenta atrás insoportable.

Cuando recibe el correo, la inspectora les da las gracias por su tiempo y se levanta. Luego pregunta:

—¿Les importa que eche un vistazo?

—En absoluto —responde Henry con suavidad. Tracy ni siquiera es capaz de hablar.

Salter avanza por el pasillo que conduce a los dormitorios, seguida por Henry. Tracy se queda en el salón. Sabe que no hay nadie allí. ¿De verdad piensa que su marido iba a secuestrar a una mujer y retenerla en el apartamento? ¿Que ella permitiría algo así?

Por fin, la inspectora se marcha. Tracy observa cómo la puerta se cierra tras ella y empieza a temblar de forma involuntaria. Su marido la mira consternado; ella ve cómo la ira se apodera de él.

—¿Por qué estás temblando? —dice en voz baja; ambos son conscientes de que Salter sigue fuera, en el pasillo. Él se acerca un paso más—. ¡Sabes que no tengo nada que ver con la desaparición de esa mujer!

—Lo sé.

—Por el amor de Dios, Tracy, he estado todo el día en el concesionario.

—Lo sé. Es que…, creo que es una reacción involuntaria. Después de lo que pasó, de todo lo que sufrimos por culpa de las mentiras de esa mujer. —Han transcurrido dos años y casi no les quedan amigos; es curioso ver cómo la gente deja de apoyarte, cómo se van alejando con excusas absurdas. La familia también. Solo se tienen el uno al otro. Aquel episodio supuso un gran desgaste para su relación.

—Mira, a mí tampoco me hace gracia todo este asunto —susurra él—, pero no tenemos nada de que preocuparnos. Pronto se darán cuenta y nos dejarán en paz. No será como la otra vez. —Le acaricia el cabello—. Están preguntando a todos los vecinos porque es su obligación. Ya es mala suerte que haya desaparecido una mujer en nuestra planta, joder.

—Sí, se ve que la suerte no está de nuestro lado —dice Tracy con amargura.

5

En cuanto Jayne sale de la casa de los Kemp, llama por teléfono a Kilgour.

—Todavía nada —dice el inspector nada más responder.

—Henry Kemp. ¿Recuerdas ese caso? —pregunta Jayne.

—Claro. Pero no lo llevaba yo. ¿Por qué?

—Vive en el apartamento 811.

Jayne oye cómo Kilgour inhala profundamente.

—Una mujer lo acusó de secuestrarla en una furgoneta, retenerla allí toda la noche, violarla y luego dejarla en libertad. Aunque él llevaba una máscara, ella estaba segura de haberlo reconocido. Trabajaba en un Dunkin' Donuts, cerca del concesionario de Kemp.

—Exacto —dice Jayne.

—No hallaron pruebas —continúa Kilgour—. La versión de ella era creíble, pero no denunció de inmediato ni se sometió a un examen forense. Cuando al fin lo denunció varios días después, intentaron encontrar la furgoneta, pero no hubo manera. Él es dueño de un concesionario de coches de segunda mano y revisaron todas las furgonetas que tenía. El tipo puede acceder a todo tipo de vehículos; pensaban que podría disponer de alguno no registrado, escondido en alguna parte.

—Lo arrestaron, pero no llegaron a presentar cargos —añade Jayne—. Acabo de hablar con él. Parecía a la defensiva, un poco nervioso. Su mujer también.

—Según él, la mujer se lo inventó todo o lo confundió con otra persona —dice Kilgour, como leyéndole la mente—. ¿Y si Bryden está escondida en alguna furgoneta?

—Entonces no es muy probable que la deje ir, ¿verdad? No después de que la mujer anterior lo identificara —responde Jayne—. Según él, ha estado todo el día en el concesionario. Voy a llamar ahora mismo para que verifiquen su coartada. Tal vez sea cierto. Y hablaré con la agente que está en la puerta de los Frost para que nos informe si ve salir a Kemp del apartamento.

Después de hacer la llamada y de hablar con la agente, Jayne continúa con las entrevistas. Llama al apartamento contiguo al de Angela y un hombre abre la puerta. Se presenta, toma nota de su nombre y le pregunta:

—¿Conoce a su vecina, Bryden Frost?

—La conozco de vista. ¿Por qué?

—Han denunciado su desaparición. —El semblante del hombre se tiñe de preocupación—. ¿La ha visto hoy?

Él niega con la cabeza.

—No, he estado todo el día trabajando. He llegado a casa hace poco.

—¿Vive alguien más con usted?

—Sí, mi mujer. —La llama y esta aparece.

Él la pone rápidamente al tanto de la situación, pero su mujer tampoco la ha visto.

En el siguiente apartamento, otra vecina reacciona con consternación.

—¿La mujer que tiene una niña así rubita? —Pero no posee ninguna información útil.

Jayne sigue avanzando por el pasillo, pero ninguno de los vecinos con los que habla ha visto a Bryden ni ha notado nada sospechoso. En algunos apartamentos no ha respondido nadie; asignará agentes para que vayan después.

Oye un pitido y mira el móvil. Es un mensaje de Kilgour informando de que han revisado los dos niveles del sótano —los trasteros, los garajes, las salas de mantenimiento— y no han encontrado nada. Luego han ido subiendo planta por planta, revisando todas las escaleras y todos los pasillos, hasta llegar al gimnasio y el salón de eventos. Solo les queda la azotea. Jayne tiene un mal presentimiento.

Una vez concluida la revisión de la planta octava, regresa al vestíbulo, donde Kilgour y el equipo de búsqueda aparecen poco después para informarle de que no han hallado rastro alguno de Bryden ni señales de violencia. Jayne les ordena que sigan buscando por los alrededores, pero le pide a Kilgour que se quede. Frente al edificio, hay un parque infantil rodeado de arbustos y árboles, y, justo detrás, un barranco. Tal vez Bryden salió a caminar por el parque, tropezó, o le pasó cualquier cosa, y se cayó por él. Es marzo. Fuera ya es de noche y hace frío.

Jayne se dirige al administrador, Ravi, que parece cada vez más preocupado.

—Necesito ver las grabaciones de las cámaras de seguridad.

—Claro. —Los lleva detrás del mostrador de conserjería, que hace las veces de puesto de seguridad. El joven conserje se aparta.

Jayne ve dos monitores que muestran imágenes granuladas de la parte frontal y trasera del edificio. Los otros dos monitores están en blanco.

—Tenemos cámaras para ver a todo el que entra y sale —explica Ravi.

Jayne recuerda que el administrador dijo que las cámaras de los dos niveles subterráneos no funcionaban.

—Pero no a quien entra o sale por el garaje —señala.

—No. Como le he dicho, intenté arreglarlas, pero no tuve suerte.

Jayne le pide a Kilgour que mande a alguien a inspeccionarlas por si tienen algún signo de forcejeo o manipulación. Cuando este saca el móvil para hacer lo que le ha pedido, le pregunta a Ravi:

—¿Por qué no hay cámaras en las plantas ni en los ascensores?

—No lo sé, yo solo soy el administrador. No soy el dueño del edificio.

—Bueno, muéstrenos lo que tenga —le pide Jayne, inclinándose hacia delante.

Después de que Kilgour termine la llamada, todos prestan atención a las grabaciones de la puerta principal. Pasan rápido por los periodos en los que no entra ni sale nadie y reducen la velocidad cuando aparece alguna persona. Pero pronto queda claro que Bryden Frost no abandonó el edificio por la puerta principal. Después revisan la grabación de la puerta trasera, pero tampoco la ven salir por allí.

—No ha salido por la planta baja, eso es seguro —dice Jayne—. Podría haber salido por el garaje, en el coche de otra persona.

—O en una furgoneta —añade Kilgour, mirándola de reojo.

—¿Hace falta una tarjeta de acceso o algo para salir? —pregunta Jayne a Ravi.

—No, solo para entrar. La barrera se levanta automáticamente a la salida.

—Si quería irse sin que la vieran, podría haber salido a pie por el garaje —señala Kilgour.

Jayne asiente con la cabeza y añade:

—O podría seguir aquí, en algún apartamento. —Luego, a Ravi—: ¿Hay alguna vivienda vacía?

—Una en el segundo y otra en el octavo —confirma el administrador.

—Me gustaría verlas.

Ravi los lleva primero al apartamento de la segunda planta. Lo abre y entra, seguido por Jayne y Kilgour. Está sin amueblar y sus pasos resuenan sobre el suelo pulido. Registran rápidamente todas las habitaciones, los armarios y el balcón. Nada.

Salen y regresan a la octava planta. Caminan hacia el fondo del pasillo, pero antes de llegar al apartamento vacío, la puerta de la vivienda de Sam y Bryden se abre y Lizzie, la hermana de Bryden, se asoma.

—Iba a ver cómo se encuentra Clara —dice—. ¿Qué está pasando?

Jayne se gira.

—No la hemos encontrado aún. La avisaremos en cuanto sepamos algo.

Lizzie se queda en la puerta, observando. Ellos continúan hasta el apartamento del fondo. Ravi abre la puerta con la llave. Jayne y Kilgour entran detrás de él, y Jayne se da cuenta de que Lizzie los ha seguido y está allí, en el umbral.

De nuevo, registran rápidamente las habitaciones, los armarios y el balcón.

Ni rastro de Bryden Frost.

6

Sam ha estado enviando mensajes a Angela para interesarse por Clara. Los dos inspectores, Salter y Kilgour, regresaron al edificio y les comunicaron —a él y a Lizzie— que su búsqueda había sido infructuosa; también los pusieron al tanto de los inquietantes antecedentes de Henry Kemp. Luego se marcharon, dejando a la agente vigilando su puerta. Sam le dice a Lizzie que va a recoger a Clara, que ya es hora de que se duerma.

Llama a la puerta de Angela y se da cuenta de que son más de las diez de la noche. Percibe de inmediato que su vecina está más alterada que antes. Lo mira con ojos inquisitivos y Sam dice:

—No han encontrado ningún rastro de ella. —Angela lo invita a pasar y cierra la puerta—. Nos han contado lo del tipo del 811. ¿Tú lo sabías?

Angela asiente, asustada.

—¿Y cómo es que no nos dijiste nada?

—No caí cuando hablé contigo, pero luego se lo conté a la inspectora.

Sam inspira hondo y exhala despacio. No quiere enfadarse con ella.

—Es que no… Nunca sabes quiénes son tus vecinos en realidad, ¿verdad? —La voz de Sam se convierte en un susurro—. ¿Y si ha sido él? ¿Y si la tiene escondida en algún sitio? No está en su apartamento, ya lo han revisado. La agente que vigila nuestra puerta también está pendiente de él, por si va a alguna parte. Dios… ¡Me dan ganas de ir a su casa, tirar la puerta abajo y agarrarlo del cuello!—. Sam nota que está empezando a sudar.

—Es mejor dejarlo en manos de la policía —le aconseja Angela—. Ni siquiera sabemos si ha hecho nada malo. Su mujer cree que es inocente.

—¿La conoces?

—Éramos amigas, pero… nos distanciamos.

De pronto, Sam siente que se le aflojan las fuerzas.

—No se me ocurre qué decirle a Clara —admite. Angela lo mira con ojos llorosos y compasivos—. ¿Cómo le dices a una niña de tres años que no sabes dónde está su madre?

—Ni idea —responde ella y lo abraza. Después añade—: Le he dado de cenar y está dormida. Sam, si hay algo en lo que pueda ayudar, lo que sea, no tienes más que decírmelo.

—Gracias. Lizzie se va a quedar esta noche. Y sus padres están en camino.

Angela asiente.

—Claro. Pero si quieres que Clara esté conmigo cuando venga la policía, avísame. Puedo pedir tiempo libre en el trabajo.

Sam asiente con gratitud y se dirige al salón. Mira a su hija dormida. Parece tan tranquila. Observa sus mejillas redondas y suaves, sus pestañas largas. Ojalá pudiera protegerla de lo que sea que esté por venir.

Jayne no ha podido regresar temprano a casa, como le prometió a Michael. Lo llama y se disculpa, le pide que no la espere despierto. Sabe que aquí le queda mucho trabajo por delante. Michael ya ha digerido la decepción y le dice que la quiere, que no se preocupe por él. Esa es su forma de ser: de naturaleza generosa, nunca le guarda rencor, y eso es algo que Jayne adora de él.

Ya son más de las diez. Ha vuelto a la comisaría para ponerse al mando de la unidad de desaparecidos. Cuenta con la ayuda del inspector Kilgour y varios agentes uniformados para continuar con las pesquisas.

—Bien, escuchad todos —dice Jayne, y el grupo se acomoda en los asientos y guarda silencio. A su espalda hay una pizarra blanca con una foto ampliada de la desaparecida. Jayne se vuelve y la mira. Bryden Frost es una mujer atractiva, muy fotogénica, con grandes ojos verdes y una melena rubia hasta los hombros. Parece sonreírles desde allí. Nadie piensa que su foto va a terminar algún día colgada de una pizarra, en una sala de operaciones policiales, reflexiona. Luego se gira hacia el equipo.

—Sabemos que Bryden Frost dejó a su hija en la guardería Dandylion esta mañana, alrededor de las ocho cuarenta y cinco. Sabemos que volvió a casa porque su coche está en el garaje, en su plaza; el teléfono móvil y el bolso se encontraban en el apartamento. Su marido ha confirmado que hoy trabajaba desde casa. A petición de ella, nadie la llamó de la oficina en todo el día, y ella tampoco los contactó. Parece que tampoco tuvo comunicación con su marido, con su hermana, ni con nadie más, al menos nada que hayamos podido rastrear en el móvil o en el portátil. Solo un par de correos breves de trabajo que envió poco antes de las diez de la mañana. Es curioso que pidiera expresamente que no la llamase nadie: ni su marido, ni ningún compañero de trabajo. ¿Por qué? ¿Quería trabajar sin que nadie la interrumpiera? ¿O había otra razón?

»Por el momento, teniendo en cuenta los correos que envió, suponemos que pudo haber desaparecido en algún momento entre las diez de la mañana y las cinco de la tarde, hora en que debía recoger a su hija de la guardería. Estamos revisando el teléfono móvil y el portátil por si hubiese alguna información de interés. No hay indicios de que la puerta haya sido forzada, y no sabemos si estaba cerrada con llave cuando su marido y su hija regresaron. El marido, Sam Frost, dice que no echa nada en falta en el apartamento. Yo también lo he revisado y no he apreciado ninguna señal clara de forcejeo o violencia. Es posible que Bryden se haya marchado sin más.

»Hemos realizado una búsqueda exhaustiva y no hemos encontrado rastro de ella en el edificio. Y, según hemos podido constatar, tampoco en las áreas comunes. Existe la posibilidad real de que esté dentro de otro apartamento, lo cual es preocupante, ya que no podemos acceder sin una orden judicial, y todavía no tenemos una causa probable sólida. Pero los agentes siguen llamando puerta por puerta, preguntando a los vecinos si la han visto o han notado algo sospechoso. Por desgracia, la seguridad del edificio deja bastante que desear. Solo hay cámaras en el vestíbulo; ninguna en los ascensores ni en los pasillos. Hemos revisado las grabaciones, y Bryden no parece haber salido ni por la puerta delantera ni por la trasera. Pero las cámaras de los dos niveles subterráneos llevan un par de semanas sin funcionar, de modo que cualquier persona pudo entrar o salir por el garaje sin ser vista. —Luego añade—: Las cámaras no presentan signos de manipulación; son nuevas, pero defectuosas, según parece.

»Tenemos un posible sospechoso: Henry Kemp, vecino del apartamento 811. Dice que estuvo trabajando en el concesionario todo el día. Pero los empleados con los que hemos hablado hasta el momento no pueden confirmar que estuviera allí *todo* el día. Es posible que se ausentara un tiempo. El concesionario se encuentra a solo diez minutos del edificio. Si hubiera usado su tarjeta para entrar en el garaje, lo sabríamos: no lo hizo. Pero pudo haber ido a casa de Bryden y decirle que había perdido su tarjeta. Tal vez la estaba vigilando. Quizá sabía que hoy trabajaba desde casa, o quizá la vio esta mañana con las mallas y lo dedujo. De momento lo tenemos bajo estricta vigilancia. Si él o su mujer abandonan el apartamento, uno de nuestros agentes les seguirá los pasos.

—¿Cree que intentaría algo así viviendo tan cerca? —pregunta un agente.

—Parece improbable —responde Jayne—, pero nunca se sabe. Kilgour aún tiene que confirmar su coartada. Mientras tanto, estamos verificando los antecedentes de todos los residentes y empleados del edificio, y la información bancaria de Bryden, por si hubiera algún movimiento sospechoso; también estamos revisando los hospitales y hoteles de Albany y alrededores, y siguiendo cualquier pista relacionada con taxis. Parece poco probable que cogiera un Uber sin el móvil.

»Todos tenéis ya vuestras tareas asignadas. La descripción y la foto de Bryden se han difundido por los canales habituales, y mañana a las nueve de la mañana, si no la hemos encontrado antes, haré una declaración a la prensa con una descripción completa y un llamamiento a la colaboración ciudadana. Hemos ampliado el radio de búsqueda y he solicitado la intervención de la unidad canina. —Jayne respira hondo—. Bryden parece una mujer estable, una madre que adora a su hija de tres años, con un trabajo fijo como contable. Sin problemas físicos ni de salud mental. —Hace una pausa y baja la voz—. La hipótesis de una acción delictiva es la más plausible. No hace falta que diga que cada minuto que pasa es decisivo. Así que manos a la obra.

7

Tracy Kemp se levanta de la cama con cuidado de no despertar a su marido. La ansiedad que siente desde que la inspectora llamó a su puerta por la tarde no ha disminuido. Al contrario, la histeria se ha agudizado. Va a la cocina a prepararse una manzanilla, pero se asegura de apagar el hervidor antes de que silbe. Lleva la taza al salón y se queda observando la oscuridad exterior a través de las ventanas, con la mirada perdida.

Su marido es un enigma. Ojalá pudiera meterse en su cabeza y saber si lo que dice es verdad o no. Ella lo amaba. Confiaba en él. Y luego apareció esa mujer y todo se fue al traste. Ella le dijo a todo el mundo que lo creía.

Y era verdad, solo que en un noventa por ciento, no al cien por cien. Existía una pequeña ventana de duda. Siendo mujer, tenía la firme convicción de que, cuando las mujeres denuncian una agresión, hay que creerlas. Es feminista o, al menos, lo era; hoy día, ya no está tan segura. Sus antiguas amigas piensan que no. Creyeron a la otra mujer. Ella también lo habría hecho, sin duda, de no haber estado casada con el hombre acusado de secuestrarla y violarla.

Lo cierto es que, aunque Henry es un buen marido y la quiere, a Tracy le parece poco probable que esa mujer mintiera de forma deliberada. Se dice a sí misma que seguramente se confundió, que señaló al hombre equivocado, nada más. Pero no puede negar —y esto la reconcome por dentro— que sintió cierto alivio cuando quedó claro que la denunciante había esperado demasiado para someterse a un examen forense de abuso sexual. Ella misma comentó a los agentes que el hecho de que no acudiera a la policía de inmediato le parecía sospechoso. Tuvieron que explicarle que existían numerosas razones por las que una mujer podría no atreverse a denunciar enseguida, cosa que Tracy sabía de sobra. Menuda impostora.

Si al menos conociera la verdad. Al no hacerlo, se siente atrapada. Atrapada en una vida de ansiedad constante. Recuerda el terror instintivo que la invadió cuando la inspectora apareció en su puerta. Si conociera la verdad, podría elegir. ¿Y qué elegiría en tal caso? Si tuviese la certeza de que él había secuestrado y violado a aquella mujer, lo dejaría. Pero mientras no la tenga, mientras exista la posibilidad de que sea inocente, siente que tiene la obligación moral de apoyarlo.

La visita de la inspectora la ha removido por dentro, la ha obligado a enfrentarse a la realidad. Y la realidad es que lleva dos años viviendo en un estado de indignación, negación... y duda. Y, de pronto, empieza a verlo todo con nitidez. Tiene que descubrir la verdad, sea como sea. Pero ¿cómo?

Tal vez salga todo a la luz dentro de poco. Tal vez su marido esté detrás de la desaparición de Bryden Frost. Y, tal vez, en esta ocasión, no logre salirse con la suya.

Para Sam, esta noche parece no tener fin. No consigue quedarse dormido, se levanta cada vez que Clara empieza a llorar. Lizzie y él le han dicho que no saben dónde se encuentra su madre, pero que están seguros de que volverá pronto. Clara no se calma, no los cree. Está aterrada y Sam no la culpa: él también lo está. Lizzie se ha quedado a dormir en el sofá cama del estudio y también se levanta cada vez que la niña llora. Se turnan para quedarse con la pequeña hasta que vuelve a conciliar el sueño.

Sam se levanta con sigilo de la cama de su hija y ve que el sol está empezando a colarse por las ventanas. Se da por vencido —no va a dormir por más que lo intente— y se dirige a la cocina, donde encuentra a Lizzie con un pijama de Bryden, sentada a la mesa, con la cabeza entre las manos. Tiene muy mala cara, es obvio que tampoco ha pegado ojo. Seguro que también está muy asustada.

—Voy a preparar café —dice Sam y se dirige a la encimera de granito. El hecho de que Bryden siga sin aparecer después de toda la noche les oprime el pecho. Ambos se mantienen en silencio mientras el café se hace. Tras llevar las tazas y la leche a la mesa, se desploma en la silla. Da un sorbo con la esperanza de que la cafeína le despeje la cabeza. Mira a Lizzie, se arma de valor y le pregunta:

—¿Qué crees que le ha pasado?

Lizzie lo mira con ojos asustados.

—¿Crees que ha sido el tipo del 811?

—Tal vez.

—No soporto que esté ahí, al otro lado del pasillo —susurra Lizzie; hay tensión en su voz.

—Ya. —Tras una larga pausa, Sam pregunta de repente—: ¿Sabes algo que yo no sepa? ¿Sobre Bryden? ¿Sobre su vida?

—¿Qué? ¿De qué hablas? —dice Lizzie, sobresaltada.

Él la observa fijamente; ella le sostiene la mirada, molesta, y entonces Sam dice:

—Lo siento. Es que... ya no sé qué pensar.

Lizzie respira hondo, suelta el aire despacio y responde:

—Yo no sé nada que tú no sepas, te lo juro. ¿Crees que Bryden te ocultaba algo?

—No, claro que no. —Pero Sam se da cuenta de que la pregunta ha inquietado a su cuñada. Y ahora Lizzie está poniendo en entredicho la supuesta perfección de su matrimonio. Tendría que haberse quedado callado.

—No he notado nada raro y Bryden me lo cuenta todo. Estamos muy unidas, lo sabes —dice Lizzie. El comentario molesta un poco a Sam porque no es del todo cierto. Ella y Bryden tienen sus más y sus menos. Ni están tan unidas, ni cree que su mujer se lo cuente todo. Lizzie pone su mano sobre la de él y añade—: Es feliz contigo y con Clara. Tengo miedo por ella. Me aterra pensar que alguien como Kemp llamara a la puerta y la raptara. Ella no se marcharía así por las buenas, sin el móvil ni el bolso. No os dejaría a ti y a Clara, imposible. Es como si la hubieran... interrumpido y se la hubiese tragado la tierra. —Las lágrimas empiezan a rodar por sus mejillas; Sam le aprieta la mano, impotente. Al cabo de un rato, Lizzie comenta—: Mis padres llegan hoy. Tengo que ir a recogerlos al aeropuerto. ¿Estarás bien si te dejo solo? ¿Qué vas a hacer con Clara?

Sam ni siquiera había pensado en eso. ¿Debería quedarse en casa con ella o estaría mejor en la guardería, con su rutina normal? Pero en la guardería ya deben de saber que su madre ha desaparecido. Y, si no lo saben, no tardarán en enterarse. Tiene que llamar a la oficina. La policía ha organizado una rueda de prensa a las nueve, por lo que la noticia estará en boca de todos. Quizá debería pedirle a Angela si la puede dejar con ella.

—Yo me quedo con la niña —se ofrece Lizzie—. Tienes demasiadas cosas encima. Mira, voy a llamar a la guardería para avisar de que no va a ir y luego me la llevo al aeropuerto para recoger a sus abuelos. Le hará ilusión verlos. Y con eso también se distrae. Se sentirá más segura si nos tiene a todos a su alrededor. —Hace una pausa y añade—: Pero, Sam, no te queda más remedio que decidir pronto qué le vas a decir.

Sam asiente con la cabeza.

—Lo sé. —Cierra los ojos un momento, vuelve a abrirlos y susurra—: Gracias.

—Puedes contar con nosotros —dice Lizzie.

—Y vosotros podéis contar conmigo —responde Sam—. Es duro para todos.

8

A la mañana siguiente, Jayne regresa temprano a la comisaría. Bryden Frost aún no ha aparecido. Según han podido ver en el portátil, la última vez que guardó el documento en el que estaba trabajando fue a las 12.42. Salvo eso, ni el portátil ni el teléfono móvil han arrojado ningún dato de interés. Solo correos y mensajes de trabajo y amigos, compras en línea completamente normales y poco más. Bryden no era muy activa en redes sociales, salvo alguna que otra publicación en Facebook. Los registros bancarios tampoco muestran movimientos inusuales, excepto una retirada de efectivo de dos mil setecientos dólares varias semanas atrás. El momento coincide con un par de llamadas telefónicas que recibió de un número registrado en sus contactos, un tal Derek Gardner. El número no vuelve a aparecer ni antes ni después. Jayne quiere preguntarle a Sam Frost sobre eso. En realidad, la vida de esta mujer parece más bien aburrida. Treinta y cinco años; se casó con Sam hace cinco. Ambos tienen empleos fijos, una hija en común —Clara— y una situación financiera bastante desahogada.

Jayne hace la declaración y el llamamiento a la colaboración ciudadana a las nueve en punto. La prensa muestra gran interés, como suele ocurrir en los casos de personas desaparecidas.

Tras la rueda de prensa, Kilgour se dirige al lugar de trabajo de Kemp para comprobar su coartada y Jayne regresa al edificio para hablar con Sam Frost. Llega poco después de las 9.30. Hoy hay un agente distinto en la puerta. Jayne sabe que Henry Kemp no salió de su apartamento hasta las 8.15 de la mañana, momento en que un agente de paisano lo siguió hasta el concesionario donde trabaja. Dicho agente se quedará vigilando sus movimientos por si acaso, mientras Kilgour examina más a fondo su coartada.

Sam la está esperando, lo ha llamado antes para avisarlo de que iba en camino. Cuando la deja pasar, Jayne repara en el mal aspecto que tiene: salta a la vista que no ha dormido ni se ha duchado. Viste unos vaqueros viejos y una camiseta básica blanca, y le tiemblan las manos cuando le sirve un café. Nada de eso es extraordinario; de hecho, es lo que se esperaría de un hombre cuya mujer ha desaparecido, pero también lo que se esperaría de un hombre que se hubiese deshecho de ella.

Jayne se sienta en un sillón, y él en el sofá, al otro lado de la mesa de centro. En la casa reina un silencio llamativo. No se oyen ruidos de niños, y la hermana de Bryden tampoco está. Parece que no hay nadie aparte de ellos.

—¿Lizzie y Clara han salido? —pregunta.

Sam asiente con la cabeza.

—Han ido al aeropuerto a recoger a sus padres; Lizzie se ha llevado a Clara para que se distraiga un poco y así me da a mí un respiro. Mi cuñada quería arreglar su casa antes de que llegasen mis suegros, se quedan con ella. —Suspira profundamente—. Clara se ha despertado un montón de veces esta noche, llorando por su madre. Dios mío —murmura, y se hunde en el sofá. Es la viva imagen del agotamiento y el desconsuelo.

—¿Cómo lo está llevando, Sam? —pregunta Jayne con tono compasivo. Él no responde, solo menea la cabeza—. Quisiera hacerle varias preguntas más, si no le importa —dice en voz baja.

Sam asiente.

—Supongo que ayer estuvo en el trabajo, ¿verdad?

—Sí. Soy gestor de activos financieros en Kleinberg Wealth.

—¿Y dónde queda eso?

—En Broadway, en el centro.

—Entiendo. ¿Y estuvo allí todo el día?

Él la mira y Jayne percibe de inmediato que algo no va bien. Hay algo que no quiere contarle. Espera a que él responda.

—Bueno, salí un rato a almorzar.

—Ajá, ¿a qué hora?

—No recuerdo exactamente… Sobre las doce, creo.

Lo anota.

—¿Dónde almorzó?

Jayne observa como el rostro del hombre se enrojece.

—Compré algo para llevar y fui al parque.

—¿Lo acompañó alguien?

—No.

—¿Dónde compró la comida? ¿Y a qué parque fue?

—En el Gino's, un *food truck* que hay cerca de Washington Park. Allí fui.

—¿Y a qué hora regresó al trabajo?

—A las dos o así.

Lo anota y alza la mirada.

—Hemos estado revisando los registros financieros y telefónicos de su mujer, y hay un detalle que me llamó la atención.

—¿El qué? —pregunta Sam con interés repentino.

—Sus movimientos bancarios son muy regulares, salvo por un día, hace varias semanas, en el que retiró dos mil setecientos dólares en efectivo. ¿Sabe de qué se trata?

Él parece desconcertado un instante y luego asiente con la cabeza.

—Ah, sí. Hace unas semanas tuvo un pequeño accidente con el coche. Le dio por detrás a un Tesla justo cuando el semáforo iba a ponerse en rojo. Decidimos no pasarlo por el seguro y le pagó al hombre en efectivo. La reparación le costó dos mil setecientos dólares.

—Entiendo. —Nada fuera de lo normal—. Eso lo explica todo.

Jayne se queda cavilando un momento, en silencio. Intercambiaron los datos de contacto tras el accidente. Tendrá que verificarlo. Por lo que han podido averiguar hasta el momento, no parece que Bryden haya conocido a nadie nuevo recientemente. Solo las amistades habituales, sus compañeros de trabajo, madres con las que suele coincidir. Nada fuera de lo común. El número del tal Derek Gardner está guardado en la agenda de su móvil. Irá a hacerle una visita.

Jayne deja que sus ojos recorran de nuevo el salón, preguntándose si no se le habrá escapado algo. Luego escruta a Sam y se inclina hacia delante, apoyando los codos sobre las rodillas.

—Sam, sé que esto es difícil, pero si hay algo que debamos saber sobre Bryden, cualquier cosa que haya estado ocultando, debería decírmelo cuanto antes.

Percibe un destello de ira en sus ojos. ¿O tal vez sea miedo?

—No estoy ocultando nada —asegura—. No sé qué le ha pasado. No teníamos secretos entre nosotros, éramos muy felices. Solo quiero que la encuentren. —Parece angustiado.

Jayne le sonríe con amabilidad y asiente.

—Por supuesto. Todos queremos encontrarla. Estamos haciendo todo lo posible. —Se pregunta si él es consciente de que acaba de hablar de su mujer en pasado.

9

Derek Gardner trabaja desde casa esta mañana. Él y su mujer viven en Loudonville, un bárrio adinerado de Albany. La casa de los Gardner es grande, moderna y llamativa. Derek montó su propio negocio porque no soporta trabajar para otros. Experto en ciberseguridad, es dueño de una empresa pequeña pero rentable, cuya sede se encuentra en Bryant Street, en el centro, y tiene a su cargo a media docena de empleados. No obstante, suele trabajar desde el despacho de su casa porque le resulta más agradable.

Alice, su mujer, doctorada en Química por Princeton, trabaja a tiempo parcial como investigadora en el Departamento de Química de la Universidad de Albany. Su especialidad es la química computacional. Alice necesita estímulo intelectual, pero no quiere las responsabilidades de un puesto a tiempo completo; no tiene paciencia para tratar con la gente y rehúye las políticas universitarias. En general, gestiona sus horarios como quiere, pero debe trabajar presencialmente un par de días por semana. Hoy salió temprano al campus, así que Derek está solo en casa cuando suena el timbre. No espera a nadie.

Abre la puerta a una mujer a la que nunca ha visto. Es bastante atractiva: de estatura media, complexión esbelta, cabello corto de un tono castaño oscuro y unos ojos también oscuros, muy expresivos.

—¿Es usted Derek Gardner? —le pregunta.

—Sí. Y usted es… —dice él con curiosidad.

La mujer le muestra una placa.

—Inspectora Jayne Salter, de la policía de Albany.

Derek mira la placa y luego a ella.

—Nunca había conocido a una inspectora —comenta—. ¿Quiere pasar?

—Gracias. —Ella entra pasando junto a él y echa un vistazo a su alrededor.

La casa es impresionante: muy luminosa, espacios abiertos. Les costó una pequeña fortuna. Derek observa cómo Jayne se va formando una opinión de él.

—¿A qué se dedica, señor Gardner?

—Trabajo en ciberseguridad.

—Entiendo.

—Disculpe, pero no sé a qué se debe su visita.

—¿Podemos sentarnos? —pregunta ella.

—Claro. —Él la conduce al salón, donde hay varios sofás de diseño. Toman asiento—. Estoy investigando la desaparición de una mujer, Bryden Frost —explica la inspectora.

Él siente cómo sus cejas se arquean.

—¿Ha desaparecido?

—Sí. En algún momento del día de ayer, en su casa. ¿No ha visto las noticias?

Él niega con la cabeza, frunciendo el ceño.

—No, he estado trabajando.

—Nos preocupa que le haya ocurrido algo. Estamos hablando con personas que tuviesen algún contacto con ella —explica la inspectora.

—Bueno, apenas la conozco —responde—. Solo la vi una vez, hace varias semanas; yo iba en mi Tesla y ella me golpeó por detrás con su Volvo.

—Pero intercambiaron sus datos de contacto y dirección.

—Bueno, sí, es lo normal en un accidente menor, ¿no? Quería que pagara los daños. Y así lo hizo, en efectivo.

—¿Puede darme más detalles?

—Todo transcurrió de manera muy cordial; estaba claro que la culpa había sido de ella. La llamé cuando me dieron el presupuesto. Al final acordamos no hacerlo a través del seguro, y ella me dijo que prefería pagarme en efectivo. La volví a llamar cuando me devolvieron el coche y quedamos en una cafetería cerca de donde ocurrió el accidente. Le enseñé la factura y ella me dio los dos mil setecientos dólares, creo; en realidad era un poco más, pero redondeé a la baja, y eso fue todo. Nunca más me puse en contacto con ella, ni la vi, ni supe nada más de ella.

—¿Nunca estuvo en su casa?

—Acabo de decirle que no.

—¿Y cómo se llama la cafetería donde quedaron?

—The Daily Grind, está en la esquina de Chandler con Dover.

—¿Recuerda el día y la hora del encuentro?

Derek empieza a sentirse incómodo.

—No, no lo recuerdo. ¿Qué importancia tiene?

—Solo estoy preguntando, señor Gardner. ¿Prefiere no responder?

Su irritación aumenta. Seguro que es una gran inspectora, pero a él no le cae nada bien y hasta ha dejado de parecerle atractiva.

—Un momento, voy a buscar mi agenda —dice con suavidad, disimulando su desagrado.

Se dirige a su despacho, coge una agenda de cuero del escritorio y revisa las páginas de las semanas anteriores. Localiza la cita del taller, y allí está, justo el día siguiente: la anotación de su encuentro con Bryden Frost en The Daily Grind a las 16.30, el 26 de enero. Lleva la agenda al salón y se la muestra a la inspectora.

—¿Y no volvió a verla ni a hablar con ella después de ese día?

—No, ya se lo he dicho antes.

—De acuerdo, eso es todo entonces. —La inspectora se levanta del sofá y él la acompaña hasta la puerta—. Que tenga un buen día, señor Gardner.

—Espero que la encuentren —responde él. La observa subir al coche y salir marcha atrás del camino de entrada.

Jayne se aleja de la casa de Derek Gardner. Le ha parecido bastante presuntuoso, pero no tiene motivos para pensar que mintiese.

Regresa a la comisaría. Nadie ha aportado ninguna información sólida, ni siquiera después de la declaración y el llamamiento de esta mañana. Han recibido varios avisos sobre una mujer que encaja con la descripción de Bryden, pero todos han sido descartados. Siguen revisando los datos de todas las personas que viven o trabajan en el edificio, en especial si cuentan con antecedentes penales. Pronto debería tener un informe completo sobre la mesa.

Recibe una llamada del agente de paisano que vigila a Henry Kemp.

—¿Sí? —responde Jayne.

—El cabrón no ha ido a ningún sitio, solo al Dunkin' Donuts.

—De acuerdo, sigue vigilándolo —ordena Jayne.

El inspector Kilgour llama a su puerta. Viene del concesionario de Kemp, donde ha hablado tanto con él como con sus empleados. Niega con la cabeza.

—Kemp se ausentó ayer dos veces del concesionario. Una para almorzar en un restaurante cercano: al menos dos camareros confirman que estuvo allí casi una hora. La otra fue por la tarde, cuando salió a probar un coche con una clienta. He hablado ya con ella y lo ha corroborado. El resto del día estuvo en el concesionario, lo hemos comprobado en las grabaciones de las cámaras de seguridad. No es nuestro hombre.

—De acuerdo —dice Jayne, desanimada—. En tal caso, no tiene sentido seguir vigilándolo.

Otro agente golpea en la puerta.

—He estado en Rolf y Weiner, el bufete donde trabaja Bryden —informa.

—¿Algo interesante? —pregunta Jayne.

—Llevan la contabilidad de muchas empresas medianas y grandes de Albany y alrededores. Nada raro por lo que he podido apreciar. Ella es respetada y muy valorada entre sus compañeros. Cuando les pregunté si habían notado algo raro en ella, si podría estar metida en algún lío, todos me miraron como a un loco. Se les ve muy preocupados por ella y coinciden en que jamás dejaría a su hija y su marido así sin más.

—Cierto, no parece muy probable. No hemos visto ninguna evidencia que apunte en ese sentido, ninguna reserva de dinero o activos para una posible fuga. Al menos de momento.

—Cada céntimo de su sueldo está justificado —coincide Kilgour.

—Gracias, Martin —dice Jayne, y el agente se marcha. Luego, a Kilgour—: Si se tratara de un accidente o de una desgracia fortuita, ya la habríamos encontrado: hemos registrado el edificio de arriba abajo, y también los alrededores. —Mira a su compañero a los ojos—. Lo más probable es que haya habido algún tipo de actividad delictiva: un desconocido que llamó a su puerta o alguien que conociese. Si no se la llevaron por el aparcamiento subterráneo, es posible que siga dentro del edificio, posiblemente en alguna de las viviendas.

El inspector Kilgour asiente.

—Debemos hablar con las personas más cercanas a ella —sigue diciendo Jayne—. El marido no me da muy buena espina. Me dijo que ayer salió un par de horas, de doce a dos, solo; según él, compró comida para llevar y se fue a Washington Park. Un almuerzo bastante largo, ¿no te parece? —Hace una pausa y prosigue—: Pero antes de traerlo aquí, quiero hablar a solas con la hermana y con los padres, que vienen de Florida. Y también con su mejor amiga, Paige Mason. Sam la mencionó. Necesitamos recabar todos los datos relevantes sobre la desaparecida antes de interrogar al marido.

10

Lizzie ha recogido a sus padres del aeropuerto y los ha llevado a su piso de Center Square, no muy lejos del centro. Se trata de un agradable apartamento de dos dormitorios situado en un edificio antiguo de ladrillos, sin ascensor; es un inmueble con carácter y multitud de detalles arquitectónicos originales. Para ella es suficiente, y le gusta el encanto del edificio y del vecindario. Está a solo unos minutos en coche, dirección noroeste, del edificio de su hermana en Buckingham Lake.

Aunque los vio hace apenas tres meses, en Navidad, sus padres parecen más mayores y frágiles de lo que recordaba, como si no pudieran valerse por sí mismos. Quizá se deba al shock por la desaparición de Bryden. Apenas rebasan los sesenta, pero parecen haber envejecido diez años desde la última vez. Su padre siempre ha sido un hombre silencioso; a su madre, en cambio, le encanta hablar. Pero ahora apenas abre la boca. Lizzie también tiene que ocuparse de Clara, una niña de tres años asustada, alterada y que echa de menos a su madre. Ha estado intentando consolarla, mantenerla ocupada para que dejase de llorar. La pequeña ha percibido la angustia emocional de los adultos. Su rutina se ha visto afectada y lo único que quiere es estar con su madre.

Esta mañana, en el hospital, Lizzie se ha pedido la baja indefinida. Han sido comprensivos y le han dicho que se tome todo el tiempo que necesite.

Sienta a Clara en las rodillas de su abuela, en el salón, y va a su dormitorio para llamar a Sam, que responde al primer tono.

—¿Alguna novedad? —pregunta, aunque sabe que, de ser ese el caso, le habría enviado un mensaje al instante.

—Nada.

—Estamos en mi apartamento, mis padres han llegado ya. —Duda si proponerle ir a su casa, quizá él no tenga ánimos. La relación de sus padres con él siempre ha sido cercana, y resultaría extraño que no fuesen a visitarlo. Como Sam no dice nada, añade—: Quieren verte.

—Claro, claro, que vengan. Lo suyo es que estemos todos juntos.

—De acuerdo. —Lizzie hace una pausa—. ¿Has comido algo?

—No.

—Si quieres, puedo quedarme también esta noche en el apartamento y así te echo una mano con Clara. Mis padres duermen en mi casa, yo me encargo de llevarlos luego de vuelta, seguro que se las apañan bien solos.

—Sería genial. Gracias, Lizzie. ¿Cómo está Clara?

—Está bien.

Se arma de valor para llevar a la niña y a sus padres a Constitution Drive. De algún modo tienen que superar esto juntos. Tienen que ser fuertes.

Después de la noche tan mala que ha pasado, Tracy no se veía con fuerzas para ir a trabajar esta mañana y ha llamado para decir que estaba enferma. Así que se encuentra en su apartamento cuando oye sonar el móvil. Al ver el nombre de la persona que llama, no da crédito. ¿Qué quiere Angela ahora, después de tanto tiempo evitándola y negándose a hablar con ella? Otra amiga de conveniencia. ¿Debería contestar? Al cuarto tono de llamada, pulsa la tecla verde.

—¿Sí?

—Tracy, soy Angela, tu vecina de enfrente.

Suena nerviosa, piensa Tracy.

—Lo sé.

—Te has enterado de lo de Bryden, ¿verdad?

—Sí. ¿Por qué? —No piensa ponérselo fácil.

Entonces Angela comienza a hablar de forma atropellada y Tracy no puede creer lo que está oyendo.

—Tracy, si hay alguna posibilidad de que Henry se haya llevado a Bryden, tienes que…

Tracy cuelga de golpe. El corazón le late demasiado rápido. Se siente mareada y llena de furia. Está furiosa con Angela, con su marido, con todos.

A Sam le cuesta concentrarse. Hay demasiada actividad a su alrededor desde que Lizzie llegó con sus padres y la niña, y casi desearía estar solo otra vez. Tiene la cabeza saturada y lo único que anhela es un poco de tranquilidad. Es media tarde y le vendría bien echarse una siesta al menos. Anoche no durmió nada de nada. Clara está muy exigente y a él se le está agotando la paciencia. Ahora la tiene sobre sus rodillas, dándole suaves manotazos en la cara para llamar su atención. Le sujeta la manita para que pare.

No veía a sus suegros desde Navidad —hace apenas tres meses—, pero le ha sorprendido lo estropeados que están, como si hubiesen envejecido de golpe. Aunque sabe que él también tiene muy mal aspecto. Todos atraviesan un momento muy duro. Los aprecia mucho, tanto a Donna como a Jim, pero hay que estar muy pendiente de ellos. Lizzie va de un lado a otro, asegurándose de que todos se encuentren bien, sirviendo café y galletas que nadie toca, hablando de cosas triviales para que no decaigan los ánimos. Al estar Clara delante, nadie quiere que se le escape ningún comentario indebido.

Sam no entiende de dónde saca su cuñada la fuerza para mantenerse tan entera. Debe de estar tan exhausta y asustada como él. Pero, en fin, son sus padres, así que deja que ella se ocupe de ellos, igual que se encargaba Bryden cuando venían de visita. Dios, necesita a su mujer, necesita que cuide de Clara. ¿Cómo va a arreglárselas sin ella?

De repente, le entran ganas de llorar; intenta reprimirlas, pero no llega a tiempo. Todos lo oyen y lo miran con preocupación. Incluso Clara se ha quedado quieta, observándolo. Él se lleva una mano a la cara y dice:

—Perdón.

—No tienes que disculparte, Sam —responde Donna con los ojos también llorosos.

El rostro de Jim se tensa, hace lo posible por mantener el tipo. Bryden lleva desaparecida casi veinticuatro horas y no saben nada de ella. Con cada hora que pasa, sus pensamientos se vuelven más y más sombríos.

Sam consulta el móvil y dice:

—Angela está en casa. Pregunta si Clara quiere ir a jugar un rato con Savanah.

Lizzie asiente, aliviada.

—Le vendrá bien. Yo la llevo. —Coge a Clara en brazos y dice—: Venga, vamos a ver a Savanah.

Cuando Lizzie regresa de casa de la vecina y se sienta en el sofá, a su lado, parece como si le hubieran drenado toda la energía. Está casi catatónica, con la mirada perdida.

—¿Te encuentras bien? —le pregunta Sam.

Su cuñada se limita a negar con la cabeza y a morderse el labio inferior.

—¿Qué está haciendo la policía? —pregunta Jim de pronto.

—Todo lo que puede —responde Sam. Lo pone al corriente de lo que le contó la inspectora y su suegro parece quedarse conforme. Todos están inquietos por el hombre del apartamento 811.

—No puedo creer que esto esté pasando —dice Donna con voz temblorosa.

Sam menea la cabeza, impotente.

—Lo único que podemos hacer es esperar.

Justo en ese momento llaman a la puerta y Sam pega un respingo. Todo su cuerpo se pone en tensión mientras Lizzie se levanta y camina por el pasillo. Oye la voz de la inspectora. Siente que está a punto de hiperventilar. Todos contienen la respiración.

¿La habrán encontrado?

La inspectora Salter aparece en el salón acompañada por Kilgour. Sam y Lizzie conocieron anoche al alto y fornido inspector cuando les informaron sobre los avances en la búsqueda. Ahora Salter saluda a los padres de Bryden y se presentan formalmente.

Sam observa que la inspectora se sienta en uno de los sillones, mientras Kilgour permanece de pie.

—He venido para ver qué tal lo llevan —dice Salter, mirando a todos; luego clava los ojos en Sam.

Él le sostiene la mirada y se encoge de hombros, impotente.

—La coartada de Henry Kemp ha sido verificada. Hemos comprobado todos sus movimientos de ayer y podemos asegurar que él no tiene nada que ver con la desaparición de Bryden —expone Salter con calma. Los mira a todos, uno por uno, y prosigue—: Nadie la ha visto. La última vez que guardó el archivo en el que estaba trabajando fue a las 12.42; parece tener la costumbre de guardar su trabajo cada quince minutos, más o menos. Así que creemos que, lo que fuera que pasó, debió de ocurrir alrededor de la una de la tarde. Es nuestra hipótesis más sólida.

La inspectora vuelve a mirar a Sam; sabe que él estuvo fuera de su oficina a esa hora. Sam siente cómo un escalofrío le recorre el cuerpo.

—Sabemos que Bryden no salió del edificio por la puerta delantera ni por la trasera. Hemos revisado las grabaciones de las cámaras. Si salió, solo pudo haberlo hecho por el garaje. Las cámaras del sótano llevan casi dos semanas sin funcionar.

Mira de nuevo a Sam.

—¿Sabía usted que esas cámaras no funcionaban?

—Sí, lo sabíamos todos —responde él—. La administración nos envió un aviso diciendo que iban a arreglarlas.

—¡No puede haber desaparecido sin más! —exclama Lizzie—. Tiene que estar en algún sitio.

—Su descripción ya circula por todos los canales policiales y medios de comunicación —señala la inspectora—. Estamos haciendo todo lo posible. Ahora, si no les importa, nos gustaría hablar con cada uno de ustedes por separado. Empezaremos con usted, Lizzie. —Luego, a Sam—: ¿Hay otra habitación que podamos usar?

—El estudio —responde él.

Sam se queda en el salón, junto a los padres de su mujer, y observa cómo ambos inspectores siguen a Lizzie por el pasillo.

11

Lizzie toma asiento en el sofá cama. Está intranquila. Se alegra de haberlo recogido a toda prisa después de haber dormido aquí anoche. El pijama de Bryden cuelga del respaldo. La inspectora Salter arrastra una silla de la esquina y se sienta cerca de ella; Kilgour hace lo mismo.

Lizzie piensa que ya deberían haber encontrado a su hermana. ¿En qué han andado todo este tiempo? Pero quizá esté siendo injusta. Ve que Salter le hace un gesto a Kilgour. Antes de que digan nada, Lizzie pregunta:

—¿Están cien por cien seguros de lo de Kemp?

—Sí —responde Salter.

—Sé que esto es difícil, Lizzie —interviene Kilgour—, pero esperamos que pueda ayudarnos.

Lizzie asiente, deseosa de colaborar.

—¿Podría decirnos qué relación tiene con su hermana?

—Estamos muy unidas. Casi podría decir que es mi mejor amiga, nos lo contamos todo.

—Entiendo —contesta el inspector—. ¿Hay algún detalle sobre su hermana que pudiera ser relevante para la investigación y que quiera compartir con nosotros de manera confidencial?

Lizzie los mira a los dos.

—No, no se me ocurre nada. —Antes de que puedan hacerle otra pregunta, añade—: Aunque hay algo que me preocupa.

—¿El qué? —pregunta Salter, inclinándose hacia delante.

—¿Y si sigue en el edificio? —Lizzie ha pasado la noche en vela, dándole vueltas a la cabeza, y quiere compartir sus teorías—. Es decir, ¿y si no llegó a salir del edificio y está en algún apartamento?

—Somos conscientes de esa posibilidad —responde Salter con gesto serio—. No podemos entrar en los pisos sin consentimiento. Necesitaríamos una orden de registro, pero para obtenerla hace falta un motivo de peso. Estamos comprobando lo más rápido posible los antecedentes de todas las personas que viven o trabajan aquí.

—Por eso es importante que nos diga si recuerda algo que Bryden pudiera haber mencionado —añade Kilgour—. Por ejemplo, algún vecino que la mirase de forma extraña o que le diera mala espina. O si ha entablado amistad con alguien recientemente.

Lizzie niega con la cabeza.

—No, me acordaría. Seguro que me habría contado algo así.

—¿Sabe si estaba viéndose con alguien a espaldas de Sam? —pregunta Salter.

Lizzie la mira fijamente.

—¿Me está preguntando si tenía una aventura? En absoluto. Nunca lo engañaría.

—De acuerdo —dice la inspectora—. ¿Algún problema con amigos, compañeros de trabajo?

—No —responde Lizzie—. ¿Recuerda el caso de la chica que desapareció en el hotel Cecil de Los Ángeles? La encontraron en la azotea, en uno de los depósitos de agua.

—Sí —contesta Salter—. El caso de Elisa Lam.

Lizzie traga saliva.

—Me pregunto si no le habrá pasado algo parecido. —De pronto, rompe a llorar y, entre lágrimas, logra decir—: ¿Y si sigue aquí, escondida en los depósitos de agua, en la sala de calderas o cualquier otro sitio?

Los inspectores se miran.

—¿Podrían revisarlo todo de nuevo? —les ruega, sorbiéndose los mocos—. ¿Quizá podrían llevar perros?

La inspectora Salter hace una pausa antes de responder:

—Solicitamos la unidad canina nada más empezar la búsqueda, pero, por desgracia, no está disponible en este momento. Vendrán en cuanto sea posible.

Lizzie saca un pañuelo del bolsillo y se enjuga las lágrimas. Los inspectores esperan a que se recomponga, y entonces Kilgour pregunta:

—¿Dónde estaba usted ayer, entre las doce de la mañana y las tres de la tarde?

Lizzie se queda desconcertada.

—¿Cómo? ¿Ahora soy sospechosa?

—Por favor, limítese a responder.

—Estaba en casa, en mi apartamento.

—¿A qué se dedica?

—Soy enfermera. Trabajo por turnos. Ayer me tocaba librar.

—De acuerdo. ¿Había alguien con usted en el apartamento?

Lizzie ya sabe por dónde van los tiros.

—No. No había nadie conmigo. Estoy soltera. —Siente cómo se le encienden las mejillas, como si hubiese admitido un gran fracaso personal. En el fondo, es así como lo siente: a sus treinta y dos años sigue sin pareja. Es una mujer moderna e independiente, y le da rabia sentirse de ese modo. Solo quiere amar a alguien. Y ser correspondida. ¿Tan malo es eso? Sus estanterías están repletas de novelas románticas.

—Bien —dice el inspector Kilgour—. ¿Y sabe si todo iba bien entre su hermana y Sam?

—Sí, por supuesto —responde con firmeza.

—Parece muy segura de eso —observa Salter.

—Lo estoy.

—¿Sam nunca pierde los nervios? —insiste la inspectora.

—¡No! Por lo menos, no delante de mí. De ser así, Bryden me lo habría dicho. —Luego añade—: Él nunca le haría daño.

—De acuerdo. Muchas gracias, Lizzie. Intente ser fuerte. La encontraremos.

Cuando Lizzie sale del estudio, Jayne se levanta y se acerca a Kilgour.

—Puede que esté en lo cierto —dice él en voz baja.

—Lo sé, joder —responde Jayne—. Bryden podría seguir en el edificio, en algún apartamento, y de momento no podemos hacer absolutamente nada al respecto. —Tras una pausa, continúa—: ¿Crees que pasaron algo por alto durante la búsqueda? Tiene razón con lo del caso Lam. Creían que lo habían registrado todo y la encontraron en el depósito porque el agua sabía rara. Si no, allí seguiría.

Kilgour parece dudar.

—Me quedaría más tranquilo si tuviéramos la unidad canina.

—Y yo —susurra ella—. Si no revisamos de nuevo el edificio, la familia se va a quejar. Y la presión pública es muy fuerte en este caso: una madre que desaparece en su propia casa. Es muy desconcertante.

12

Sam observa a Lizzie cuando regresa al salón. Quiere saber de qué ha hablado con los inspectores, supone que le han preguntado por él. Salter llama a Donna y Jim, que se levantan juntos para ir al estudio. Sam espera a que entren y la puerta se cierre. Pero antes de que pueda comentarle nada a Lizzie, suena el móvil. Es Paige, la mejor amiga de Bryden. No le sorprende su llamada. Ya le había preguntado a Salter si le parecía bien que Paige viniese al apartamento, y la inspectora había dado el visto bueno.

—¿Se sabe algo? —pregunta Paige ansiosa.

—Nada nuevo.

—¿Quieres que vaya?

—Sí. Han venido los padres de Bryden. Los inspectores están hablando con ellos. Lizzie también está aquí. —Después añade—: Seguramente querrán hablar también contigo.

—De acuerdo, voy ahora mismo.

—¿Quién era? —pregunta Lizzie cuando cuelga.

—Paige.

Sam sabe que Paige no es precisamente la persona favorita de su cuñada. Ambas tienen una especie de pique por el afecto de Clara. Paige viene muy a menudo y es la niñera preferida de la pequeña. Así que debería estar aquí, es casi de la familia; de hecho, es la madrina de Clara. Lizzie no parece tener ganas de hablar con él y se queda absorta, mirando el móvil.

Paige no tarda en llegar. Sam la encuentra muy cambiada. Ella lo abraza con fuerza en la puerta y luego se aparta, examinando su rostro con preocupación.

—Ay, Dios, Sam. ¿Qué pudo haberle pasado? ¿Estás bien?

Al ver el rostro familiar de Paige, Sam siente que algo dentro de él se desmorona. Incapaz de contenerse, rompe a llorar. Ella lo rodea de nuevo con sus brazos y lo estrecha con fuerza contra su pecho. Por fin, él se aparta y se enjuga los ojos con las manos.

—Perdón —dice de forma automática.

Cuando se reúnen con Lizzie en el salón, Sam la pone al tanto de todo. Su voz suena sombría.

Paige lo mira a los ojos y dice:

—No ha pasado tanto tiempo. No puedes perder la esperanza, Sam. Seguro que Bryden está en alguna parte, ya verás como la encuentran.

Paige se muerde la comisura del labio. Bryden ha desaparecido y dos inspectores están hablando con sus padres en la habitación contigua. Pobres Donna y Jim, cuánto deben de estar sufriendo. Todo resulta casi irreal y siente cómo la ansiedad se le acumula en el pecho. No sabe qué va a pasar ahora, pero sí que tendrá que hablar con los inspectores, y eso la inquieta.

Donna y Jim salen del estudio, aturdidos, seguidos por un hombre y una mujer vestidos con trajes oscuros. Saluda a los padres de Bryden, a quienes conoce desde hace años, y le da un abrazo a cada uno. Luego Sam la presenta a los inspectores:

—Esta es Paige Mason, la mejor amiga de Bryden… y la madrina de Clara.

—¿Podemos hablar con usted unos minutos? —pregunta la inspectora Salter.

—Por supuesto.

Jayne nota la mirada de Sam clavada en su espalda mientras se aleja por el pasillo.

En el estudio, Jayne observa a la mujer que tiene frente a ella. Paige Mason es una mujer hermosa y le da la impresión de que es muy consciente de ello, incluso en circunstancias como estas. Hay algo en la forma en que se mueve, en cómo se aparta el pelo de los ojos. No lleva anillo de casada. Se pregunta si sabrá más detalles de la vida de Bryden que su vecina Angela o su hermana Lizzie. Los padres no han sido de gran ayuda, llevan un par de años viviendo en Florida. Siente que el tiempo se le acaba.

—¿Desde cuándo conoce a Bryden? —pregunta.

—Nos conocimos en la carrera, las dos fuimos a la Universidad de Nueva York. Es curioso, porque las dos somos de Albany, pero no habíamos coincidido hasta entonces.

—¿Y tienen una relación estrecha? —pregunta la inspectora.

—Fuimos compañeras de habitación y nos hicimos muy amigas. Después de graduarnos, volvimos a Albany. Así que la conozco desde hace unos dieciséis años.

—¿A qué se dedica?

—Soy directora de comunicación de una empresa de Albany, Bennett Communications Group.

—Por lo que tengo entendido, además de Sam y Lizzie, usted es quien mejor conoce a Bryden. ¿Se le ocurre algo que pudiera estar relacionado con su desaparición?

Paige la mira y niega con la cabeza.

—¿Cuándo fue la última vez que la vio? —interviene Kilgour.

—El domingo por la noche. Vine a cenar.

—¿Y cómo la vio? —pregunta el inspector.

—Completamente normal. Como siempre.

—¿Ninguna tensión con su marido?

—No.

Jayne se inclina un poco más.

—¿Tenía algún secreto?

Paige entorna los párpados.

—Bryden no es de guardar secretos.

—O quizá es muy buena guardándolos —sugiere Jayne con tacto.

—Bryden me lo cuenta todo, igual que yo a ella.

—¿Qué me dice de su matrimonio?

—Sé que Bryden y Sam están bien. Son felices. Ninguno de los dos sería capaz de engañar al otro.

Pero desvía la mirada hacia la izquierda al decirlo. Jayne toma buena nota. Es una señal de que alguien miente.

Paige vuelve a mirarla a los ojos.

—Sam no tiene nada que ver con su desaparición, si eso es lo que piensan.

—¿Y algún admirador? —sugiere Jayne—. Tal vez Bryden no tuviera interés en otros hombres, pero es posible que alguien tuviera interés en ella. ¿Alguna vez mencionó algo así?

Paige niega con la cabeza.

—No, lo siento. Nunca.

—¿Alguna vez le habló de algún vecino? ¿Alguien con quien tuviera algún problema o que la hiciera sentir incómoda? —pregunta Kilgour.

—No, nunca. A ella le gusta vivir aquí. Y, exceptuando a Angela, no conoce a nadie más, solo de hola y adiós, ya me entienden. No hay muchas familias jóvenes en este edificio.

El móvil de Paige suena; lo coge rápidamente y lo apaga.

—¿Y la gente del trabajo? —pregunta Kilgour—. ¿Alguna vez le mencionó a alguien?

Paige vuelve a negar con la cabeza.

—Que yo sepa, se lleva bien con todo el mundo. No creo que haya tenido ningún problema con nadie. La verdad es que estoy tan perdida como ustedes.

Hablan un rato más, pero Paige no tiene nada relevante que aportar, así que Jayne le entrega su tarjeta y deja que se vaya, no sin antes pedirle que la llame si recuerda cualquier cosa que pudiera serles de utilidad.

Poco después, Jayne y Kilgour abandonan el apartamento. En cuanto entran en el ascensor, Jayne dice:

—Creo que ha mentido sobre lo de la infidelidad.

—Eso mismo he pensado yo —se muestra de acuerdo Kilgour.

—Ha dicho: «Ninguno de los dos sería capaz de engañar al otro». ¿Quién crees que habrá sido infiel: Bryden o Sam?

—Podría ser cualquiera de los dos, o ambos.

Jayne asiente.

—Todo parece demasiado perfecto. Pero no me lo trago. Una mujer ha desaparecido, y tiene que haber algún motivo.

—¿Quieres que volvamos a hablar con ella? ¿La presionamos un poco más? —sugiere Kilgour.

—Sí, pero antes de apretar las tuercas a su círculo más cercano, quiero registrar el edificio otra vez con la unidad canina.

13

Donna está en el apartamento de su hija, repitiéndose a sí misma que Bryden salió ayer por la puerta por voluntad propia y que regresará en cualquier momento con alguna explicación completamente razonable, un motivo simple en el que ninguno de ellos ha caído. Algo como que salió a pasear, se desmayó —quizá está embarazada, cuando estaba esperando a Clara se desmayaba a veces— y se dio un golpe en la cabeza, y alguien la ayudó pero no la llevó al hospital porque no tenía ninguna identificación consigo, y se la llevó a su casa para cuidarla, y en cuanto se le pase la conmoción recordará su número de teléfono y los llamará, y todos reirán aliviados.

Pero los hechos hablan por sí solos: de haberse ido a pasear, se habría llevado las llaves y el móvil, pero ambos objetos están aquí. Siempre hay algún dato que se interpone en este tipo de fantasías. No obstante, son lo único que la sostiene en este momento. Habló con Bryden hace poco más de una semana. Ahora que lo piensa, el domingo pasado no la llamó, como suele hacer. ¿Debería haberle mencionado eso a los inspectores? Pero su hija no llama todos los domingos. Podría preguntarle a Sam qué estaban haciendo el domingo, a la hora de la cena. Tal vez estaban ocupados.

La última vez que habló con su hija, la semana anterior, todo parecía ir bien, no notó nada raro. Estaba un poco preocupada por Clara —es una niña muy sensible—, pero, quitando eso, nada fuera de lo común. No deja de pensar en su nieta. ¿Qué será de ella si no recupera a su madre? Pero se obliga a apartar ese tipo de pensamientos de su mente. No concibe la posibilidad de no ver más a su hija, y la idea de que Clara pierda a su madre con apenas tres años le resulta más insoportable aún.

Sam no sabría arreglárselas si se quedara solo, piensa. Es un buen padre, Bryden siempre lo ha dicho, y ella también lo cree, pero su hija es, con diferencia, la figura más presente en la crianza de la niña. En fin, casi siempre es la madre la que asume la mayor parte de los cuidados. Ese fue su caso cuando tuvo a sus hijas, pero sabe que hoy día se espera más de los padres. Cree que Sam debería ser un poco más prudente con las cosas que dice delante de Clara. Agradece que Angela se la haya llevado a su casa para que la pequeña no vea a los inspectores ni oiga cosas que no debería. Aunque tal vez no esté siendo del todo justa con su yerno, el pobre está desbordado por la situación, es evidente. ¿Qué podría ser peor para un hombre que perder a su mujer y a la madre de su hija? Y él la quiere mucho, todos lo saben.

Consulta la hora. Todavía usa reloj de pulsera, aunque ahora la gente utiliza el móvil para todo. Son casi las cinco, momento de empezar a pensar en la cena. Paige ya se ha marchado. Lizzie y ella se ocuparán de preparar algo. Menos mal que está Lizzie.

Deja a Jim en el salón, cabizbajo, y se dirige a la cocina. Nada más entrar, ve a Sam y Lizzie hablando en voz baja, al oído. Parece haber interrumpido algo porque ambos levantan la vista con un gesto culpable.

—¿Qué pasa? —pregunta inquieta.

—Nada —responde Lizzie—. Le estaba contando a Sam lo que me han preguntado los inspectores.

Pero Lizzie ya había contado antes todos los detalles. ¿Qué le estará diciendo a Sam que no les ha dicho a ellos?

—¿Hay algo que no nos has contado? —pregunta Donna.

—No, mamá.

Mira a su hija como cuando era niña y sabía que le estaba ocultando algo. Esa mirada que decía: desembucha.

Lizzie suspira y explica:

—Me han preguntado si tenía alguna coartada.

—¿Una coartada? —repite Donna. Luego con voz estridente—: ¿Para qué? ¿Es que creen que está muerta?

—Mamá, cálmate —dice Lizzie con firmeza—. Es un procedimiento normal. Supongo que no os lo ha pedido a vosotros porque sabe que estabais en Florida. —Hace una pausa—. La verdad es que yo no tengo coartada. Era mi día libre y estuve en casa sola, limpiando, descansando. No tengo muchos momentos para relajarme. —Mira a Sam—. Supongo que a ti también te lo han preguntado, pero tú estabas en el trabajo, ¿no?

Sam asiente, pero Donna percibe una incomodidad repentina en su yerno.

Lizzie debe de haberlo notado también, porque insiste:

—Estuviste en el trabajo todo el día, ¿verdad?

Se sucede un silencio largo y tenso.

—Me lo preguntaron esta mañana —admite Sam al fin—. Y no, no estuve en el trabajo *todo* el día. Salí un par de horas al mediodía, compré algo de comer y me fui al parque. —Mira a las dos mujeres con nerviosismo—. No tengo nada que ver con la desaparición de Bryden. Absolutamente nada. Pero ¿y si no me creen?

Donna lo observa; de repente no sabe qué pensar.

Jayne Salter ha conseguido que la unidad canina de la policía de Albany venga a inspeccionar el edificio de apartamentos ubicado en el número 100 de Constitution Drive. La espera ha sido frustrante, pero en esa unidad no dan abasto y les ha sido imposible acudir antes. Deberían presentarse de un momento a otro. Jayne y Kilgour están abajo, en la entrada, con los nervios a flor de piel. Son las 17.35 y Bryden Frost lleva desaparecida desde las 12.45 del día anterior, hace aproximadamente veintinueve horas.

Los agentes ya han terminado de interrogar a todos los residentes y trabajadores del edificio. Según parece, nadie vio a Bryden ayer; tampoco a nadie sospechoso ni nada fuera de lo común. Tras revisar los antecedentes, tampoco han hallado nada relevante sobre ningún vecino o empleado, salvo el arresto y posterior liberación de Kemp y un par de detenciones por conducir bajo los efectos del alcohol. Nada alarmante, nada que justifique una orden de registro. Pero es posible que alguien haya escapado al escrutinio. Algún vecino sin antecedentes policiales podría tener a Bryden en su apartamento en este mismo instante.

Jayne se centra en la búsqueda. Empezarán por el apartamento de Bryden, donde cogerán algún objeto con su olor, preferiblemente una prenda de vestir. El perro que van a traer está adiestrado tanto para seguir un rastro como para detectar cadáveres. Jayne quería tener todas las posibilidades cubiertas.

Ve llegar la furgoneta de la unidad canina de la policía de Albany, con los rótulos que la identifican con total claridad. El vehículo se detiene frente al edificio y un agente uniformado se baja y cierra de golpe la puerta del conductor. Residentes, periodistas y curiosos observan con expectación desde la calle. Todos saben que hay una mujer desaparecida en el edificio y están ansiosos por conocer más detalles. Varias cadenas de noticias han instalado cámaras y están preparando reportajes para los informativos de las seis. No dejan de tomar fotografías y grabar imágenes de la furgoneta. Jayne y Kilgour se dirigen hacia el agente.

—Inspectores Jayne Salter y Tom Kilgour —dice ella.

—Agente Hank Bremmer —responde él.

—Nos alegra que esté aquí. —Jayne lo pone al tanto de la situación.

—Este es mi mejor perro —dice el agente—. Está listo para empezar.

Se acerca a la parte trasera de la furgoneta, abre la puerta y ven un pastor alemán de pelaje negro y canela, sujeto mediante una correa. El animal, grande y ágil, salta con ímpetu fuera del vehículo. Da un leve tirón, pero una sola palabra de Bremmer basta para que se siente dócilmente mientras el agente cierra la puerta.

—Vamos, Brutus —ordena Bremmer.

Jayne ha avisado al administrador, ya que necesitan que esté con ellos para acceder a las zonas del edificio que requieren llave. Le hace un gesto desde el otro lado de la puerta de cristal y Ravi los deja pasar. Los observa con expresión preocupada desde el mostrador del vestíbulo, mientras ellos, con el perro a la cabeza, encaminan sus pasos hacia el ascensor.

Cuando llegan a la planta octava, Jayne inspira profundamente y suelta el aire con lentitud. No los ha avisado, quiere ver sus reacciones. Cruza una mirada con Kilgour. Él también parece tenso. Las puertas del ascensor se abren.

—Apartamento 804 —dice Jayne.

Avanzan por el pasillo enmoquetado, el perro tira con fuerza de la correa. Jayne llama a la puerta.

14

Jayne se prepara para lo que está a punto de suceder. Es Donna quien abre la puerta. Al ver al perro, da un paso atrás de forma involuntaria, como si le tuviese miedo. Luego se recompone y dice por encima del hombro:

—¡Sam!

Sam aparece en el recibidor. Ve al perro grande que jadea, al agente que lo lleva sujeto, a los inspectores, y por un momento se queda sin palabras. Jayne trata de interpretar su reacción, pero no saca nada en claro.

Entonces Lizzie aparece detrás de Sam y comenta:

—Ah, genial, han traído al perro.

—Pasen —dice Sam al fin.

Al llegar al salón, Jayne observa que Paige y la niña no están, pero pregunta de todos modos para asegurarse:

—¿Dónde está su hija?

—Con Angela —responde Sam.

Jayne asiente, aliviada.

—Vamos a revisar de nuevo el edificio. Este es el agente Bremmer. Necesita algo de Bryden para que el perro pueda rastrear su olor.

—Una prenda de ropa estaría bien —añade Bremmer—. Quizá algo de la cesta de la ropa sucia.

Sam va al dormitorio a buscar una prenda. Todos guardan silencio mientras esperan su regreso; solo se oye el sonido inquietante del perro jadeando. Jayne no puede evitar observar a Lizzie y preguntarse en qué estará pensando. Ella solicitó la unidad canina, pero ahora parece haber enmudecido, como si temiese que pudieran encontrar algo. Lógico, piensa.

Sam regresa con una camiseta y se la entrega a Bremmer. Todos observan cómo el agente acerca la prenda al perro. El animal la olfatea a conciencia, hundiendo el hocico en ella.

—Si hay algo en el edificio, este perro lo encontrará —explica Jayne con voz suave—. Está adiestrado tanto en labores de rastreo como en localizar cadáveres.

Al oír la palabra «cadáveres», todo el mundo se queda en silencio. El rostro de Sam palidece y los padres de Bryden parecen devastados. Aunque nunca pierde la esperanza en los casos de desaparición, Jayne sabe que a estas alturas podría no estar viva. Para la familia, es una idea que todavía tienen que digerir.

De pronto, Sam está completamente lívido y le tiemblan las rodillas. Jayne lo observa con preocupación. Ha visto a hombres adultos desmayarse antes.

—Sam, será mejor que se siente.

Tras dejarse caer en el sofá, Jayne lo observa un momento antes de dar media vuelta y enfilar hacia la puerta.

—¿Puedo ir con ustedes? —pregunta Lizzie.

Jayne se vuelve. Hay en la hermana de Bryden una avidez que le resulta casi desagradable.

—No. Todos deben quedarse aquí, en el apartamento.

—Vamos —dice Bremmer, y guía al perro hacia la puerta.

Brutus se detiene un instante y olfatea el área entre el salón y el recibidor. Gime un poco y Bremmer lo observa de cerca.

Luego se calma, salen por la puerta y avanzan por el pasillo. Con el hocico pegado al suelo, el perro se dirige a los ascensores. Es normal que detecte el olor de Bryden aquí, piensa Jayne. Lo que hay que ver es si lo percibe en algún lugar del edificio donde no se espera que esté. El animal sigue el rastro desde la puerta del apartamento 804 hasta los ascensores, pasando por el piso de Angela Romano y la zona de basuras, pero no detecta nada más en la octava planta.

—La desaparecida no ha estado en ninguna otra vivienda de esta planta —informa Bremmer.

El perro no muestra interés por las escaleras que hay en cada extremo del pasillo.

—Veamos en otras plantas —propone el agente.

Todos entran en el ascensor y suben a la planta doce, la última. Al salir, el perro no detecta ningún rastro de Bryden, ni en el pasillo, ni en las escaleras. Repiten la misma operación planta por planta. Llegan al vestíbulo y, en cuanto se abren las puertas, el animal agacha la cabeza con entusiasmo y sigue claramente el olor de Bryden hasta la entrada principal, también hasta la conserjería y los buzones, pero obvia las puertas traseras. Regresan a los ascensores.

—¿Dónde está el coche de la desaparecida? —pregunta Bremmer.

—En el sótano 1B —responde Jayne.

—Vayamos primero al 2B.

En el 2B, Brutus no capta ningún rastro. Se desplazan luego al 1B y, en cuanto el ascensor se abre, el perro atraviesa con ímpetu unas puertas dobles acristaladas y los conduce directamente al coche de Bryden, que ya había sido registrado a fondo. Bremmer le da una golosina. Después baja de nuevo el hocico y guía a su adiestrador hasta el coche de al lado, a la puerta del copiloto.

—Ese es el coche de Sam —dice Kilgour.

—Todo indica que Bryden solía tomar el ascensor cuando salía de casa, y que se bajaba en la planta baja o en el 1B. Y cuando se bajaba en el 1B, se dirigía a su vehículo o al de su marido —explica Bremmer—. Brutus no ha detectado nada más.

—Entonces ¿no hay posibilidad de que saliera a pie del aparcamiento? —pregunta Jayne.

—No —responde el agente—. Y tampoco la llevaron hasta otro coche del aparcamiento; de lo contrario, Brutus lo habría rastreado. —Hace una pausa—. Parecía algo agitado en el apartamento.

—¿Cree que la pudieron asesinar allí? —inquiere Jayne. Sabe que no hace falta que un cuerpo lleve mucho tiempo muerto, apenas unos minutos, para que un perro adiestrado en detectar cadáveres lo perciba. ¿Tal vez movieron el cuerpo demasiado deprisa? ¿Cómo podrían haberlo sacado de allí sin que nadie viera nada?

Bremmer niega con la cabeza.

—No lo sé. Brutus no parecía del todo seguro.

Vuelven a los ascensores mientras Jayne envía un mensaje a Ravi para que baje con las llaves. Desde allí, Brutus agacha el hocico y los conduce por el pasillo, atraviesa otra puerta doble que da acceso al almacén y al cuarto de mantenimiento. Empieza a tirar con más fuerza de la correa, y Bremmer le lanza a Jayne una mirada de advertencia, como diciendo: «Prepárese». El perro araña el suelo de cemento que queda justo enfrente de una puerta con el rótulo: TRASTEROS. Ravi aparece al fin, busca la llave correspondiente entre el manojo que tiene en la mano y la abre. Jayne sabe que ayer revisaron esta zona.

Tras abrir la puerta, aparecen varias hileras de trasteros, cada uno delimitado por una malla metálica, de modo que es posible ver lo que hay dentro de cada uno. Jayne camina tras Bremmer y el perro, que se muestra cada vez más alterado, por un primer pasillo flanqueado por bicicletas, trastos viejos y material de acampada. Jayne se detiene frente al trastero 804, el de Bryden y Sam, y echa un vistazo a través de la malla metálica. Está lleno de enseres de bebé: un parquecito infantil, una mecedora, una cuna y varias cajas con la inscripción ROPA DE BEBÉ, todo cuidadosamente cubierto con un plástico transparente, a la espera de ser usado. Angela Romano le comentó que estaban intentando tener otro hijo. Entonces oye los ladridos del perro, cada vez más descontrolados, provenientes del fondo del pasillo, y la invade una sensación terrible.

Avanza en dirección a los ladridos. Bremmer y Kilgour están frente a la puerta, ligeramente entreabierta, de otro trastero. Dentro hay varias cajas de cartón formando pilas de aproximadamente un metro y otra caja abierta llena de equipos informáticos antiguos. Jayne se gira y le indica a Ravi que se quede atrás. El adiestrador se mete la mano en el bolsillo, saca unos guantes y se los pone. Kilgour hace lo mismo, y Jayne sigue el ejemplo de ambos. A continuación, Bremmer abre del todo la puerta.

Brutus entra de un salto y se sube a las cajas de cartón, ladra con furia a algo que hay detrás. Jayne no percibe ningún olor, pero es obvio que el perro sí.

Bremmer entra tras él y les hace una señal a Jayne y a Kilgour para que se acerquen. Los tres se inclinan sobre las cajas de cartón reblandecido por la humedad para ver qué es lo que tiene tan alterado al animal.

En el suelo, detrás de las cajas, hay una maleta grande. El perro no deja de ladrar.

—Creo que la hemos encontrado —declara Bremmer con aire solemne.

15

Brutus, tras cumplir con su tarea, permanece en silencio. Jayne observa cómo Bremmer le ofrece una golosina del bolsillo, que el perro devora al instante, y siente que se le revuelve un poco el estómago.

Se da media vuelta y ve a Ravi un poco más atrás, con el cuerpo rígido, alarmado.

—¿De quién es este trastero? —le pregunta Jayne.

—Corresponde al apartamento vacío de la planta octava. Se mudaron hace un par de meses —responde el administrador con voz temblorosa.

—Llama a la policía científica, que entren por el garaje, sótano 1B —le dice Jayne a Kilgour. Luego mira a Ravi y le ordena—: Cuando lleguen, déjelos pasar. Y ni una palabra de esto a nadie, ¿de acuerdo? Los periodistas se van a dar cuenta al menor movimiento que vean, pero usted no diga nada, ¿vale?

Él asiente enseguida. Parece desbordado, piensa Jayne. Después de que el administrador se marche, respira hondo para intentar recomponerse un poco y le dice a Bremmer:

—Buen trabajo.

La policía científica no tarda en llegar; la furgoneta blanca aparca en el garaje, cerca de los ascensores. Jayne los pone al corriente y los conduce hasta los trasteros. El equipo se pone manos a la obra de inmediato; ataviados con monos blancos y cubrezapatos, empiezan a trabajar de forma metódica. La zona ha quedado acordonada con una cinta policial amarilla. Jayne se calza los pequeños cubrezapatos de papel que le facilitan y se acerca al inspector Kilgour, que está frente al trastero abierto. Juntos observan lo que ocurre dentro, cada uno perdido en sus pensamientos. Alguien de la científica está tomando fotografías. Los peritos dactiloscópicos actúan con sumo cuidado. Jayne sabe que ellos, igual que el perro, ya han contaminado la escena en cierta medida, pero no había forma de evitarlo.

—¿Cuánto falta para que puedan abrirla? —pregunta a Kilgour.

—No mucho. Media hora, más o menos.

Mientras espera, Jayne piensa en todo lo que le queda por delante si el cuerpo de Bryden Frost está dentro de esa maleta.

Finalmente, uno de los técnicos se acerca a ella.

—Hemos hallado multitud de huellas en la puerta del trastero y en la maleta. No tienen por qué ser del presunto asesino. Hay mucho material que analizar. No se aprecia ninguna pisada reconocible en el suelo de cemento. ¿Quiere abrirla ahora o prefiere que la llevemos al laboratorio?

—Mejor ahora.

Jayne lo sigue hasta el interior del trastero y Kilgour entra con ellos. Observan cómo el técnico aparta las cajas de cartón y se acuclilla junto a la maleta. Jayne ve que tiene un candado y, para su propia sorpresa, desea que no esté cerrado.

El técnico aprieta el mecanismo y suena un clic. Trata de levantar la tapa con cuidado, pero ofrece un poco de resistencia. Entonces da un tirón, la tapa cede, la abre del todo y se aparta a un lado.

Jayne se queda mirando el cuerpo pálido y contorsionado de una mujer que solo lleva sujetador y bragas. Está en posición fetal, de lado, con las piernas contra el pecho y la cabeza y el cuello encorvados hacia dentro. Reconoce la melena rubia, y la parte de rostro inerte que queda a la vista le basta para identificarla.

Sabe que han encontrado el cuerpo de Bryden Frost. Ahora se enfrentan a un caso de homicidio.

Sam cree oír que alguien lo llama. Se gira y ve a Lizzie, que lo observa fijamente mientras repite su nombre. Luego le pone una mano en el hombro y lo sacude suavemente. Él la mira, pero está como ausente, es incapaz de procesar la magnitud de lo que tiene que afrontar. Los ojos de su cuñada despiden un brillo casi salvaje.

—Sam, voy a casa de Angela a contarle lo que está pasando. Le voy a pedir que se quede con Clara de momento, ¿vale? No tardo nada.

Sam piensa en el perro registrando el edificio mientras ellos esperan allí, aterrados. ¿Por qué tardan tanto? Han pasado horas desde que se fueron. Mira el reloj: son más de las ocho. Necesita desesperadamente algo que le rebaje un poco la tensión. De pronto siente que es incapaz de enfrentarse a todo esto. El pánico se apodera físicamente de él, lo oprime como un tornillo de banco, lo aprieta tanto que apenas puede respirar. Y cada vez con más fuerza. Siente que le falta el aire y la ansiedad termina por desbordarlo. Se oye a sí mismo emitiendo un sonido ahogado y de algún modo percibe que Jim acude en su ayuda.

—¿Sam? —exclama Jim, alarmado—. ¿Sam?

Lizzie lo oye desde el recibidor y vuelve corriendo. Todos lo están mirando.

—Respira, Sam —dice Lizzie y se arrodilla junto a él—. Estás teniendo un ataque de pánico. Es solo eso. Respira —repite, respirando ella misma varias veces para guiarlo hasta que la sensación empieza a remitir.

—¿Ves? Ya ha pasado —señala Lizzie.

Su cuñada sale para ocuparse de Clara, cosa que Sam agradece. Pero al instante lo invade la duda: ¿cómo va a proteger a su hija de todo esto? ¿Qué va a decirle?

¿Y si no encuentran a su madre?

¿Y si la encuentran?

Jayne y Kilgour caminan en silencio por el pasillo en dirección al apartamento 804. Jayne se prepara para la dura tarea que tiene por delante. Nunca es fácil dar malas noticias a una familia.

Golpea la puerta con los nudillos, la abre y entra. Ve un cuadro viviente de la familia, como congelada en el instante previo a recibir la noticia. Sam sigue sentado exactamente donde lo dejaron, como si no se hubiese movido desde que empezó la búsqueda. Donna y Jim están con él, acurrucados en el sofá. Lizzie está de pie, cerca. Presas del miedo, todos los ojos se vuelven de inmediato hacia ella y Kilgour.

—Lizzie, siéntese —dice Jayne, y ella obedece. Jayne y Kilgour también toman asiento. La inspectora mira a la familia y les comunica con voz firme y seria—: Lo siento mucho, pero me temo que hemos encontrado el cuerpo de Bryden.

Observa sus reacciones: incredulidad, horror, conmoción, dolor. Fija la mirada en Sam. Nada en su respuesta sugiere que sea o deje de ser el responsable de la muerte. Nadie dice nada durante unos instantes. Se queda esperando, les da tiempo para que lo asimilen. Donna deja escapar un grito ahogado, empieza a sollozar y se tapa la cara con las manos. Jim la rodea con los brazos, escondiendo el rostro de los demás. Lizzie se ha quedado extrañamente muda. No llora. Sam tampoco. Pero eso no significa nada, Jayne lo sabe. Cada persona procesa el duelo de una manera distinta. Todos se encuentran en estado de shock.

Jayne no dice nada, a la espera de que alguien hable.

Es Lizzie quien rompe al fin el silencio.

—¿Dónde la han encontrado?

—El perro la ha encontrado en un trastero del sótano —responde Jayne con todo el tacto que puede—. Estaba dentro de una maleta grande, escondida tras unas cajas de cartón. Lo siento muchísimo.

Cuando comprenden el alcance de sus palabras, Donna deja escapar un chillido desgarrador, un grito espantoso que hiela la sangre.

16

Jayne observa cómo los padres de la fallecida lloran, fundidos en un abrazo. Sam parece aturdido, incapaz de reaccionar, mientras Lizzie guarda silencio con los ojos totalmente abiertos.

Tras un intervalo respetuoso, Jayne continúa:

—Ahora estamos ante una investigación por homicidio. Les prometo que haremos todo lo posible por encontrar al culpable. Necesito su cooperación para ello. —Hace una pausa. Todos la observan a través de una neblina de dolor y desconcierto.

—Por supuesto que cooperaremos —dice al fin Sam con la voz temblorosa—. Queremos saber quién ha hecho esto.

—Bien —responde Jayne—. Para empezar, necesitamos que abandonen el apartamento para que la policía científica lleve a cabo un examen exhaustivo. También necesitamos tomarles las huellas digitales para eliminar coincidencias que entorpezcan la investigación. Podemos hacerlo ahora mismo. ¿Quién más suele venir al apartamento, aparte de Paige y Angela? ¿Algún empleado del hogar? ¿Alguna otra persona?

Sam niega con la cabeza.

—No viene nadie a limpiar. Y Angela suele traer a su hija. —Hace una pausa—. Y su marido viene de vez en cuando.

—Tendremos que tomarles las huellas a ellos también —dice Jayne—, aunque al parecer él está fuera por trabajo. Mañana a primera hora ya podrán volver. Les recomiendo que se queden en algún hotel cercano, será solo una noche.

—Yo me encargo de buscar el hotel —interviene Lizzie con la voz apagada—. Podemos reservar una suite con dos habitaciones —le dice a Sam—, y así me quedo contigo y te ayudo con Clara. Me da cosa que Angela se tenga que hacer cargo de ella toda la noche. Y mis padres se quedan en mi casa, los llevo ahora.

Jayne observa cómo Sam asiente de forma mecánica, como si estuviese en trance. Luego le dice:

—Sé que es tarde y debe de estar agotado, pero necesitamos que venga a identificar el cuerpo y que nos acompañe después a la comisaría. Esperamos que pueda ayudarnos.

La idea de identificar a Bryden parece perturbarlo aún más.

—No dejo de darle vueltas a la cabeza —dice con la voz desgarrada—, y no se me ocurre nadie que quisiera hacerle daño a Bryden. Tuvo que ser algún loco que se coló en el edificio o que vive aquí.

Jayne y Kilgour esperan a que Sam prepare una bolsa con lo imprescindible para pasar la noche fuera; Lizzie prepara otra para Clara y va a casa de Angela a recogerla. Luego irá con la niña a dejar a sus padres en su casa y le mandará un mensaje a Sam con los datos del hotel.

Sam acompaña a los inspectores dócilmente. Una multitud de reporteros y fotógrafos los acribillan a preguntas y flashes mientras abandonan el edificio por la entrada principal y se dirigen al coche, que está aparcado en la calle. La prensa sabe que han encontrado algo: han visto la furgoneta de la unidad canina y es probable que la de la policía científica también, cuando entraron por el aparcamiento subterráneo. Y ahora los inspectores se llevan al marido para interrogarlo. Pronto saldrá en todos los informativos. Ya en el coche, Jayne llama al jefe de la científica y le da luz verde para que examinen el apartamento.

Primero van a la morgue, donde Sam Frost identifica el cuerpo de su mujer, quebrándose en llanto cuando le destapan el rostro. Después lo llevan a la comisaría, a la que acceden por la puerta trasera. Parece seguir en trance cuando lo escoltan hasta una sala de interrogatorios y se sientan frente a él, al otro lado de la mesa.

—Espero que no le importe, Sam, pero nos gustaría grabar esta entrevista. ¿Le parece bien? —dice Jayne.

—¿Por qué? —pregunta Sam, sobresaltado.

—Es el procedimiento habitual —lo tranquiliza Jayne—. Está aquí de manera voluntaria y puede marcharse en cualquier momento, si así lo desea, ¿de acuerdo? ¿Lo entiende?

—Sí.

Jayne trata de hacer que se sienta cómodo, lo va guiando con preguntas sobre cómo conoció a Bryden, cuánto tiempo estuvieron saliendo, la pedida de mano, la boda. Le pregunta también por Clara, sobre cómo les cambió la vida el hecho de ser padres. Poco a poco parece sobreponerse y, aunque está visiblemente afectado, responde a todas las preguntas con ánimo colaborativo y sincero. Por lo que cuenta, no parece que hubiese ningún problema entre ellos. Luego se introducen en terrenos más resbaladizos.

—Entonces ¿usted y Bryden eran fieles? ¿Nunca hubo ningún desliz?

—No, claro que no. Ninguno de los dos tenía interés en eso —responde Sam con firmeza.

—¿Y discusiones por dinero?

—No, ya se lo dije. Estamos bien. Tenemos dos sueldos

bastante decentes y ya terminamos de pagar los préstamos universitarios. Estamos ahorrando para comprar una casa, pero el dinero no es motivo de estrés.

—¿Alguno de los dos tiene un seguro de vida? —pregunta Jayne.

—Por supuesto. Somos padres de una niña. Los dos tenemos.

—Entiendo. Sé que esto es muy difícil —continúa ella—, pero quiero mostrarle una fotografía de la maleta cerrada. ¿Le parece bien?

Sam se queda paralizado, la idea parece aterrarlo, pero finalmente accede. Jayne abre un expediente y saca una fotografía de una maleta grande, rígida, de color burdeos, marca Samsonite, bastante común. La coloca frente a él. Sam la mira y su rostro empalidece.

—¿Reconoce esta maleta?

Sam traga saliva.

—Se parece a la mía.

Jayne lo observa con calma.

—¿Dónde suele guardarla, Sam?

—En el armario. En el vestidor que compartimos Bryden y yo.

—Entiendo. Y ahora no está allí, ¿verdad?

—Hum..., no lo sé. Esta se le parece mucho.

—Antes le pregunté si echaba algo en falta y me dijo que no.

—Pensaba que no faltaba nada. Si la maleta no estaba, supongo que no me di cuenta, no sé.

—La policía científica ha confirmado que no hay ninguna maleta que encaje con esta descripción en el apartamento —afirma Jayne. Sam parece cada vez más nervioso—. Sam, ¿cómo explica que su maleta haya aparecido en el trastero?

—No lo sé.

—Para acceder al cuarto de los trasteros es necesario tener llave, ¿no?

—Sí…, creo que sí.

—¿Cree que sí?

—Sí, hace falta llave.

—¿Y dónde guarda esa llave? —pregunta.

Vuelve a tragar saliva; Jayne observa cómo le sube y baja la nuez.

—En mi llavero.

—¿Lo tiene aquí?

Asiente y se mete la mano en el bolsillo de los vaqueros.

—Esta es para el cuarto de trasteros y esta, la del nuestro —dice, separándolas con las manos temblorosas.

—¿Quién más tiene llaves del cuarto?

—Todos los vecinos del edificio.

—¿Su mujer también tenía?

—Sí, las guardaba en uno de los armarios de la cocina.

—¿Sabe si siguen allí? ¿Las has visto desde que Bryden desapareció?

—No, no he mirado.

—Hagamos una pausa para comprobarlo —sugiere Jayne.

Detiene la grabación y le pide a Kilgour que le lleve un café a Sam mientras ella sale. Una breve llamada telefónica basta para confirmar que las llaves siguen en su sitio. Cuando regresa, reanuda la entrevista. Sam está desplomado en la silla, dándole sorbos al café.

—Las llaves de Bryden siguen en el armario de la cocina. Entonces ¿cómo cree que el asesino accedió al cuarto de los trasteros?

—Como le he dicho, todos los vecinos tienen llaves —responde Sam, que ha empezado a sudar—. Cualquiera pudo llamar a la puerta, agredirla, coger mi maleta del armario y bajarla al trastero con sus llaves.

Jayne asiente, pensativa.

—Pudo ser algún vecino, sí. O tal vez alguien que accedió por el garaje.

—Hace falta una tarjeta magnética para acceder al aparcamiento —aclara Sam, carraspeando.

—A menos que ella le abriese desde el interfono.

—Bryden no abriría la puerta a un desconocido.

—Pero sí a alguien conocido, a alguien en quien confiase. —Se sucede un momento de silencio—. Ya tenemos la lista de todas las personas que usaron la tarjeta para entrar en el garaje ese día. La suya no aparece en los registros hasta que regresó a casa después de recoger a Clara, pero pudo haberle pedido a Bryden que le abriese. Pudo haberle dicho que había perdido la tarjeta.

—¡Yo no hice eso!

—Sam —dice Jayne—, antes comentó que estuvo en la oficina todo el día, salvo el rato que salió para almorzar. Hablemos de eso.

—¿Soy sospechoso? —pregunta con la voz rasgada por el miedo.

—Me temo que, a estas alturas, todos los que conocían a Bryden lo son. Lo único que tenemos que hacer es descartarlo, pero para ello debemos establecer con certeza dónde se encontraba cuando asesinaron a Bryden.

Él la mira con terror. Jayne lo observa, expectante.

—Como le dije, salí a almorzar, solo, alrededor de las doce del mediodía. Pillé algo de comer en el Gino's y luego fui a Washington Park y me senté en un banco. No regresé a la oficina hasta las dos.

—¿Por qué tanto tiempo, Sam?

—Para un día que hacía sol... No sé, me apetecía estar fuera de la oficina.

—Estamos en marzo. Por mucho sol que haga, sigue haciendo frío para quedarse tanto tiempo en un banco —observa Jayne. Tras una pausa, prosigue—: Le queda un poco lejos de su oficina. ¿Cómo llegó hasta allí?

—En coche.

—Entiendo. ¿Dónde lo aparcó?

—En la calle.

—¿En qué calle?

—¿Qué más da dónde aparcara? —estalla Sam, frustrado.

—Si no le importa, nos gustaría confirmar que estuvo en el parque a la hora que dice. De modo que cuéntenos: ¿en qué calle aparcó el coche?

—No..., no me sé el nombre de la calle —tartamudea él—. Pero recuerdo que estaba en el lado norte del parque.

Jayne conoce bien ese parque, vive cerca. No es muy probable que haya cámaras en esa zona, pero lo comprobarán.

—¿Lo vio alguien? —pregunta.

—La gente del *food truck*. Estuve allí sobre las doce y diez, doce y cuarto. Pedí un sándwich de beicon, lechuga y tomate, y una Coca-Cola. Pagué con tarjeta.

—De acuerdo. Y en el parque, ¿habló con alguien?

Sam niega con la cabeza.

—En voz alta, si no le importa, para que conste en la grabación.

—No. —Y de pronto suelta—: Yo no la maté, lo juro. —El miedo se refleja en sus ojos—. ¿Necesito un abogado?

—Eso depende de usted —responde Jayne.

17

Lizzie acuesta a la pequeña Clara en el sofá del salón y la cubre con una manta. Son más de las nueve. Ya estaba dormida cuando la recogió de casa de Angela. La niña no sabe que han encontrado a su madre. Los dos gatos de Lizzie, Pip y Squeak, se enroscan alrededor de sus piernas mientras les da de comer. Luego acomoda a sus padres en el cuarto de invitados. Apenas tocaron los sándwiches que preparó mientras esperaban a que la unidad canina concluyese la búsqueda. Se parecen a los pacientes del hospital: frágiles, dóciles, obedientes. Están en shock. Les da un beso de buenas noches y los anima a dormir porque mañana promete ser un día horrible, al igual que todos los que están por llegar. Llama por teléfono al hotel Marriott y reserva una suite. Después va a ver qué tal está Clara, le sube la manta hasta la barbilla y se dirige a su dormitorio, cerrando la puerta tras de sí.

Se sienta en el borde la cama y respira hondo varias veces. En momentos como este, le viene bien estar un rato a solas y realizar respiraciones profundas. Así es como se sobrepone a los momentos más críticos en el hospital, cuando un paciente muere o un niño recibe un diagnóstico terminal. Pero esto es aún peor, ya que le toca de cerca.

Debería preparar la bolsa para pasar la noche, pero opta por levantarse y encender el ordenador. En su dormitorio hay un escritorio con un equipo de sobremesa y un monitor grande. Para todo lo demás usa el portátil. Nadie sabe nada de su afición. Con las personas que se relaciona en internet utiliza otra identidad, ya que prefiere mantener su vida digital al margen del trabajo, de su familia y de su reducida vida social. Podrían pensar que es un bicho raro.

No es una *gamer*. Los videojuegos nunca le han interesado. Le interesa la gente. Le interesa la vida real. Y los crímenes reales son lo que más le interesa de todo. Forma parte de varios grupos de Facebook sobre *true crime*. Madeleine McCann. Elisa Lam. No hace mucho se unió a varios grupos que intentan resolver crímenes que la policía no ha conseguido esclarecer: una curiosa comunidad online de investigadores aficionados.

Uno de los grupos de Facebook a los que pertenece se llama «True Crimes en Albany, NY». Es un grupo público que cuenta con sesenta y seis miembros. Para ella es una especie de comunidad, siente que forma parte de algo. Tal vez pase demasiado tiempo conectada debido a su soledad. Sabe que es una obsesión, y que las obsesiones son peligrosas, pero no puede evitarlo. El grupo ejerce sobre ella una atracción irresistible. Es consciente de que algunos podrían encontrarlo raro, incluso desagradable. No la entenderían. Y ahora que han asesinado a su propia hermana, menos aún. No quiere que nadie de su vida real sepa lo que hace. En especial, sus padres. Tampoco piensa decírselo a los inspectores. La policía suele menospreciar el trabajo de los investigadores en línea. Les molesta que arrojen luz sobre casos que ellos no supieron resolver.

Todo empezó cuando vio la docuserie aquella de Netflix, *A los gatos ni tocarlos: Un asesino en internet*. Trataba sobre un grupo público de Facebook cuyos miembros estaban indignados por las publicaciones anónimas de un perturbado que torturaba a gatos en YouTube. El grupo se llamaba «En busca del aspirador de gatitos... Queremos justicia». Se habían propuesto averiguar quién estaba haciendo daño a esos gatos, porque, si hay algo que despierta pasiones en internet, son los gatos. A Lizzie también le encantan, sobre todo Pip y Squeak. Todo el mundo sabe que muchos asesinos en serie comienzan torturando y matando animales antes de dar el salto a las personas, por lo que es una bandera roja clarísima. Pero la policía no tuvo un gran papel en aquel caso. Fueron los propios internautas, compartiendo y sumando hallazgos, quienes terminaron identificándolo: un canadiense llamado Luka Magnotta. Además, consiguieron demostrar que él fue el autor del macabro asesinato de un hombre en Montreal. Fueron ellos quienes, en esencia, hicieron el trabajo de la policía: descubrieron al culpable y siguieron el rastro de Magnotta hasta que, finalmente, pudo ser detenido en Berlín.

Cuando vio aquel documental, Lizzie ya era una lectora voraz de libros de *true crime*, por lo que quedó atrapada al instante. Empezó a adentrarse en ese mundo con cierta cautela, pero pronto se obsesionó con otros casos igual de absorbentes.

Accede al grupo de Facebook «True Crimes en Albany, NY» con su identidad ficticia, Emma Porter. Cree que no es la única que recurre a perfiles falsos. Quiere saber qué dice la gente de la desaparición de Bryden. Relee su primera publicación, la que hizo anoche desde la casa de su hermana, con el móvil, la que desencadenó todo. Subió una foto de la fachada del edificio, una que ya tenía de cuando Bryden y Sam se mudaron, y en la que se ve con claridad la dirección. Escribió:

Una mujer acaba de desaparecer en un edificio, en el número 100 de Constitution Drive. La policía ya está allí. ¡Permaneced atentos, seguiré informando!

Echa un vistazo a las publicaciones más recientes y ve que hay bastante gente especulando sobre lo que pudo haberle pasado a Bryden. El interés es considerable: normal, es un caso atrayente. Una mujer aparentemente feliz que desaparece en su propio edificio a plena luz del día. Revisa también sus propias intervenciones, las que hizo a escondidas con el móvil, dentro del apartamento, sin que sus padres ni Sam se dieran cuenta.

Todavía no hay rastro de ella, y ya han pasado muchas horas. Al parecer, ni siquiera fue a recoger a su hija de la guardería.

Michelle Gautier
Oh, no, ¿tiene una hija?

Han registrado el edificio. Estoy aquí, fuera, y hay policías y periodistas por todas partes.

Tessa Workman
¡Sube más fotos!

Lizzie pasó por alto ese comentario. No podía subir más imágenes porque estaba dentro del apartamento, y por supuesto no iba a hacer fotos del interior de la casa. Tampoco se atrevió a decir nada sobre Henry Kemp.

Es un barrio bastante seguro, y un buen edificio... Cuesta creer que haya ocurrido aquí.

Michelle Gautier
Ningún lugar es seguro para las mujeres.

Tessa Workman
Puede pasar en cualquier sitio. Probablemente sea un caso de violencia doméstica. Casi siempre es eso.

Por lo que parece, salió solo un momento. Quizá aparezca sana y salva. Crucemos los dedos.

Pero Bryden no apareció, ni sana ni salva. Lizzie aún no ha subido ningún comentario hoy. Y ahora la historia está a punto de ponerse mucho más interesante.

Respira hondo y empieza a escribir.

18

Después de interrogar a Sam Frost, Jayne y Kilgour regresan al apartamento. Ahora saben con certeza que se trata de la escena de un crimen. Bryden no se fue por su cuenta: alguien la asesinó y la metió en la maleta, y luego la bajó al trastero.

Pero no parece en absoluto una escena del crimen como las que Jayne ha visto con anterioridad. Es como si allí no hubiese ocurrido nada. No hay manchas de sangre, ni ninguna tarjeta amarilla de la policía científica señalando hallazgos. Observa a los técnicos, ataviados con sus trajes blancos, espolvoreando cada rincón de la casa en busca de huellas dactilares, cabellos, fibras, lo que sea.

Jayne desconfía mucho del marido. Es su maleta. Él tiene llaves del trastero. Y lo más incriminatorio de todo: carece de coartada.

Alice Gardner, envuelta en su camisón de satén rosa pálido, se acurruca en la cama. Antes se ha estado cepillando su larga y brillante melena caoba mientras contemplaba, sonriente, su piel de porcelana en el espejo. Tras ahuecar las almohadas, le da palmaditas a las que tiene al lado para indicarle a su marido, que aún se está cambiando, que vaya con ella. Se siente muy cariñosa, no lo ha visto en todo el día. Él ha llegado tarde porque tenía una cena de trabajo.

—¿Qué tal el día? —le pregunta.

Él la mira y se acuesta a su lado, en ropa interior.

—Ha venido a verme una inspectora.

—Ah, ¿sí? ¿Por qué?

—¿Recuerdas que hace unas semanas una mujer me abolló el parachoques del Tesla?

—¿Cómo iba a olvidarlo? Te pusiste hecho una fiera.

—Pues, por lo visto, ha desaparecido.

—¿Que ha desaparecido?

—Sí. Y la inspectora estaba interrogando a todos los que habían tenido contacto con ella en las últimas semanas.

—Creo que vi algo en las noticias. Qué pequeño es el mundo, ¿eh? Bueno, tú no la conocías en realidad. —Hace una pausa—. No la conocías, ¿verdad? —pregunta, entornando los párpados, la sonrisa vacilante.

—No, claro que no. —Él la mira con aparente inocencia—. Solo la vi dos veces, ya lo sabes: cuando el accidente y cuando quedamos después para que me diera el dinero.

—¿Estás totalmente seguro?

—Por supuesto que sí.

—¿Era atractiva?

—No mucho.

Ella hace una mueca de sospecha y coge el móvil de la mesilla.

—Voy a buscarla en Google ahora mismo para ver cómo es, así sabré si me mientes.

—Era atractiva, pero no tanto como tú —concede él y le da un beso.

Ella sonríe, deja el móvil y pregunta:

—¿Está casada?

—Creo que sí. Sí, me habló del marido y de la hija.

—Entonces lo más seguro es que haya sido el marido.

Él la besa en los labios, desliza su mano cálida bajo el satén rosa y le acaricia el pecho. Alice se olvida de la mujer desaparecida.

Sam entra sigilosamente en la suite del hotel que Lizzie ha reservado. Sabe que ella y Clara ya están allí. Su cuñada le envió un mensaje con los datos y los inspectores asignaron a un agente para llevarlo. Son casi las diez y media de la noche cuando abre la puerta con la tarjeta. Entra cabizbajo, completamente abatido.

Lizzie lo oye, se acerca a la puerta para recibirlo y le susurra:

—¿Cómo ha ido?

—Bien. —Cae en la cuenta de que ha sonado brusco. No quiere que piense que no está agradecido por todo lo que ha hecho—. Gracias por ocuparte de reservar el hotel —añade tras una pausa—. Ahora mismo no soy capaz de hacer nada. —Se pasa las manos por la cara, agotado.

—Lo entiendo.

—Tengo que dormir un poco.

Está mentalmente agotado, no piensa con claridad y necesita mantener la cabeza fría. Esa inspectora cree que él ha asesinado a su mujer y está seguro de que va a ir a por él. Debe andarse con mucho ojo y no decirle nada que pueda usar en su contra. Pero no puede contarle eso a Lizzie. Ella es la que mejor lo está llevando, tal vez porque es enfermera y sabe desenvolverse en situaciones críticas.

Mira a Clara, que está en la cuna, en la habitación donde se ha instalado Lizzie, que comunica con la suya mediante una puerta. La niña está durmiendo, al menos por ahora. Todavía no sabe que su madre está muerta y no tiene ni idea de cómo va a decírselo. Pero no puede demorarlo.

—Debemos decírselo mañana por la mañana. Entre los dos, antes de volver al apartamento —le susurra a Lizzie.

Su cuñada lo mira y asiente con gravedad.

Sam se dirige a su cama y se deja caer en ella, abrumado, tratando de poner sus pensamientos en orden.

Tiene miedo de lo que la policía pueda descubrir.

Jayne se frota las sienes con gesto cansado. Se ha quedado con Kilgour en una cafetería después de salir del edificio. Es tarde y debería irse a casa. Lo más probable es que la noticia salga en el informativo de las once y media. Ha intentado restringir al máximo la información facilitada a la prensa, pero ya ha trascendido que el cuerpo fue hallado en una maleta, en el sótano del edificio.

El cadáver está ahora en manos del forense, a la espera de la autopsia. Confía en que la policía científica encuentre algo útil en el apartamento, algo que no fuera visible a simple vista. Tiene la esperanza de que aparezca algún indicio en el cuerpo, en la maleta o en el trastero.

El hallazgo del cadáver ha reducido la urgencia: ya no es un caso de desaparición, ya no es posible salvar a Bryden. Apura el café y lo comenta con Kilgour, que también parece listo para marcharse a casa. La adrenalina de la búsqueda ha desaparecido, y ahora se enfrentan al largo camino que conlleva una investigación por homicidio.

—Estaba en la maleta de Sam Frost —dice Jayne—. Y él no tiene coartada. —Reflexiona un instante—. Podría haber vuelto al edificio después de comprar el almuerzo. Le habría llevado menos de diez minutos. Sabemos que no usó su tarjeta para acceder al garaje, pero Bryden podría haberle abierto.

—¿Pero cuál sería el motivo? —pregunta Kilgour.

—Tal vez uno de ellos tenía una aventura —responde Jayne, cansada—. Los dos tuvimos la sensación de que Paige mintió cuando se lo preguntamos. Debemos volver a hablar con ella mañana a primera hora. Si fue Sam, y no usó su tarjeta para entrar en el garaje, quiere decir que lo había planificado. Sabe que no hay cámaras en el sótano, ni en los pasillos, ni en los ascensores. Y sabía que ella trabajaba desde casa. Pudo asesinarla en el apartamento (probablemente la asfixió, sin dejar rastros de sangre), meterla en la maleta, llevarla abajo y dejarla en el trastero, detrás de las cajas, y marcharse por donde entró. Sin cámaras. Aunque es posible que alguien lo viera. ¿Y por qué decidiría usar su propia maleta y dejarla en uno de los trasteros del edificio? Tarde o temprano la descubrirían, por el olor. —Mira a Kilgour—. A menos que sea imbécil, claro.

—Por otra parte —responde Kilgour—, ¿no crees que el hecho de que la maleta estuviera en el trastero, en vez de en una cuneta cualquiera, podría incriminarlo aún más? Tal vez temía que lo vieran o que alguna cámara lo grabase deshaciéndose del cuerpo, y sabía que allí no había cámaras.

—Quizá sea inocente —dice Jayne, cada vez más agotada—. Cualquiera que viviera o trabajara en el edificio pudo ir a su apartamento, matarla, encontrar la maleta, dejarla en el trastero y volver a su vivienda, o incluso salir del edificio. —Aparta el vaso de café—. El cuarto de los trasteros está cerrado con llave, así que el asesino necesitaba una. Todos los residentes la tienen. A menos que…

—¿A menos que qué?

—A menos que la puerta no estuviera cerrada. Igual a veces la dejan abierta o encajada, y, en ese caso, quienquiera que lo hizo no habría necesitado ninguna llave. Hablaré de nuevo con el administrador.

—Vale —dice Kilgour—. Y, si la puerta estaba abierta, pudo ser cualquiera a quien dejara entrar por el garaje.

—Ravi se mantiene firme en que no entró nadie de fuera por la planta baja. Todas las personas que aparecen en las grabaciones son residentes. Necesitamos que los agentes hablen otra vez con todos los vecinos y les pregunten si vieron a alguien con una maleta grande. También tenemos que escarbar más en el círculo cercano de Bryden y averiguar a quién pudo dejar entrar en el edificio. —Jayne se queda pensativa un momento—. ¿Qué sentido tenía bajar el cuerpo al cuarto de los trasteros?

—Quizá lo metió en la maleta para implicar al marido.

—A lo mejor se trataba de un amante —sugiere Jayne y mira a Kilgour—. Vete a casa, anda. Mañana será otro día, y sospecho que bastante largo.

Jayne vuelve a su apartamento. Michael no está. Todavía no viven juntos, pero quizá lo hagan pronto. Lo llama nada más dejar el bolso sobre la mesa.

—Hola.

—Parece que se te ha complicado el día, ¿no? —responde Michael.

—Ya te digo. —Busca el mando a distancia y enciende el televisor para ver las noticias, pero en modo *mute*. Son casi las once y media—. La hemos encontrado —le informa con la voz entrecortada. Con Michael puede bajar la guardia. Es algo que necesita de él, uno de los motivos por los que lo quiere.

—Lo sé, lo he visto en internet. Qué horror.

—Sí, un horror —repite ella.

—¿Quieres que vaya a darte un masajito en la espalda? —se ofrece él.

No hay nada que Jayne desee más, pero necesita dormir, y mañana tiene que levantarse muy temprano.

—Eres un cielo —responde sincera—, pero es mejor que me meta ya en la cama. Mañana me espera un buen madrugón.

—Está bien. Te quiero, Jayne.

—Yo también te quiero, Michael, más de lo que imaginas.

—Que duermas bien.

Jayne le da un beso al teléfono y cuelga. Tiene suerte de que esté en su vida. Su trabajo es de esos que te hacen perder la fe en la gente. Se pone el pijama y se va al salón. Las noticias están a punto de empezar y sube el volumen.

Y allí está: la fotografía de Bryden Frost llenando la pantalla. Los detalles son imprecisos, solo que han encontrado su cuerpo dentro de una maleta, en el sótano del edificio donde vivía. También mencionan que su marido, Sam Frost, fue llevado a la comisaría para ser interrogado y posteriormente pudo marcharse.

Cuando se acuesta, no logra evitar preguntarse qué secretos serán revelados en los próximos días. Tal vez la cobertura mediática saque a relucir algunos trapos sucios. Tal vez alguien haya visto a alguna persona con la maleta.

19

Lizzie y Sam están sentados a la pequeña mesa de la habitación, iluminada por una luz tenue. Ninguno de los dos puede dormir, a pesar de estar agotados, exhaustos, y a pesar de ser más de las doce de la noche. Sam ha asaltado el minibar y Lizzie ha seguido su ejemplo. Él toma whisky escocés y ella, botellitas de vodka que mezcla con Coca-Cola. Lizzie necesita el calor y el consuelo del alcohol, sus propiedades sedantes. Y está claro que su cuñado también, porque ya va por el tercero.

Lo observa intranquila. Por suerte, Clara no se ha despertado, todavía no. Sam es lo único que le queda ahora a su sobrina, y eso la preocupa. Pero luego se recuerda a sí misma que no es del todo cierto. La tiene a ella y a sus abuelos. Hay mucha gente que la quiere, y estará bien. Entre todos se asegurarán de que lo esté. Los niños son resilientes, piensa. Pero tal vez Sam nunca logre recuperarse.

Quiere saber qué le han preguntado en la comisaría, pero le da miedo insistirle más. En lugar de eso, dice:

—Sam, creo que deberías dormir un poco.

—Lo sé, pero lo he intentado y no puedo. No dejo de imaginarme… lo que le pasó. —Su voz se apaga en un susurro ahogado.

—Ya —responde Lizzie—. A mí me pasa lo mismo, aunque trato de no pensar. —Luego, con la voz quebrada—: Ni siquiera sabemos cómo la mataron. Espero que no sufriera demasiado… —Observa cómo Sam se termina la copa. Vacila un instante y al fin se atreve a preguntar—: ¿Qué tal en la comisaría, cómo ha ido todo?

Él parece estar menos a la defensiva que antes, tal vez por el whisky.

—Creen que fui yo —suelta de golpe.

Lizzie siente un súbito escalofrío de miedo.

—No, no pueden creer eso —dice. Tiene la boca seca.

—Estaba en mi maleta.

—¿Tu maleta? —repite ella.

Sam asiente.

—Y no tengo coartada, me machacaron con eso. La inspectora Salter me odia, lo sé.

—No te odia —protesta Lizzie—. Debe investigarte, nada más —asegura, pero en el fondo teme que su cuñado tenga razón. Luego, elevando el tono de voz—: Podría haber sido cualquiera. Cualquiera podría haber llamado a la puerta, seguro que Bryden le habría abierto. Y luego la mató, echó un vistazo por la casa y encontró la maleta. ¡Podría haber sido cualquiera! —Extiende la mano y la apoya sobre el antebrazo de Sam—. Necesitamos averiguar quién fue porque la policía no va a hacer nada.

Él la mira sorprendido.

—Bueno, no estoy de acuerdo con eso. De momento, la han encontrado. Y no han hecho más que empezar. —Luego añade con cansancio—: Yo tengo llaves del cuarto de trasteros.

—¡Todos los que viven en el edificio tienen llaves del cuarto de trasteros! —exclama Lizzie.

—Eso mismo les he dicho yo. —Apura el resto de la copa—. Quizá descubran cosas. —Parece un poco borracho.

—¿Qué cosas?

—No sé. —Baja la vista a la mesa.

—¿No será que sabes algo y no me lo estás diciendo, verdad? —le pregunta Lizzie.

—No, claro que no. —Sam se levanta de repente—. Me voy a la cama.

Lizzie lo observa, inquieta, y luego regresa a su habitación. Pasa un rato más mirando el móvil antes de quedarse dormida.

Donna está tumbada boca arriba sobre la cama, incapaz de pegar ojo, mientras su marido se mueve a su lado, atrapado en un sueño intranquilo.

Su hija mayor está muerta, su querida Bryden. Alguien la asesinó y la dejó en un sótano para que se pudriese. No cree que pueda sobrevivir a eso. Desde que se enteró de que había desaparecido, no ha podido digerir ningún alimento. Es como si su cuerpo intentase expulsar la fealdad y el horror del mundo. Pero nada de lo que haga puede cambiar las cosas.

Le parece comprender ahora por qué algunas personas se vuelven locas. Quizá sea fruto de una elección: huir a otro lugar de la mente porque la realidad es demasiado insoportable. Tenía una tía abuela que perdió la razón, aunque la familia nunca hablaba de cómo ni por qué, y ahora todos los que la conocieron están muertos. Quizá ella también termine en un psiquiátrico, como su tía abuela, viviendo en su propio mundo, al margen de todo. En este momento no le parece una idea tan descabellada.

Sus pensamientos no la dejan dormir. ¿Quién pudo haber matado a su preciosa hija? ¿Quién pudo deshacerse de su cuerpo de esa manera? Quienquiera que lo hizo es un monstruo. Tal vez fuese algún conocido, incluso alguien cercano. Casi siempre es así, ¿no? Un monstruo con rostro amable, familiar. Sabe que la inspectora sospecha de Sam; se dio cuenta, todos se dieron cuenta. En estos casos, el marido es siempre el principal sospechoso. Ella quiere creer que no, que sería absurdo; Sam siempre se portó tan bien con su hija. Ella lo quería. La última vez que los vieron juntos, en Navidad, parecían muy felices. ¿O no?

Pero, siendo sincera, ¿qué saben los padres en realidad de lo que ocurre en la vida de sus hijos, en sus matrimonios? Tal vez fuese todo fachada. Tal vez la trataba fatal y ella no decía nada. Quizá le daba vergüenza o no quería admitirlo. Ella y su hija ya no tenían una relación tan cercana desde que se mudaron a Florida. Quizá fue un error. Quizá debería haberse quedado y estar ahí para ella. Tal vez Bryden se habría abierto y podría haberla ayudado. Un sentimiento de culpa la golpea con fuerza: tendría que haber estado más atenta.

Piensa en Sam, en su comportamiento desde que llegaron. Se le ve intranquilo, angustiado, devastado, pero es imposible saber si es a causa del dolor o de la culpa.

El hecho de que Sam carezca de coartada la intranquiliza mucho. Se suponía que debía estar en la oficina, pero no, no estaba allí. Siempre le ha tenido mucho cariño, pero ese sentimiento podría transformarse en odio en un abrir y cerrar de ojos.

Es jueves por la mañana y Paige deambula, agotada, por su apartamento. Anoche estuvo despierta hasta más de las cuatro. ¿Cómo iba a dormir?

Sabe que encontraron el cuerpo de Bryden después de que ella se fuese del edificio. Sam la llamó para informarla, pero Paige prefirió mantenerse al margen. En ese momento, la familia necesitaba estar sola. Le dijo lo mucho que lo sentía y le ofreció palabras de consuelo. Luego estuvo siguiendo las noticias en la tele y en internet. No podía hacer otra cosa que quedarse en casa, abrazándose las rodillas, pensando en Bryden. El cadáver de su mejor amiga ha aparecido dentro de una maleta.

Entonces oye un golpe en la puerta y su cuerpo se pone en tensión de inmediato.

Camina por el suelo de madera y abre. Los dos inspectores del día anterior están en el umbral.

—Sentimos molestarla, pero nos gustaría hacerle algunas preguntas más —dice la inspectora. Paige traga saliva y siente cómo se le llenan los ojos de lágrimas—. Lo lamento mucho —añade con suavidad—, pero imagino que ya lo sabe: ahora se trata de una investigación por homicidio. ¿Podemos pasar?

Tras dejarlos entrar, Paige respira hondo un par de veces e intenta calmarse mientras les da la espalda.

Jayne examina a la mujer que tiene frente a ella, sentada en el sofá de terciopelo verde que preside el soleado salón. El apartamento ocupa la planta baja de una casa antigua, cercana al centro, con techos altos y ventanas esbeltas que dan a la calle.

Paige Mason parece no haber dormido nada. Lleva vaqueros y un suéter viejo, y tiene el pelo recogido en una coleta, aún húmedo. No lleva maquillaje. Es obvio que está afectada por lo de Bryden, e incómoda por que haya dos inspectores en su casa. Bueno, la mayoría de la gente lo estaría.

—Paige, sentimos mucho su pérdida. Entendemos lo doloroso que debe de ser para usted —dice Jayne en voz baja.

Paige asiente y mira hacia la mesa de centro, intentando contener las lágrimas.

—Queremos atrapar a quien hizo esto —interviene Kilgour.

Paige alza la mirada. Jayne espera que hoy, al estar en su casa, lejos de los familiares de la víctima, se muestre más dispuesta a hablar.

—Paige, cuando hablamos ayer con usted, dijo que conocía a Bryden desde la universidad.

—Sí, allí nos conocimos.

—¿Se le ocurre alguien que pudiera tener algún tipo de interés en Bryden, de aquella época o más recientemente? ¿Algún exnovio despechado, por ejemplo?

Paige se queda pensativa, como si estuviese haciendo memoria.

—No, que yo sepa. Nunca mencionó nada —contesta al fin.

—Ayer nos dijo que Bryden y Sam eran felices, que era un matrimonio bien avenido. ¿Lo sigue manteniendo? —pregunta Kilgour.

—Por supuesto. Eran muy felices.

—También dijo que, hasta donde usted sabía, ninguno de los dos había sido infiel.

—Así es.

—Creemos que nos mintió —asegura Kilgour.

—¿Qué? No, no les mentí. —Paige parece sobresaltada, se nota que la han descubierto.

—Su lenguaje corporal la delató. Usted dijo que ninguno de los dos sería capaz de engañar al otro, pero eso no es cierto, ¿verdad? —apostilla Jayne.

El inspector Kilgour la mira con ojos escrutadores.

—Entonces, Paige, ¿quién era infiel? ¿Sam o Bryden? —insiste Jayne.

20

Paige parece angustiada. Jayne espera, paciente, dejando que el silencio inunde la sala. Sigue sin animarse a hablar, así que le insiste, esta vez con más firmeza:

—Paige, ¿quién de los dos?

—Bryden —susurra al fin.

—¿Bryden tenía una aventura?

—Sí —responde Paige con reticencia.

—¿Se lo contó ella?

Jayne observa a Paige parpadear con rapidez, como queriendo contener las lágrimas. Le gustaría zarandearla y decirle: «¿Por qué no lo contaste ayer?», pero no serviría de nada. Tiene que sonsacarle la información poco a poco, es obvio que se muestra reacia a hablar. Aunque más bien parece paralizada, incapaz de pronunciar palabra.

—Paige, han asesinado a Bryden —insiste—. Debe contarnos todo lo que sepa. ¿Cómo se enteró de que tenía una aventura? ¿Se lo confesó ella?

—Sí —admite al fin y mira a Jayne a los ojos.

—¿Sabe con quién?

—No me dijo su nombre.

Jayne empieza a desanimarse.

—¿Le habló de él? ¿A qué se dedicaba, dónde vivía, cómo era físicamente?

Paige niega con la cabeza.

—No me contó nada, seguramente porque sabía que yo no lo veía con buenos ojos. La verdad es que me quedé muy sorprendida, me parecía fatal que le hiciera eso a Sam.

—Entonces ¿cuándo se lo contó? ¿Cómo salió el tema? —pregunta Kilgour.

—Una noche, hará tres semanas o así, estábamos tomando una copa de vino. Sam no se encontraba en casa. Ella dijo: «Eres capaz de guardar un secreto?». Y yo respondí: «Sabes que sí». Y entonces me lo soltó: «He conocido a alguien y estoy teniendo una aventura». —Paige se detiene en seco.

—Continúe —le pide Jayne.

—Yo le dije: «No me lo puedo creer, ¿has perdido la cabeza?». Y ella contestó: «Si lo vieras, lo entenderías. Es irresistible».

—¿Y eso fue todo? —insiste Jayne—. ¿No le contó nada más de él?

—No, solo cómo se conocieron. Por lo visto, Bryden iba conduciendo y le dio al coche de él por detrás, en un semáforo.

Jayne siente una oleada de excitación y cruza una mirada con Kilgour.

—Gracias por contárnoslo, Paige. Ha hecho lo correcto. Nos ha sido de gran ayuda. ¿Le dijo dónde quedaban cuando se veían?

—No. Ayer guardé silencio porque no quería que Sam se enterase —admite nerviosa—. Le habría destrozado el corazón. Supongo que ahora tendrá que saberlo, ¿no?

—Me temo que sí. Pero dígame: ¿no se le ocurrió ayer, cuando Bryden estaba desaparecida, que pudiera encontrarse en peligro?

—Pensaba que se había ido con él y que volvería —responde Paige con la voz rota—. Creía que había perdido la cabeza, porque estaba loca por él, pero no dudaba de que tarde o temprano pensaría en su hija y acabaría entrando en razón.

—¿No le extrañó que no fuera a recoger a Clara de la guardería?

—Sí, claro, pero Bryden sabía que llamarían a Sam y que él iría a buscarla. A la niña no le iba a pasar nada. Pensaba que Bryden acabaría volviendo con alguna excusa y que Sam la creería.

Siguen interrogándola un buen rato hasta que queda claro que Paige no tiene nada más que aportar. Una vez que se marchan, mientras caminan por la acera, Jayne se vuelve hacia Kilgour y dice:

—Así que Bryden no llevaba una vida tan tranquila y aburrida, después de todo.

—Sin duda, tenía más secretos de los que su entorno cercano sospechaba.

—Quiero hablar con ese tal Derek Gardner, vamos a hacerle otra visita.

Hoy Alice tiene el día libre. Su idea es dormir hasta tarde y luego irse de compras. Tal vez unos zapatos nuevos. Le encantan, es uno de sus caprichos. Y a Derek le encanta verla con tacones. Ella tiene unas piernas estupendas y le gusta lucirlas. Quizá también se compre algo sexy. Le gusta mantener viva la chispa, así evita que él se fije en otras.

Derek ya está levantado. Lo oye trastear en la cocina, parece que está haciendo café. Él trabaja mucho desde casa, lo cual tiene ventajas e inconvenientes: por un lado, reduce la probabilidad de que coquetee con otras, pero, por otro, es más difícil controlarlo.

Su marido aparece en la puerta del dormitorio con una taza de café.

—¿Ya estás despierta?

Todavía no se ha afeitado, y Alice lo encuentra muy atractivo esta mañana. Lleva pantalones de vestir y una camisa, sin corbata. Esa sonrisa canalla siempre la derrite.

Se incorpora, dejando que el tirante de su camisón se deslice seductoramente por el hombro.

—Sí, gracias. —Coge la taza y le da un sorbo. Él se inclina y la besa.

En ese momento suena el timbre y ambos se sobresaltan.

—¿Quién demonios será? —dice Alice, dejando la taza en la mesita de noche.

Derek frunce el ceño, inseguro.

—No lo sé. Voy a ver. ¿Por qué no te quedas en la cama?

Ella lo escucha ir hacia la puerta, le parece oír unas voces, pero no entiende bien lo que dicen. Sale de la cama y se queda junto a la puerta del dormitorio, que está entreabierta. Quien sea no se ha marchado; al contrario, ahora oye unos pasos que se adentran en el salón. Su curiosidad se despierta. Entonces percibe la voz de una mujer y se queda inmóvil por un instante. Se pone una bata larga de seda, se ajusta el cinturón, se mira en el espejo y baja descalza por las escaleras antes de continuar por el largo pasillo y llegar al salón.

Cuando cruza el umbral, ve a un hombre alto y a una mujer morena con traje de pantalón —no reconoce a ninguno de los dos—, sentados en su sofá. Su marido está de pie, frente a ambos, de espaldas a ella. El hombre y la mujer la ven y se quedan observándola. Derek se da la vuelta y la mira. Por su expresión, deduce que está molesto por algo. No sabe si por los desconocidos del sofá o por su aparición en bata.

—¿Qué está pasando? —pregunta Alice. No le gusta la sensación que percibe, hay algo extraño.

—Alice, esta es la inspectora Salter, de la que te hablé. Y este es su compañero, el inspector… —Mira hacia atrás.

—Kilgour —se presenta el hombre.

—Esta es Alice, mi mujer —dice Derek.

Alice avanza hasta el centro del salón y los observa a los tres.

—Bueno, ¿y a qué han venido? —pregunta y toma asiento en otro sofá, frente a los inspectores. Su marido se acomoda a su lado.

—Como saben tras mi visita de ayer —comienza a explicar la mujer—, estábamos investigando la desaparición de Bryden Frost. Ahora se trata de un caso de homicidio. Anoche encontramos su cuerpo.

—Dios mío —dice Alice, abriendo mucho los ojos—. Qué horror.

—¿No lo sabía? —le pregunta la inspectora.

—No.

—Mi mujer acaba de despertarse —interviene Derek—. Pero yo lo he visto en las noticias esta mañana, cuando encendí el ordenador.

—La asesinaron y la dejaron en el sótano de su edificio —dice la inspectora, mirando a Alice directamente a los ojos.

—Qué barbaridad. Pero ¿qué tiene eso que ver con nosotros?

—Su marido la conocía.

—Ya le dije que en realidad no la conocía —protesta Derek con aparente mesura—. Solo nos vimos dos veces: el día del accidente y cuando quedamos para que me diese el dinero de la reparación. Eso fue todo.

—Sí, eso me dijo ayer —responde Salter. Tras una pausa, se inclina hacia delante y añade—: Pero según la información que hemos obtenido hoy, sí la conocía. Y bastante bien, de hecho.

Alice se gira y observa a su marido. Ve cómo se ruboriza

levemente bajo la barba de un día. ¿Lo habrán notado también los inspectores? De repente está muy enfadada: con ellos y con su marido, pero sobre todo con su marido. ¿Qué ha hecho ahora? ¿Qué ha estado ocultándole? Habían acordado no tener más secretos entre ellos. Él le prometió que no iba a ocultarle nada más, que se acabaron los engaños. Y ahora esto.

—¿Qué información? —exige Derek—. No puede haber ninguna información porque les estoy diciendo la verdad.

Suena muy sereno, pero Alice ve cómo le palpita la vena de la sien. Siempre le pasa eso cuando está enfadado.

—Me temo que voy a tener que pedirle que nos acompañe a la comisaría para responder a unas preguntas —dice la inspectora.

—¿Y si me niego? —pregunta Derek.

—Es su elección. Pero si no coopera de forma voluntaria, nos veremos obligados a detenerlo y tomarle declaración.

Alice observa cómo su marido les clava la mirada. Sabe que ahora está furioso. Ellos no son conscientes de lo que han hecho.

—Esto es indignante. No pienso ir a ningún lado sin hablar antes con mi abogado —dice su marido con calma.

—De acuerdo —responde la inspectora—. Esperaremos.

21

Cuando los inspectores se marchan, Paige se prepara una taza de té y se sienta en el sofá, con la mirada fija en la pared mientras repasa una y otra vez el encuentro en su mente. Hoy no va a ir a trabajar, nadie espera que aparezca después de que hayan encontrado muerta a su mejor amiga. Ha salido en todos los titulares. Le han concedido unos días libres y le han dicho que puede tomarse vacaciones, si lo necesita.

Los inspectores la han puesto contra las cuerdas; no era consciente de que su rostro la había delatado cuando le preguntaron ayer sobre Bryden. Lo que ocurra a partir de ahora escapa a su control. Ojalá esto fuese un libro que pudiese cerrar y no tener que enfrentarse a lo que viene después.

Sam, Lizzie y Clara han vuelto al apartamento. Salter lo llamó para avisarlo de que la policía científica había terminado y que ya podían regresar.

Sam se da cuenta de que la presencia de Lizzie lo incomoda. Su cuñada va de un lado para otro, intentando entretener a Clara. Agradece su ayuda, por supuesto, pero al mismo tiempo siente que lo está vigilando en cierta manera. Quizá anoche habló más de la cuenta.

Se repite a sí mismo que está de su parte. Al menos, eso asegura ella, pero ¿y si tiene dudas? ¿Y si, aunque lo niegue, en realidad cree que fue él? Antes se ha percatado de que lo estaba mirando con suspicacia. Sospecha que sabe algún secreto que no le ha contado. ¿Qué le está ocultando? Entonces le asalta la duda de una posible traición: ¿y si le ha dicho algo a los inspectores que él desconoce?

La buena sintonía que existía entre ellos cuando Bryden desapareció ha cambiado de algún modo tras descubrirse el cuerpo. Todos los indicios apuntan a él: estaba en su maleta, en el cuarto de trasteros del que él tiene llaves. Y, por supuesto, el hecho de no tener coartada. Pero lo que aún no han encontrado, hasta el momento, es un motivo. Eso es lo que todos buscan, lo siente. Los inspectores le producen auténtico pavor: anoche, mientras intentaba en vano conciliar el sueño, se imaginó que lo condenaban y lo mandaban a la cárcel.

El interfono suena antes de que pueda seguir dándole vueltas al asunto. Son sus suegros. Cuando, varios minutos después, llaman a la puerta, él los deja entrar sin decir palabra. Han venido en un Uber.

Lizzie se pone a preparar café mientras Sam se queda mirándola. Lejos de haber recuperado fuerzas después de la noche, todos parecen más exhaustos, más abatidos, más angustiados. La esperanza se ha desvanecido por completo. Salvo Lizzie, a quien parece que el hecho de sentirse útil y necesaria la mantiene en pie y con la adrenalina por las nubes. No deja de mirar el móvil de un modo extraño. Y un rato antes dijo que se alegraba de haber pedido la unidad canina, que de no haberlo hecho quizá la estarían buscando todavía, como si quisiera llevarse el mérito de haber descubierto el cuerpo.

Esta mañana anda bastante perdido en sus propios pensamientos, apenas interactúa con la familia de su mujer. Sin embargo, empieza a notar que su suegra no le quita ojo, y, cuando él le devuelve la mirada, mira hacia otra parte. Ella también sospecha de él, piensa, igual que Lizzie. ¿Cree que mató a Bryden? Una oleada de miedo y náuseas le recorre el cuerpo. ¿Habrán estado hablando de él? Quizá anoche, en el apartamento de Lizzie, antes de que ella se fuese al hotel, todavía en shock tras haberse descubierto el cuerpo de Bryden. ¿Qué pensarán de él? ¿Qué les estarán diciendo a los inspectores? No confía en ellos. ¿Serán solo ideas paranoicas o hace bien en no fiarse? Cae en la cuenta de que, a partir de ahora, debe medir cada palabra y cada gesto cuando se encuentre con ellos. Lo están observando. De pronto desea que se vayan. Ojalá pudiera colocarse y evadirse de todo durante un rato, pero no tiene nada en casa. Podría decirles que se lleven a Clara al parque y quedarse así un momento a solas: tal vez entonces lograría pensar con algo más de claridad. Pero nadie se va y él sigue dándole vueltas a la cabeza.

Poco después llega Paige, y esta vez deja que sea Lizzie quien abra la puerta. Tiene que averiguar qué le dijo ayer a los inspectores. Paige conocía a su mujer mejor que nadie; si Bryden guardaba algún secreto, ella lo sabría.

Lizzie le sirve un café a Paige, acomoda a Clara en el estudio y todos se sientan en el salón, inquietos, hablando en voz baja sobre Bryden, los recuerdos que guardan de ella, sobre Clara y cómo le afectará, y sobre el avance de la investigación. Sam tiene la sensación de estar fuera de su propio cuerpo. Está tan alterado y falto de sueño que nada le parece del todo real. Es como si estuviese soñando. Siente calor, nota el sudor brotando de su piel. ¿Se estarán dando cuenta? Ni siquiera se ha duchado esta mañana. Debería haberlo hecho.

Mira a la gente que lo rodea; nunca se había sentido tan desubicado.

Derek Gardner, siguiendo el consejo de su abogado, va en su propio coche hasta la comisaría. Los inspectores han salido antes que ellos. Muy a su pesar, Alice se ha empeñado en acompañarlo, por más que él ha insistido en que no era necesario. Su asesor jurídico le recomendó que contratase a un abogado penalista, Joe Pagett, del bufete Roten & Pagett, el cual los está esperando en la comisaría para el interrogatorio. Derek hierve de rabia, aunque cree que nadie lo notaría al mirarlo. Alice, sin embargo, sí se da cuenta. Ella lo conoce mejor que nadie. Y él a ella. Son tal para cual, se entienden, son un equipo. Su relación no es nada convencional, ambos lo saben. No son personas corrientes, no son como los demás. Son atípicos. Y se sienten afortunados de haberse encontrado.

Eso no significa que siempre confíen el uno en el otro. En este momento, Alice no parece confiar en él. Está claro que no lo cree cuando dice que no tuvo nada que ver con Bryden Frost. La prueba del polígrafo no serviría de nada, ambos saben que él podría salir airoso. Ella también. Los dos son mentirosos expertos y miembros de la asociación de personas de alto cociente intelectual Mensa. Dicen que se quieren, sea lo que sea lo que eso signifique. Lo suyo es una alianza basada en el sexo, el intelecto, la ambición y una serie de intereses comunes. Pero ¿amor? Ninguno de ellos sabe lo que es eso en realidad.

Antes, en la casa, con los brazos cruzados sobre el pecho y envuelta en su bata de seda, como una estrella de cine, Alice le dijo:

—¿Y bien?

—Alice, te juro por mi vida que no tengo nada que ver con esa mujer. Sabes que para mí no existe nadie más que tú.

Ella lo examinó, incrédula. Después de todo, no era la primera vez que le era infiel. Pero lo habían superado. Ahora jugaban en el mismo equipo, habían hecho una promesa inquebrantable, un compromiso sellado con sangre mucho más fuerte que cualquier voto matrimonial.

—No me estarás mintiendo, ¿verdad? —insistió—. Porque si es así...

—No te miento. Hice una promesa, ¿recuerdas? Y yo siempre cumplo mis promesas —replicó Derek y le dio un beso.

Durante todo el trayecto a la comisaría, ella siguió erre que erre:

—Si hay algo que deba saber, es el momento de decírmelo.

—No hay nada que debas saber.

—Si estás metido en algún lío, puedo ayudarte.

—Lo sé, pero no estoy metido en ningún lío, confía en mí.

—¿Seguro que no fuiste tú el que la mató y la metió en la maleta? Porque, si fuiste tú, es mejor que lo admitas. Yo podría perdonarte a pesar de todo.

—Yo no la maté.

Ella se quedó en silencio y comenzó a mirar la pantalla del móvil.

—Me mentiste —señaló con frialdad y le puso el móvil delante.

Derek, que estaba al volante, miró la pantalla de reojo.

—¿Qué?

—Es muy atractiva. Dijiste que no lo era.

—Yo no dije que no fuera atractiva —replicó él—. Dije que no era tan atractiva como tú.

22

Lizzie es enfermera y cuidar de los demás es lo que mejor se le da. Sabe dejar de lado sus propias necesidades y sentimientos cuando es necesario. Tiene claro que, por muy mal que estén las cosas, alguien debe seguir dando la talla, hacer que todo continúe funcionando. Ahora, en el salón de su hermana, observa a los demás y percibe el desaliento, el letargo, la tensión. De momento, ha dejado a Clara viendo la tele en el estudio.

Esta misma mañana presenció cómo Sam, armándose de toda la delicadeza que pudo, le explicó a la niña que su madre no iba a volver, que ahora estaba en el cielo. Pero Clara no pareció comprender sus palabras.

«Mami va a volver», dijo.

«No, Clara, no va a volver. Está en el cielo».

Clara negó con la cabeza. Lizzie pudo ver cómo la mirada de Sam estaba atravesada por la desesperación.

Piensa que deberían buscar ayuda profesional para la niña, luego se ocupará de eso. Tal vez ese tipo de negación sea algo normal; en cualquier caso, cree que mañana debería volver a la guardería. Una escena del crimen llena de familiares abatidos a la espera de novedades no es el lugar más indicado para una niña pequeña. Y tampoco quiere abusar de Angela: Sam va a necesitar la ayuda de su vecina.

—¿Cuándo creen que tendremos los resultados de la autopsia? —pregunta Lizzie.

Todos la miran, pero parecen ausentes.

—No lo sé, no han dicho nada todavía, ¿no? —responde Sam.

Su cuñado parece incapaz de hilvanar siquiera dos pensamientos, reflexiona Lizzie. Mira a Paige. Nunca le ha caído demasiado bien, probablemente porque siempre le pareció como muy glamurosa, aunque ahora no causa en absoluto esa impresión. O quizá se debía a que era la mejor amiga de Bryden, lugar que Lizzie creía ocupar —quizá nunca llegó a ocuparlo— hasta que su hermana fue a la universidad y conoció a Paige. O tal vez no le cae bien porque Bryden le dijo en cierta ocasión, así como quien no quiere la cosa, que Paige era la niñera favorita de Clara, y Lizzie siempre había creído que la favorita era ella. Cuando se lo comentó, su hermana intentó quitarle hierro: «Pero tú eres su tía favorita». Lizzie no respondió, sabía perfectamente que era su única tía.

—Voy a llamarlos ahora mismo por si hay alguna novedad —dice Lizzie.

—Sí, llámalos —responde su padre.

Tiene guardado el número de la inspectora Salter en sus contactos. Lo marca bajo la atenta mirada de todos. Pero salta el buzón de voz. Lizzie cuelga sin dejar ningún mensaje y resopla, enfurruñada.

—Volveré a llamar más tarde.

Su padre baja la vista al suelo. Paige fija los ojos en su taza de café, mientras Donna observa a Sam cuando este no se da cuenta. Parece mirarlo casi con repulsión. ¿Qué estará pensando su madre? Le preguntará luego, cuando estén a solas.

Jayne cree tener por fin una pista firme. La revelación —a regañadientes— de Paige esta mañana ha supuesto su primer avance. Está impaciente por hablar con Derek Gardner, sentado frente a ella en la sala de interrogatorios, elegante con su traje y corbata, emanando una tranquilidad impostada. Poca gente parece segura y tranquila cuando la interrogan en una investigación por homicidio, dato que anota mentalmente. Junto a él está el abogado, vestido con un traje impecable y caro, al igual que sus honorarios, conjetura Jayne. Al lado de ella se encuentra el inspector Kilgour. La grabadora ya está en marcha. Jayne espera recibir muchas negativas y muchos «sin comentarios».

Tiene que admitir que Derek Gardner es un hombre atractivo, y hay en él cierto magnetismo, cierto carisma. Recuerda lo que Paige dijo, que Bryden lo encontraba «irresistible». No le extraña. Se pregunta si eso la llevó a la muerte.

—Señor Gardner —empieza—, ¿puede decir su nombre para la grabación?

—Derek Gardner —responde él con una voz grave y segura. Su voz también es seductora, ya lo había notado antes.

—Se le han leído sus derechos y está aquí con su abogado, Joe Pagett, para responder varias preguntas en relación con la investigación por el asesinato de Bryden Frost.

Le pide que vuelva a explicar cómo se conocieron: el accidente de tráfico, la fecha en que ocurrió, el mensaje que le envió para quedar en la cafetería con el fin de que ella le abonase el coste de la reparación. Luego le pregunta:

—¿Tuvo algún otro contacto con Bryden Frost, aparte de lo que ya ha mencionado?

—No, ningún contacto más.

—Interesante —dice Jayne—, porque un testigo asegura que usted tenía una aventura con ella.

Él parece genuinamente ofendido. Jayne debe reconocerlo, el tipo sabe actuar. Tal vez confiaba en que Bryden no diría nada y le ha pillado por sorpresa.

—No sé cómo eso es posible porque no es verdad —responde Derek con calma.

—Bueno, solo tenemos su palabra, ¿no es así?, ya que Bryden está muerta y no podemos preguntarle —replica Jayne, imperturbable. Cambia de táctica—. ¿Alguna vez ha engañado a su mujer?

—No veo qué relevancia tiene mi vida matrimonial en esto —dice Derek.

—En una investigación por homicidio, todo es relevante —ataja ella—. Conteste, por favor.

—Sin comentarios.

—¿Su mujer sabe que usted la ha engañado en el pasado? Porque he de decirle, señor Gardner, que por la forma en que lo miraba esta mañana en su casa... En fin, no parecía precisamente sorprendida.

Derek le lanza una mirada fría, pero no dice nada. Jayne vuelve a la carga.

—¿Dónde se encontraba el martes, entre las doce y las tres de la tarde?

—En casa, estuve trabajando toda la tarde.

—¿Tiene a alguien que pueda corroborarlo?

—No, me temo que no.

—Entiendo. ¿Ha estado alguna vez en el edificio de apartamentos sito en el número 100 de Constitution Drive, en Buckingham Lake?

—No, ya se lo dije, nunca he estado allí.

—¿Está usted completamente seguro? —Ninguna de las grabaciones muestra a Derek en el edificio. Pero es posible que él supiese que podía acceder por el garaje sin ser visto, tal vez Bryden se lo había dicho.

—Sí, completamente.

—¿Estuvo Bryden Frost en su casa en alguna ocasión? Entiendo que usted teletrabaja con frecuencia. Sería un lugar muy conveniente para un encuentro de ese tipo, ¿no cree?, mientras su mujer está fuera, trabajando.

Él la fulmina con la mirada: la primera señal de que empieza a afectarle.

—Nunca ha estado en mi casa. Como ya he dicho, apenas la conocía.

—En tal caso, si consiguiésemos una orden de registro y revisáramos su casa con lupa, ¿no tendría la más mínima preocupación al respecto?

Él mira a su abogado, como si ya estuviese harto.

—Hemos terminado. Me voy.

—¿De dónde ha sacado esa información que dice tener sobre mi cliente? —interviene el asesor de costosos honorarios.

—De una fuente fiable.

El abogado esboza una sonrisa burlona.

—Es un farol. No tiene nada contra mi cliente, no tiene motivos suficientes para conseguir una orden de registro, y lo sabe. —Luego añade—: Y aunque él es completamente inocente, no voy a permitir que dé su consentimiento para registrar su casa, no necesita que los medios se hagan eco de eso. Es un empresario respetable. Una cosa así podría llevarlo a la ruina. —Se pone de pie y concluye—: A menos que su intención sea detener a mi cliente, cosa que dudo mucho, nos vamos de aquí ahora mismo.

Jayne también se levanta. Detiene la grabación y los observa salir de la sala, dejando tras de sí un leve rastro de perfume caro. Luego mira a Kilgour y dice por lo bajo:

—Capullo.

23

Donna se levanta con dificultad del sofá. Parece tan mayor, piensa Lizzie, incluso sus movimientos son distintos. Su madre le indica mediante una mirada sutil que vaya con ella. Lo hace de manera que Lizzie sabe que quiere que parezca algo natural. Espera a que su madre llegue a la cocina y, entonces, finge darse cuenta de que su taza está vacía y se pone de pie.

—Voy a por más café, ¿alguien quiere?

Sam y Jim niegan con la cabeza. Paige la mira y también declina su ofrecimiento. Cuando Lizzie entra en la cocina, su madre la está esperando y se acerca a ella.

—Tenemos que hablar —dice en un susurro casi inaudible.

Lizzie siente que el miedo le comprime el pecho. ¿Dispone su madre de algún tipo de información que le ha ocultado? Asiente en silencio y empieza a preparar más café, confiando en que el ruido les permita hablar sin ser oídas. Abre el grifo y llena la cafetera.

—¿Y si fue Sam? —musita la madre; tiene el rostro crispado, la mirada fatigada, empañada por una sospecha atroz.

Así que lo está considerando, piensa Lizzie. Y no le sorprende tanto, ya que, en realidad, es la pregunta obvia. Traga saliva, sin saber cómo responder. Esto marca un cambio en la dinámica familiar para el que no se siente preparada. Al no decir nada, su madre lo interpreta como un asentimiento.

—¡Tú también crees que fue él! —dice con tono acusador y los ojos abiertos de par en par.

Lizzie cierra el grifo.

—¡No! No lo sé —susurra. No quiere que la conversación tome esos derroteros—. No creo que Sam lo hiciera. Él la quería.

—No tiene coartada —replica su madre en voz baja—. ¿No te parece raro? ¿Por qué no estaba en el trabajo? ¿Siempre se toma descansos tan largos para almorzar? Quizá no lo conocemos tan bien como creíamos, quizá Bryden nos ocultaba cosas.

Su madre empieza a temblar, y Lizzie, de manera instintiva, la abraza. Absorbe la fragancia empolvada de su piel, su dolor, su pena. Donna rompe a llorar de forma desconsolada sobre su hombro.

—No tendría que haberme ido a Florida —gimotea—. Todo es culpa mía.

De repente, Lizzie se da cuenta de que hay alguien más en la cocina. Levanta la cabeza y se da media vuelta. Es Paige; se ha acercado en silencio, no sabe el tiempo que lleva allí, ni lo que habrá oído.

—No es culpa suya —murmura Paige a la madre de Lizzie con voz baja y compasiva—. No diga eso. —Luego, más tajante—: Ni se le pase por la cabeza.

Jayne está en la sala de operaciones, echando un vistazo a la pizarra blanca. Junto a las fotografías ampliadas de Bryden Frost y Sam Frost, ahora hay también una de Derek Gardner. Se da media vuelta para dirigirse a los agentes.

—Derek Gardner es un tipo escurridizo; tiene un abogado muy perspicaz y no va a ser fácil que confiese, así que necesitamos encontrar todo lo que podamos sobre él. Dice que estuvo en casa toda la tarde del martes. Quiero que comprobéis de nuevo las grabaciones de las cámaras de seguridad de las carreteras que bordean el edificio y de los alrededores. Tiene un Tesla Model Y negro, ya sabemos la matrícula. Revisadlo todo desde la fecha en que quedaron en la cafetería, el 26 de enero, hasta el día de la desaparición. Quizá aparezca entrando en el garaje antes de que las cámaras dejaran de funcionar, aunque lo dudo. Creo que es demasiado listo para eso. Lo más probable es que se vieran en otro lugar. Investigadlo a fondo: si tiene antecedentes, detalles sobre su empresa, su matrimonio. Él asegura que estaba solo en casa, trabajando, a la hora en que mataron a Bryden Frost. Nuestro cometido es encontrar grietas en esa coartada, quizá las cámaras nos den alguna pista, o algún testigo... ¿Algún vecino lo vio salir de casa ese día? Por ahora, él y el marido, Sam Frost, son nuestros principales sospechosos. Si ella le era infiel, el marido tendría un móvil claro. Podríamos estar ante un turbio triángulo amoroso.

Hace una pausa.

—Podría ser cualquiera de los dos —prosigue—. Según el administrador del edificio, los residentes dejan a veces la puerta de los trasteros encajada para que no se cierre. Eso significa que quien la mató y la dejó allí no necesitaba tener llave. Podría haber sido Derek Gardner. ¿Habéis verificado la coartada del marido?

—Hablamos con el dueño del *food truck*, Gino Morelli, donde Sam compró el almuerzo —responde un agente—. Lo confirmó, y además figura en la tarjeta de crédito de Sam. Al mediodía iremos de nuevo al parque para intentar encontrar a alguien que lo viera.

—¿Y su coche?

—No hay cámaras en la zona donde dice que aparcó.

—Bien, supongamos que fue él —prosigue Jayne—. Compra el almuerzo, va a casa en coche, unos siete minutos desde Washington Park. Sabe que su mujer está teletrabajando ese día. Ella le abre por el interfono y, por tanto, no queda registro de su entrada. Sube al apartamento, la mata, la desnuda y la mete en la maleta. —Hace otra pausa—. ¿Qué hace con la ropa? No la hemos encontrado en ninguna parte. Baja con la maleta hasta el trastero, arriesgándose a que alguien lo vea con una maleta grande.

—El riesgo habría sido mucho menor si hubiese bajado por las escaleras —sugiere Kilgour—. Es más raro cruzarse con alguien. Y, en caso de oír a alguien por el pasillo, podía esperar a que se fuera o esconderse en un rellano.

Jayne asiente.

—Ella pesaba unos cincuenta y cinco kilos, pero es posible. Y la maleta tenía ruedas. Vamos a probarlo. Martin, tú estás en buena forma, ve allí a la una en punto, baja por las escaleras desde la planta octava hasta el trastero. Hazlo un par de veces y dime si te cruzas con alguien o no, y luego me informas.

Por muy en forma que esté, se suceden algunas risitas compasivas por Martin.

—Luego usa sus llaves para entrar en el cuarto de los trasteros —continúa Jayne—. O tal vez no, si la puerta estaba abierta. Deja la maleta en un trastero abierto, escondida detrás de las cajas, ¿y luego qué? Vuelve a su coche con la ropa de ella. ¿Dónde la lleva? Tiene que deshacerse de ella. Pero también tiene que volver al trabajo. ¿Dónde se deshizo de la ropa? Ya habéis revisado las grabaciones de las cámaras disponibles en el trayecto del edificio a su oficina, ¿verdad?

—Sí, ya las hemos revisado; no eran muchas, pero no aparece en ninguna —responde un agente.

—Pero, si se dio prisa, le habría dado tiempo a hacer una

parada —observa Kilgour—. Compró el sándwich a las doce y cuarto. Bryden hizo la última copia de seguridad en el portátil a las 12.42. Él llega después, la mata, la desnuda y la introduce en la maleta. ¿Cuánto tardaría? ¿Quince minutos? Quizá otros quince para ocultar la maleta. Para la una y cuarto ya habría acabado. El trayecto a su oficina es de unos quince minutos. Llegó alrededor de las dos, por lo que tuvo casi media hora para deshacerse de la ropa. No hay cámaras en esa ruta, así que no sabemos dónde fue, y tampoco aparece en ninguna otra grabación, ya lo hemos revisado.

—¿Y el trayecto hasta la guardería? —pregunta Jayne.

—Según la cronología de los hechos, aquella tarde salió de la oficina y fue directamente a la guardería, y de allí volvió directo a casa.

—En tal caso, lo más probable es que lo hiciera de regreso al trabajo —apunta Jayne—. No querría que su hija de tres años lo viera tirando algo a la basura. Podría haberse deshecho de la ropa en cualquier sitio —añade—. En un contenedor, en el río... Al no haber ninguna cámara en ese trayecto, es como buscar una aguja en un pajar. —Suspira.

—¿Y cuál es el sentido de bajar el cuerpo al trastero? ¿Por qué arriesgarse a que lo vieran con la maleta? ¿Por qué no dejarla allí mismo? —pregunta Kilgour.

—Tal vez no quería que su hija lo viera —sugiere Jayne—. Sabía que lo llamarían de la guardería para recoger a la niña y llevarla de vuelta a casa.

Varias cabezas asienten. Tiene sentido.

—Tal vez Derek Gardner sabía que las cámaras del garaje no funcionaban, Bryden pudo habérselo dicho —plantea Kilgour—. Quizá ella, como trabajaba desde casa, lo invitó ese día. O tal vez él apareció sin más y ella lo hizo pasar. Puede que la matara en un arrebato (quizá ella amenazó con contárselo a su mujer), la metiese después en la maleta y la dejara en el cuarto de los trasteros; es posible que la puerta estuviese abierta. Él tampoco tiene una coartada sólida.

Jayne asiente con la cabeza, despacio.

—Este caso no va a ser fácil —concluye—. Hasta el momento no disponemos de ninguna prueba física. —Se endereza y da por terminada la reunión—. Kilgour y yo vamos al instituto forense a recoger los resultados de la autopsia.

Los agentes vuelven a sus escritorios, empiezan a consultar ordenadores y móviles. Jayne tiene un buen equipo. Si alguien está ocultando algo, ellos lo sacarán a la luz.

24

Jayne y Kilgour salen de la comisaría y suben a un coche camuflado. Kilgour va al volante. No tardan en llegar al instituto forense y, sin decir palabra, cruzan la acera y franquean las pesadas puertas de vidrio. Jayne sabe que las autopsias no suelen ser un plato de buen gusto para casi ningún inspector de homicidios, pero a ella ya no le incomodan, se ha acostumbrado con el tiempo. No sabe si eso es bueno o malo. No quiere volverse insensible, impermeable a todo el sufrimiento con el que se topa, pero ¿cómo, si no, iba a desempeñar este trabajo año tras año? Mientras sus pasos resuenan sobre el reluciente linóleo del pasillo vacío, piensa por un instante en Michael. Él mantiene a flote su humanidad, evita que se hunda demasiado en el lado oscuro del mundo. Quiere casarse, incluso tener un hijo algún día, pero no sabe si podrá conciliar estas dos facetas tan opuestas de su vida. Ni siquiera sabe si debería intentarlo.

Abre la puerta y la asaltan los olores e imágenes ya familiares para ella: las mesas de acero quirúrgico, los cajones frigoríficos donde introducen los cadáveres, las potentes luces fluorescentes, los instrumentos metálicos, las sierras de hueso, los lavabos, las básculas, la sala de observación en la parte de arriba. A Jayne no le gusta contemplar nada desde allí; prefiere estar abajo, junto al cadáver, poder hacerle al forense las preguntas que le vayan surgiendo en el momento. No quiere mantener las distancias: eso no es lo que define a un buen inspector. Quiere estar cerca de la víctima, examinarla de primera mano.

Pero hoy no han venido a presenciar una autopsia: están aquí para conocer los resultados.

—Hola, Ginny —saluda Jayne a la veterana patóloga forense.

Ginny Furness ronda los cincuenta y muchos, es casi una generación mayor que ella, pero siempre se han llevado bien. Ninguna de las dos se anda con tonterías y ejecutan su trabajo con curiosidad y perseverancia. Sabe que Ginny tiene hijos, ya adultos, y cuenta con preguntarle algún día, con una copa delante, cómo se las arregló.

—Ah, aquí estáis —dice Ginny con amabilidad—. Ya he terminado con ella.

Se dirige a una camilla sobre la que descansa el cuerpo de Bryden cubierto por una sábana; Jayne y Kilgour la siguen. Sin decir nada, Ginny la destapa por completo, desde la cabeza hasta los pies, y los deja un momento a solas.

Jayne mira a la mujer tendida, fría e inerte. Siempre le impresiona lo diferentes que resultan las personas cuando mueren. No parecen dormidas, nunca ha tenido esa impresión, simplemente están desprovistas de fuerza vital. Esta no es Bryden Frost. Bryden Frost ya no está. Su larga melena rubia ha sido apartada hacia atrás, dejando el rostro y los ojos, que permanecen abiertos, a la vista. En principio, el cuerpo no presenta marcas, salvo la enorme y espantosa incisión en forma de Y, resultado de la autopsia. Tal y como suponía, no hay señales visibles en el cuello o la garganta. Tampoco signos de haber recibido un golpe en la cabeza. No se aprecian heridas de arma blanca, lo cual era de esperar, dado el perfecto estado del apartamento. Mira a Ginny con gesto interrogante.

—¿Causa del fallecimiento? —pregunta.

—No ha sido un caso fácil, pero diría que asfixia. Existe cierta congestión facial, algunas hemorragias petequiales.

—¿Método?

—De nuevo, es difícil saberlo. Es obvio que no la estrangularon con las manos. El hueso hioides está intacto y, como podéis apreciar, no hay signos de presión en el cuello. No he encontrado fibras alrededor de la boca o la nariz, así que es poco probable que la asfixiaran con una almohada ni nada similar. La hipótesis más sólida es que le colocaron una bolsa de plástico en la cabeza. Lo más probable es que la asaltaran por detrás, le pusieran la bolsa y la mantuvieran apretada hasta provocarle la muerte.

—¿Una bolsa de plástico? —repite Jayne, pensativa. Imagina el plástico pegándose al rostro jadeante de la mujer, su terror al comprender lo que le estaba pasando.

—Es la hipótesis más plausible —insiste Ginny.

—¿Algún signo de agresión sexual?

—No, ninguno.

—¿Algo más?

Ginny niega con la cabeza, frustrada.

—Me temo que no. No hay signos de sedación, ni marcas de pinchazos. El análisis toxicológico llevará algo más de tiempo, pero no espero gran cosa. Considerando la forma en que probablemente fue asesinada, sospecho que intentó defenderse, y hemos encontrado algunos hematomas en la parte posterior de los antebrazos que indican forcejeo. Pero no hemos hallado nada bajo las uñas, estaban limpias. Lo cual encaja con la teoría de que la sorprendieron por la espalda. Tampoco hemos encontrado cabellos extraños en el cuerpo. Y, curiosamente, muy pocas fibras. Deberíamos haber hallado más de su propia ropa, que, según tengo entendido, aún no ha sido localizada.

—Así es —responde Jayne.

—Por lo que no es posible compararlas.

Jayne asiente.

—La ropa que, según su marido, llevaba aquel día no ha aparecido. Unas mallas y una sudadera gris. Ya he hecho un llamamiento a través de los medios con la esperanza de que, si alguien la encuentra, lo comunique.

—Probablemente la desnudaron después —comenta Ginny—, tal vez para que cupiera mejor en la maleta o para eliminar cualquier posible rastro transferido. Quienquiera que lo hiciese debía de ser bastante fuerte para someterla e introducirla en la maleta después.

—¿Hora del fallecimiento?

—Diría que entre las doce del mediodía y las cinco de la tarde. No puedo concretar más.

Jayne asiente, abstraída.

—¿Qué opinas? ¿Un crimen pasional?

—Tal vez. La ausencia de agresión sexual no lo descarta. Un crimen pasional no tiene por qué girar en torno al sexo, puede deberse a la rabia.

—Gracias, Ginny —dice Jayne. Mira a Kilgour—. Será mejor que vayamos al laboratorio forense.

Antes de salir, Jayne se vuelve y le propone a Ginny de forma espontánea:

—Oye, ¿te apetecería quedar una noche y tomarnos algo?

La patóloga se muestra claramente sorprendida por la invitación, pero sonríe y asiente.

—Claro, cuando quieras. Mis hijos ya han volado del nido. Tengo tiempo de sobra.

Paige quiere gritar. El dolor y la tensión en el apartamento son insoportables. Pero ella es la mejor amiga de Bryden, Sam le ha pedido que venga y no se le ocurre ninguna excusa para ausentarse ni ningún otro sitio adonde ir. El hecho de estar aquí con la familia en un momento tan difícil, en estas circunstancias, le hace sentirse incómoda. Sobre todo teniendo en cuenta que ella sabe algo que el resto desconoce.

Piensa en el extraño cónclave que ha presenciado hace un rato, en la cocina, cuando oyó a Lizzie y a su madre. Sospechaba que se habían escabullido para cotillear, así que fingió que quería más café. Y ahora sabe que sospechan de Sam. Al menos, Donna; de Lizzie no está segura.

Sam no se ha duchado desde que Bryden desapareció, es obvio. Él, que siempre va tan arreglado y pulcro, ahora está desaliñado, totalmente abatido, justo como cabría esperar dadas las circunstancias. Sabe que ella tampoco muestra muy buen aspecto.

Debe estar aquí y ayudar en lo que pueda. Tiene que echarle una mano a Sam con Clara; al fin y al cabo, es su madrina. Se pregunta qué pensará Lizzie de eso. Siempre ha estado un poco celosa del cariño que Clara siente por Paige; tal vez quiera tomar las riendas de la situación, es muy dada a ello. Y parece que Sam se lo está permitiendo. Pero aún es pronto, quizá él termine recuperando el control.

No puede seguir posponiendo la conversación con Sam; tiene que contarle lo que les ha dicho a los inspectores. A solas. Lo mira, se levanta y dice:

—Voy a ver cómo está Clara.

La niña sigue en el estudio viendo la televisión.

—Voy contigo —dice Sam y se incorpora con dificultad.

Paige se dirige con nerviosismo hacia el estudio, sintiendo cómo Sam camina detrás de ella. Clara está acurrucada en un extremo del sofá, chupándose el pulgar y viendo dibujos animados. Paige se sienta a su lado y la rodea con el brazo cariñosamente. La pequeña se acurruca contra su pecho. Pero no pueden hablar delante de ella.

Y ahora, al estar casi a solas con Sam por primera vez desde la desaparición de Bryden, con Clara abrazada a ella, no sabe bien cómo comportarse.

—Tenemos que hablar —dice Sam en voz baja.

Ella le lanza una mirada rápida.

—Aquí no. Podemos ir al pasillo —susurra. Se gira hacia Clara y le pregunta—: ¿Estás bien, cariño? —La niña asiente con seriedad—. ¿Te apetece seguir viendo la tele un rato más? Luego, si quieres, vamos al parque. —Clara asiente de nuevo—. Buena chica.

Paige le da un beso en la cabeza, se levanta y sale en silencio al pasillo, con Sam detrás. Se aleja del salón y se acerca al baño, donde no pueden verlos ni oírlos. Se gira para mirarlo de frente. Él está justo delante, con el rostro muy cerca del suyo.

Él no le da un beso. En realidad, Paige tampoco lo esperaba.

—¿Qué les has dicho a los inspectores? —pregunta Sam con voz baja y tensa.

Ella se queda desconcertada; la está mirando como si no confiase en ella, como si temiese que hubiera dicho algo indebido. Ella jamás haría algo así. Ella lo protegería, por supuesto que sí.

—Nada —miente. Luego rectifica—: No les he contado nada de nosotros, nunca haría eso. Sé perfectamente las consecuencias que tendría. —Y añade—: Además, tampoco quiero que mi nombre salga en los periódicos.

Él parece aliviado.

Paige mira por encima del hombro de Sam y se asegura de que nadie venga por el pasillo; luego lo mira con inquietud y dice:

—Pero hay algo que deberías saber.

25

Jayne y Kilgour miran la maleta, la misma que vieron por última vez en el trastero. Están en el laboratorio, acompañados por Jonathan Fell —jefe de la Unidad de Investigación Forense—, que también la observa. Es una Samsonite rígida de color burdeos. Completamente lisa, salvo por una pequeña pegatina en un lateral, un poco raspada, aunque aún se distinguen algo de rojo y amarillo.

—Por supuesto, las huellas del marido están por todas partes, porque es su maleta —dice Fell—. También están las de la víctima. Y muchas más, como era de esperar, teniendo en cuenta la cantidad de manos por las que puede pasar un equipaje. Procesarlas todas llevará tiempo. Puede que tengamos suerte y alguna coincida con las de algún sospechoso, pero no contaría con ello: lo más seguro es que el asesino llevara guantes.

Jayne asiente.

—No hemos encontrado nada más en la maleta, ni por dentro ni por fuera —prosigue Fell—. Tampoco hemos hallado nada útil en el trastero: muchísimas huellas que procesar y descartar, pero insisto: la hipótesis más probable es que el asesino usara guantes. Tampoco hemos podido recuperar huellas de pisadas útiles en el suelo de cemento. Y, con respecto al apartamento, lo mismo: muchísimas huellas, que seguimos procesando y que tendremos que comparar después con las de la víctima, el marido, la familia y los amigos, y así descartar a todos los que hubieran estado en la casa por motivos legítimos, para ver si queda alguien. Igual con los cabellos y las fibras. —Hace una pausa—. Fue un asesinato excepcionalmente limpio: como si hubieran aspirado el cuerpo y la maleta con sumo cuidado. Por supuesto, estamos analizando el contenido de la bolsa de la aspiradora.

—Ginny cree que lo más probable es que la asfixiaran con una bolsa de plástico.

Fell asiente y añade:

—No se localizó ninguna bolsa de plástico fuera de lugar en la escena del crimen. Había un cajón con bolsas usadas en la cocina y estamos revisándolas una a una, por si hubiera restos de mucosidad o células epiteliales, en caso de que el asesino hubiera usado una y luego la metiese de nuevo en el cajón. No obstante, mi opinión es que el autor de este crimen es demasiado inteligente para un descuido así. Lo más probable es que se llevara la bolsa consigo, al igual que la ropa.

Jayne no puede evitar sentirse decepcionada.

—La maleta tiene ruedas, lo que facilita su transporte, pero aun así se requeriría una fuerza considerable para reducir a la víctima, levantar un cuerpo sin vida y doblarlo para introducirlo en ella. Es una tarea más complicada de lo que parece —prosigue él, y hace una pausa—. La persona responsable podría ser tanto un hombre como una mujer, siempre que tuviera la fuerza necesaria. Pero mi instinto me dice que fue un hombre. La manera en que la abandonó es... una señal de absoluto desprecio.

—Alguien la tuvo que sacar del apartamento y llevarla al trastero —apunta Jayne—. Ojalá que algún vecino haya visto al asesino con la maleta, aunque, hasta el momento, no parece ser el caso. Y claro, con el frío que hace, a nadie le habría extrañado ver a alguien con guantes. —Luego añade—: ¿Algo más?

—Parece un trabajo casi profesional —concluye Fell tras cavilar unos instantes.

—¿Qué quiere decir? —pregunta Jayne.

—Quiero decir que es el crimen perfecto. No han dejado ninguna prueba. Quien lo haya hecho, o era muy listo, o tuvo mucha suerte.

Al salir, Jayne se queda dándole vueltas a la frase.

—Era muy listo o tuvo mucha suerte... ¿Qué piensas tú, Kilgour?

—Quizá ambas cosas.

Es cierto, piensa Jayne. Incluso el asesino más inteligente necesita tener la suerte de su lado para salirse con la suya. ¿Pero tanta como para que nadie lo viera en el edificio con la maleta? Según su experiencia, sabe que la suerte siempre se acaba.

Derek Gardner está en el despacho, frente a tres monitores de gran tamaño. La tensión en la casa es palpable desde que esos inspectores de pacotilla se presentaron sin avisar esta mañana. Aunque no dice nada, por dentro le corroe la furia. Está furioso con ellos, con la situación. Incluso con su encantadora esposa, que parece no creerlo cuando le dice que no tuvo nada que ver con la muerte de esa mujer.

El interrogatorio lo ha fastidiado bastante, aunque cree que lo hizo bien, como siempre. A menudo piensa que podría haber sido actor; presencia, desde luego, no le falta, pero no soportaría la falta de intimidad que sufren los actores famosos. No podría con eso. Él prefiere pasar más desapercibido.

Al salir de la comisaría, dio las gracias a su abogado, tomó a Alice del brazo con aire sereno y la condujo hasta el coche sin decir palabra. Una vez dentro del Tesla, ella lo miró con esos ojos enormes suyos y le dijo:

—¿Y bien?

—No tenemos de que preocuparnos —respondió él—. Solo querían interrogarme porque nos habíamos conocido hace poco y habíamos intercambiado los datos de contacto, nada más. En fin, una pérdida de tiempo.

Ella entrecerró los ojos.

—¿Y por qué la inspectora creía que habías tenido algo con ella? De hecho, estaba convencida.

—Dijo que alguien le había proporcionado esa información, pero según el abogado era un farol, se lo había inventado. Sabes tan bien como yo que la policía miente en los interrogatorios. Constantemente.

—¿Y crees que la cosa va a quedar ahí? —dijo Alice.

—Eso espero —repuso él.

Pero luego estuvo dando portazos por la casa, enfurruñada, hasta que anunció que se iba de compras y que se preparase, porque pensaba darle un buen sablazo a la Visa.

—Perfecto —respondió él con total tranquilidad, y se despidió de ella con un beso. El sablazo le daba lo mismo. Conociendo a su mujer, seguro que se compraba tacones y lencería y que esa misma noche tendrían una noche apasionada de reconciliación. En ese sentido, no podía ponerle ninguna objeción.

Trata de seguir trabajando y concentrarse en la pantalla que tiene delante. Pero le resulta difícil: por más que lo intenta, no puede dejar de pensar en esa inspectora. Tiene algo que le recuerda a un pit bull. Y él odia a los pit bulls.

Alice está probándose todos los zapatos de la tienda. Lleva una falda corta que deja ver sus piernas; se coloca frente al espejo, girándose de un lado a otro, admirando cada par que se calza, pensando en cómo la hacen sentir. Al final se compra tres pares de tacones altos. Sus favoritos son los de charol rojo. Ya tiene otros de charol rojo, pero qué más da.

Hace una pausa para tomarse un café y recargar pilas. Mientras le da sorbitos al capuchino, con sus costosas compras amontonadas en la silla de al lado, piensa en su marido. ¿Qué habrá hecho con esa mujer? Tal vez nada. O quizá sí tuvo una aventura con ella y la mató. Viéndolo por el lado bueno, eso significa que la historia se ha acabado. Por el lado menos bueno, quiere decir que le está mintiendo, y él le había prometido que no volvería a hacerlo nunca más. No después de la última vez.

No puede evitarlo: saca el móvil y busca de nuevo la fotografía de Bryden Frost. Es muy guapa. Bueno, lo era. Ya no. Sin embargo, Alice sigue aquí, vivita y coleando, y, después de apurar el café, va a comprarse lencería nueva con la que seguro que despierta el lado más salvaje de su marido.

Pero no tendría que hacer esto. Le da un poco de rabia. Le encanta la lencería y le encanta el sexo, pero preferiría no sentir esta presión constante por tener que hacer cosas como esta para retenerlo a su lado. No debería requerir tanto esfuerzo. Cuando está con él, se siente completamente segura: sabe que, para él, ella es especial y única, que tiene un control absoluto sobre Derek. Pero cuando no está con él, cuando lo pierde de vista, no está tan segura. Quizá haya otra mujer a la que también haga sentir especial y única. Él tiene esa habilidad.

Alice es una controladora compulsiva, lo sabe. Han hablado de ello, de sus problemas. Pero bueno, todo el mundo tiene problemas, no solo ella. Él también los tiene. Aunque, claro, ir a terapia no figura precisamente en sus planes. Sonríe un poco ante la idea. ¿Qué pensaría un psicólogo de ellos?

La verdad es que Derek pasa bastante tiempo a su aire. Lo suficiente como para haber conocido a esa mujer —en un accidente de coche del que no tuvo culpa, no en una fiesta o un bar— y conseguir sus datos de contacto y verla de nuevo. ¿Qué pudo haber pasado? Quizá no la volvió a ver, como él asegura. O tal vez le preguntó si podía invitarla a una copa y surgió la chispa entre ellos. Pudo haber acercado sus labios a los de ella y haberla dejado prendada al instante. Ella conoce perfectamente el efecto de sus besos.

¿Llevaría tacones Bryden Frost?, se pregunta Alice. Es imposible saberlo por la foto de carnet que sale en las noticias. Quizá se lo pregunte a Derek, piensa con malicia. Luego sigue con sus cavilaciones. Quizá la invitó a casa el segundo día que se vieron, después de la cafetería. Es una casa espectacular que no deja a nadie indiferente. Y a él le encanta alardear.

Ella podría haber dicho que sí. No está lejos de la cafetería en la que dijo que quedaron. Y en la casa no hay cámaras: él no quiso molestarse en instalarlas, y ahora Alice se pregunta por qué. ¿No es un poco extraño, siendo alguien que trabaja en ciberseguridad? Ella sugirió poner un videotimbre de esos, por todos los paquetes que llegan, pero él le quitó la idea de la cabeza. ¿Por qué? ¿Estaba llevando mujeres a la casa?

No lo cree posible. A la amante que tuvo —la única que ella sepa—, la llevó a un hotel. Alice cuenta con un olfato excelente; seguramente lo habría notado. Y seguro que no la metería en su cama, no se atrevería. No es tan estúpido. Pero abajo está el cuarto de invitados. Allí podría follarse a quien quisiera, y ella no se enteraría. Decide que, en cuanto llegue a casa, va a destrozar esa cama para asegurarse de que dice la verdad. No puede hacerle esto a ella.

Tienen un pacto.

Él no estaría donde está de no ser por ella. Se lo debe.

No piensa tolerar ni una puta infidelidad más.

26

Jayne decide hablar con la médica de Bryden Frost. Encontró su contacto en su móvil. Kilgour y ella se dirigen en coche a la consulta, ubicada en el centro de la ciudad. Cuando llegan, Jayne se identifica con discreción ante la ajetreada recepcionista y pide hablar con la doctora Bonnie Sheppard. La sala de espera está llena de gente.

—Le diré que está aquí. No tardará mucho —dice la mujer.

Unos minutos más tarde, hacen pasar a Jayne y Kilgour a una sala de reconocimiento, y, un par de minutos después, una mujer de unos cuarenta años, con el pelo perfectamente recogido en una coleta, abre la puerta. Parece bastante agotada.

—Hola, soy la doctora Sheppard.

—Soy la inspectora Salter y él, el inspector Kilgour —dice Jayne—. ¿Tenía usted una paciente llamada Bryden Frost?

Una sombra se cierne sobre el rostro de la médica.

—Sí, yo era su médica de cabecera. Lo fui durante varios años. Es terrible lo que le ha pasado.

—Estamos intentando obtener más información sobre lo ocurrido. ¿Notó algo fuera de lo común en ella?

La médica suspira con desánimo y admite:

—Sí. —Hace una pausa—. Normalmente, la confidencialidad entre médico y paciente me impediría revelar información sobre ella, pero, dado que ha fallecido, es diferente. En el estado de Nueva York, a los médicos se nos aconseja que, en caso de sospecha de violencia de género, debemos orientar al paciente hacia todo tipo de recursos. No tenemos el deber de denunciar, excepto cuando se trata de abuso infantil. Y, en este caso, Bryden lo negó.

—¿Alguien la maltrataba? —pregunta Jayne.

—No estoy segura, pero diría que sí. —La doctora respira hondo—. Vino con una costilla rota.

—¿Cuándo fue eso?

—Hará cosa de un mes. No tenía intención de venir, pero una costilla rota duele muchísimo y quería que le recetara analgésicos. Me dijo que se había caído por las escaleras, pero sus lesiones no eran compatibles con esa explicación. Le dije que parecía más bien una patada en las costillas. La conocía desde hacía años y nos llevábamos bastante bien, así que le pregunté sin rodeos si su marido la maltrataba. —De repente, se detiene.

—¿Y? —pregunta Jayne.

La médica suspira con resignación.

—Y lo negó. Que es lo habitual, al menos al principio. Intenté darle folletos de organizaciones a las que podía llamar, le dije que era una mujer inteligente y fuerte con una niña pequeña, le dije que tenía opciones, pero se puso a la defensiva y se fue poco después. No volví a verla. —Mira de nuevo a Jayne, sus ojos están llenos de arrepentimiento—. Por supuesto, no puedo estar segura.

—Gracias, doctora Sheppard. Ha sido de gran ayuda.

—Es horrible. Me da tanta pena la niña —dice.

Jayne le da las gracias de nuevo mientras la médica los acompaña a la puerta.

Sam le sube a Clara la cremallera de la chaquetita rosa antes de coger su propio abrigo. Paige se pone también el suyo. Van a llevar a la niña al parque. Todos coinciden en que no debe pasarse el día frente al televisor, pero nadie parece tener la energía suficiente para darle la atención que necesita. Hasta Lizzie parece cansada, observa Sam.

Como si le leyera el pensamiento, Lizzie le dice en voz baja, justo antes de salir:

—Creo que Clara debería volver mañana a la guardería. Retomar la rutina seguro que le viene bien.

Clara se ha quedado hoy en casa, no parecía correcto llevarla a la guardería un día después de que apareciese el cadáver de su madre. Y, además, temían que oyese algún comentario inadecuado.

—Me parece buena idea —se muestra de acuerdo Sam. Es su padre, sabe que debería implicarse más. Lizzie ha asumido el papel de cuidadora con mucha naturalidad, pero eso no puede durar siempre. En algún momento tendrá que tomar el control. Ahora le toca a él ocuparse de todo, sin Bryden, pero la idea le resulta tan abrumadora…

Sam no ve la hora de salir del apartamento. Paige quería contarle algo antes, pero todavía no ha tenido ocasión. ¿Qué demonios será? Lo pone nervioso, ni siquiera está seguro de querer oírlo. En el parque podrán hablar con libertad mientras Clara se distrae jugando.

La tensión entre ellos se intensifica mientras bajan en el ascensor. Por suerte, nadie más va con ellos. Una vez fuera, se abren paso sin demasiado esfuerzo entre los periodistas, probablemente porque van con Clara.

El parque está justo enfrente del edificio. Tiene un área de juegos con columpios, toboganes, balancines y un rocódromo. Hay apenas un par de mujeres y unos cuantos niños. Sam y Paige no les prestan atención. Todo el escenario le resulta a Sam de una inocencia remota, como de otra vida. Recuerda cuando él y Bryden traían a Clara los fines de semana, generalmente con un café en la mano. Ahora es Paige quien lo acompaña: los dos animan a Clara a que juegue, y la niña se dirige sola hacia el cajón de arena; ellos se quedan apartados, en la franja reservada a los adultos. Sam aguarda a que Paige diga algo, pero ella no parece tener ganas de hablar.

—¿Y bien? —dice por fin y la mira, sin dejar de vigilar por el rabillo del ojo a su hija, que está jugando con los juguetes que hay esparcidos sobre la arena—. ¿Qué tienes que decirme?

Sam observa cómo Paige desvía la mirada.

—Va a ser difícil, pero creo que debes saberlo —responde—. La policía ya está al tanto y en algún momento te lo van a comentar.

—¿Saber qué, por el amor de Dios?

Ahora sí lo mira y contesta de mala gana:

—Bryden tenía una aventura.

—¿Qué? —Siente cómo un escalofrío le recorre todo el cuerpo.

—Lo siento —dice Paige con sinceridad.

Sam se gira y observa a Clara, que intenta hacer un castillo de arena con un cubo amarillo. Se queda en blanco, no sabe qué decir. Por fin logra articular:

—¿Cómo lo sabes?

—Me lo contó ella.

—¿Cuándo?

—Hace unas tres semanas.

—¿Y me lo dices ahora?

—¡Era mi mejor amiga, Sam! —replica—. Sabía que te ibas a alterar.

—¡Claro que me altero! ¡Joder, Paige! —Sam recuerda que debe bajar la voz. Tras unos segundos, añade—: ¿Quién era?

—El tipo del Tesla, el del accidente.

Sam se vuelve hacia ella de golpe.

—¿En serio? —Nota cómo se le tensa la mandíbula—. ¿Y cómo lo sabe la policía? ¿Se lo has dicho tú?

Paige asiente, afligida, sin apartar los ojos de Clara.

—Lo siento. No sabía qué hacer. No dejaban de presionarme y no quería contarles lo nuestro. —Luego añade—: Pensaba que..., que eso desviaría su atención.

Sam está ahora muy alterado y no se molesta en disimularlo.

—Pero ahora pensarán que yo tenía un motivo para matarla —dice casi gruñendo—. Seguro que creen que yo lo sabía. ¿No pensaste en eso?

—Les dije que tú no lo sabías.

—¡No van a creerte, Paige!

Ella se acerca y espera a que él clave sus ojos furiosos en los suyos.

—Si les hubiera contado lo nuestro, también habrían creído que tenías un motivo —se defiende.

En el silencio que sigue, Sam vuelve a girarse hacia su hija, que juega sola en la arena. La mente le da vueltas a toda velocidad. Ahora tendrán otro sospechoso: el amante de Bryden. Suelta un largo suspiro. Pero también lo vigilarán a él más de cerca, y Paige podría perjudicarlo. Se da cuenta de que deberá tener mucho cuidado con ella.

Acostarse con la mejor amiga de su mujer ha sido un error. Un error terrible.

27

Sam ni siquiera está seguro de cómo sucedió. Paige es una mujer atractiva; siempre había sido consciente de ello. Pero su mujer también lo era y él nunca le había sido infiel. Ni durante el embarazo, ni en la dura etapa del posparto, cuando el cansancio de criar a una niña pequeña les quitaba las ganas de todo; ni siquiera durante los meses en que el sexo quedó reducido a los días fértiles de Bryden, cuando decidieron buscar un segundo hijo. Los médicos decían que no había ningún problema, que acabaría ocurriendo, que solo era cuestión de tiempo. Pero la diversión se había ido por el desagüe, tanto para él como para ella. Quizá eso fue lo que lo hizo estar receptivo a Paige.

Bryden solía ausentarse por trabajo una noche al mes, más o menos. Paige empezó a venir cuando Bryden no estaba, para hacerle compañía y pasar tiempo con Clara. La primera vez, él se lo contó a Bryden, y a ella le pareció bien, incluso bonito, que se hubiesen divertido mientras estaba fuera. La segunda vez, Paige se autoinvitó, y él no se lo mencionó a su mujer. No estaba seguro de por qué. Aquella noche sintió que algo pasaba entre él y Paige, una tensión nueva y deliciosa. Vieron una película juntos después de acostar a Clara. Paige no tenía pareja en ese momento. Como quien no quiere la cosa, se quejó de lo mal que estaba el panorama, dijo que los hombres buenos ya estaban pillados. Él sabía que estaba sola. Aun así, mantuvo las distancias.

La tercera vez estuvo a punto de decirle que quizá no era buena idea que viniese cada vez que Bryden estaba fuera, que él podía cuidar de su hija pequeña sin problemas. Pero no se lo dijo. Y esa noche, después de acostar a Clara, mientras veían la tele con una copa de vino —craso error lo del vino—, de algún modo, ella lo besó. Y él no fue capaz de resistirse al placer fácil del momento. Cuando estaban medio desnudos, él la llevó al dormitorio, y Paige se quedó casi toda la noche.

—Hemos cruzado una línea —dijo ella después, desnuda y abrazada a él mientras le acariciaba el pecho.

Él se sentía saciado y sereno.

—Bryden no debe enterarse nunca —susurró, mirándola directamente a los ojos.

—No, jamás —convino ella—. Nunca debemos hacerle daño.

Y desde entonces, cada vez que Bryden se iba fuera por trabajo, él tenía sexo en el lecho conyugal con la mejor amiga de su mujer. Paige siempre se marchaba temprano por la mañana, antes de que Clara se despertase. En algún momento, Paige empezaría a salir con otra persona, estaba seguro, y aquello terminaría.

Ahora Sam la mira con inquietud, su melena castaña agitándose al viento, y se pregunta hasta qué punto le perjudicará esta revelación sobre la infidelidad de Bryden. Los inspectores ya lo tenían en el punto de mira. Desde luego, no le van a dar el premio al Marido del Año.

Paige, envuelta en el frío viento de marzo, observa a Sam, la forma en que aprieta la mandíbula cuando mira a su hija, y siente que una tensión similar la atraviesa también a ella. Él tiene razón. Si los inspectores saben que él era infiel, o creen que estaba al tanto de la infidelidad de Bryden, tendrán un posible móvil. Y es evidente que eso lo aterra. Sin embargo, el hecho de que Bryden tuviese un amante coloca a otra persona en el punto de mira.

Se sitúa a su lado, siente ganas de abrazarlo, pero no puede delante de Clara. Ni en público, ni mucho menos con toda la prensa alrededor. Tendrán que ser más precavidos que nunca.

Le preocupa su historia con Sam. La policía sospecha claramente de él, y ella no quiere verse arrastrada al fango por los medios. Imagina lo que dirían de ella, la mejor amiga. Lo suyo había sido sexo ocasional, pero muy satisfactorio. No sabe muy bien qué es lo que él siente por ella. Y ahora Bryden está muerta, y eso podría cambiarlo todo.

Donna se siente aliviada de que Sam y Paige vayan al parque con Clara. Necesita hablar con Jim y Lizzie.

Una vez que se van, mira a Lizzie y luego se dirige a su marido.

—Jim. —Él levanta la cabeza y la mira, inquieto.

La noche anterior estaban tan sobrepasados por el dolor, por el hallazgo del cuerpo, por la súbita quiebra del hilito de esperanza, que no pudieron hablar. Por la mañana, Donna decidió reservarse sus dudas sobre Sam. Su marido ha estado tan encerrado en sí mismo que no sabe qué piensa en realidad. Pero ha llegado el momento, considera Donna, en el salón del apartamento, de sincerarse.

—Sé que todos hemos apoyado a Sam, pero tenemos que contemplar la posibilidad... —No logra acabar la frase.

—¿Qué insinúas? —pregunta Jim, incómodo. Pero lo sabe—. ¿Que Sam lo hizo? ¿Que asesinó a nuestra hija? Eso no es verdad —insiste, negando con la cabeza—. No me lo creo, es imposible.

—Sí es posible —rebate Donna, temblorosa, manteniéndose firme.

—¡No, no lo es! Es imposible que hiciera algo así. A la madre de su hija..., matarla y... hacerle eso al cuerpo. —Parece repelerle tanto la idea que se echa un poco más atrás en el sofá, con el rostro desencajado—. ¿Pero tú sabes lo que estás diciendo?

—Los maridos matan a sus mujeres constantemente —insiste Donna—, de maneras horribles.

—Yo tampoco lo creo —interviene Lizzie.

Donna se sorprende.

—Pensaba que...

—No conoces a Sam tan bien como yo. Él no sería capaz de algo así —asevera—. Quienquiera que lo hizo debía de ser... —No logra completar la frase; se limita a añadir, obstinada—: Es que no lo veo, de verdad. Él la quería.

Donna los mira a los dos.

—No estoy asegurando que él lo hiciera. Digo que es posible y que, tal vez, no deberíamos creer ciegamente todo lo que cuenta.

—Eso le corresponde a la policía —observa Jim, cansado.

—No tiene coartada —señala Donna—. ¿Soy la única a la que le parece raro que estuviese dos horas almorzando? —Su marido y su hija la miran en silencio—. No sabemos qué pasaba en su matrimonio.

—Bryden y yo estábamos muy unidas, mamá —dice Lizzie—. Si las cosas hubieran ido mal, me lo habría contado. Yo me habría dado cuenta. No había nada raro, estoy segura.

Donna no está de acuerdo. No está convencida de que

Bryden le hubiese contado algo así a su hermana, ni a nadie. Sabe que tenían una relación complicada, incluso algo tirante a veces.

—No se comporta como un hombre inocente —dice Donna.

—¿A qué te refieres? —pregunta Lizzie—. ¿Cómo esperarías que se comportara en estas circunstancias?

—No lo sé, pero hay algo raro en él. Creo que esconde algo, antes no era así. Hay algo en él que ha cambiado.

—¿Y cómo no iba a cambiar? —responde Lizzie, exasperada.

Al poco, cuando Sam y Paige regresan del parque con Clara, Donna se fija en su yerno, en su expresión tensa y preocupada, y piensa, con un nudo en el estómago, que parece culpable.

28

Jayne ha pedido a Sam Frost que vuelva a la comisaría para interrogarlo de nuevo. Es jueves por la tarde, y su equipo ha estado empleándose a fondo en la investigación. Sam va de camino. La inspectora se pregunta si esta vez querrá un abogado. Ahora están al tanto de la aventura de su mujer con Derek Gardner, y también de que es probable que la maltratara físicamente. Él había dicho que su matrimonio era perfecto y ella está a punto de dinamitar esa idea.

Primero se dirige a la sala de operaciones para que su equipo la ponga al día. De momento no han conseguido hablar con nadie que confirme que Sam estuviese en Washington Park el martes. El agente que bajó por las escaleras desde la octava planta hasta donde hallaron el cuerpo de Bryden no se cruzó con nadie. Están volviendo a interrogar a todos los que viven o trabajan en el edificio, incluidos posibles visitantes; tal vez den con algún testigo que haya visto a alguien con una maleta. También están investigando a Derek Gardner. No obstante, en este momento, quiere centrar toda su atención en el marido.

Sam están esperando en la sala de interrogatorios cuando

entran Jayne y Kilgour. Ella le informa de que está allí para responder preguntas de manera voluntaria y colaborar en la investigación, y que puede marcharse en cualquier momento. Se lo dice para que se relaje, con la esperanza de obtener más información. Aunque, si decide irse, Jayne le dirá que sí está obligado a responder a sus preguntas y le pedirá a Kilgour que le lea sus derechos. Quizá entonces solicite un abogado, pero de momento está solo. Le pide que se identifique para la grabación.

—Sam —empieza a decirle con voz deliberadamente comprensiva—, ¿cómo está llevando todo esto?

—Estoy bien —responde sin parecerlo en absoluto. En el escaso tiempo transcurrido desde que denunció la desaparición de su mujer hasta ahora, su rostro ha experimentado un marcado deterioro. Parece no haber dormido nada y emana un olorcillo a sudor. Se fija en que lleva los mismos vaqueros y la misma camiseta que el día anterior.

—¿Y cómo está Clara? —pregunta con preocupación sincera. Anoche se quedó despierta pensando en la pequeña, en lo que supondrá para ella crecer sin una madre, en el futuro que la espera si se confirma que su padre fue el culpable. En cómo le afectará cuando tenga la edad suficiente para conocer los detalles.

—No sé muy bien —admite él—. Es difícil saberlo, es tan pequeña... —Su voz se quiebra.

—Los niños son muy resilientes —señala Jayne con suavidad.

—Eso he oído —responde Sam con cara de no estar muy seguro.

Quizá él también pase las noches en vela, piensa, preocupado por su hija. O quizá se despierte pensando en sí mismo. Su trabajo es averiguar si este hombre es un asesino. Debe descubrir la verdad por el bien de Clara.

—Hábleme del resto de la familia —dice Jayne—. ¿Tiene

buena relación con Donna y Jim? ¿Pueden echarle una mano con Clara?

—Sí, estamos bastante unidos. Estoy seguro de que ayudarán en lo que puedan, pero viven en Florida.

—¿Y Lizzie? ¿Cree que también le echará una mano a partir de ahora?

—Sí, ella adora a Clara.

—Entiendo que ella y su hermana tenían una relación muy estrecha.

Sam la mira.

—¿Eso es lo que le dijo Lizzie?

—Sí, ¿por qué? ¿Usted no lo cree así?

—No diría que su relación fuera muy estrecha, la verdad. Creo que tenían sus más y sus menos.

—¿A qué se refiere? —pregunta Jayne, intrigada. Lizzie no mencionó nada al respecto, y los padres aseguraron que tenían una «relación normal de hermanas».

—Creo que Lizzie tiene…, bueno, tenía celos de Bryden. Era como si se sintiera eclipsada por ella. Bryden procuraba no hacerla sentir así, pero Lizzie se ofendía con facilidad. Por lo general se llevaban bien, pero también pasaban por momentos conflictivos.

—Entiendo —dice Jayne, archivando el dato en su mente—. Sam, ya tenemos los resultados de la autopsia —añade en voz baja y deja que se sucedan unos segundos de silencio. Luego continúa—: Su mujer murió por asfixia, probablemente le colocaron una bolsa de plástico en la cabeza.

Sam se humedece los labios resecos.

—Es terrible —susurra.

—Lo es —asiente Jayne—. No hubo agresión sexual. —Hace otra pausa y añade—: Lo que hace que sea menos probable que se tratara de un desconocido. Todo apunta a que fue alguien de su entorno.

Él no dice nada, solo traga saliva, nervioso.

—Desde que hablamos anoche —prosigue Jayne—, disponemos de cierta información de la que necesito hablar con usted.

Él la mira con los ojos vidriosos.

—¿Qué información?

—Hemos hablado con la médica de Bryden. Sospecha que su mujer era víctima de violencia doméstica.

Jayne nota por la expresión de sorpresa de Sam que no se lo esperaba.

—Eso es mentira —dice—. Yo quería a mi mujer, jamás le puse una puta mano encima.

—Tengo su historial médico. Una costilla rota, hace aproximadamente un mes... ¿Lo recuerda? Acudió a la consulta porque necesitaba algo que le calmase el dolor. De acuerdo con su médica, parecía una patada en las costillas. ¿Era así como trataba a la mujer a la que tanto dice que quería, Sam? —Jayne apenas logra disimilar la hostilidad en su voz. Sam se queda completamente quieto y en silencio. Ella prosigue—: ¿Sigue negando que agredió físicamente a su mujer?

—Sí, por supuesto que lo niego. Jamás le puse una mano encima.

Jayne mira a Kilgour y le indica que tome el relevo.

—También nos hemos enterado de que su mujer tenía una aventura —interviene Kilgour.

Jayne observa atentamente a Sam. Ve cómo sus ojos vidriosos parpadean, luego se cierran y se abren. ¿Está sorprendido? No sabría decirlo.

—No me lo creo —dice Sam.

—Me temo que es cierto —responde Kilgour en un tono neutro—. Su mejor amiga, Paige, nos lo ha contado.

—Bryden no me engañaría —rebate Sam, tajante—. Tenemos una hija de tres años. Su familia lo era todo para ella, no pondría eso en peligro.

—Se acostaba con Derek Gardner, el hombre con el que tuvo el accidente de coche hace varias semanas —añade Jayne, observando cómo Sam entrelaza con fuerza las manos sobre la mesa.

—No.

—¿Quiere decir que no sabía que tenía un amante? —pregunta Kilgour.

—¡Claro que no lo sabía! —Sam traga saliva y pregunta—: ¿Fue él quien la mató?

Kilgour hace caso omiso de la pregunta.

—¿Nunca sospechó de ella? —inquiere.

Sam niega con la cabeza.

—¿Nunca la vigiló?

Sam se queda quieto y mira a Kilgour.

—¿Qué quiere decir? ¿Si contraté a un detective privado para que la siguiera? — insinúa en tono de burla—. No.

—No me refiero a eso —responde Kilgour—. Me refiero a si alguna vez llamó a la empresa donde trabajaba su mujer para ver si tenía reuniones de trabajo en Búfalo... —Baja la vista a la carpeta que tiene sobre la mesa, la abre y mira una página—. El 18 de enero y el 22 de febrero.

Lo han acorralado y lo sabe. Jayne observa cómo la sangre desaparece de sus mejillas. Ve cómo su nuez sube y baja cuando traga saliva. Espera a que responda. Como no lo hace, repite la pregunta:

—¿Llamó a la empresa de Bryden para confirmar que estaba de viaje de trabajo en las fechas que le ha indicado el inspector Kilgour?

—Quiero un abogado —dice Sam con la voz rota.

29

Sam está muerto de miedo. Empapado en un sudor acre, sentado solo en la sala, esperando. La inspectora ha detenido la grabación de vídeo, pero no sabe si hay más cámaras. Seguro que otras personas —sospechosas de asesinato, como él— han intentado suicidarse en esta sala.

Ha llamado al bufete más importante de Albany y ha pedido que le envíen a su mejor abogado penalista. Mientras aguarda su llegada, intenta poner en orden el caos mental que tiene, el aluvión de pensamientos. Intenta recordar lo que dijo Paige. El problema principal ahora mismo reside en la información que él sabía de su mujer. Le dijo a Paige que no tenía ni idea de la aventura de Bryden por miedo a que descubriesen lo de las llamadas telefónicas. Él no sabía nada del tipo del Tesla, pero sí es cierto que había estado vigilándola.

Al fin aparece su abogado, una mujer, y les conceden un rato a solas. La letrada, Laura Szabo, de unos cincuenta años, escucha con atención lo que Sam le cuenta. Seguidamente le aconseja que responda «sin comentarios» a todas las preguntas.

Los inspectores regresan a la sala y reanudan el interrogatorio. Sam siente que el corazón le palpita demasiado rápido. Su abogada no parece muy comprensiva y empieza a inquietarse: ¿por qué han mandado a una mujer, cuando es probable que lo acusen de asesinar a su esposa? Se siente mareado, aturdido, los oídos le retumban con cada latido.

La inspectora Salter lo observa detenidamente y le pregunta:

—¿Se encuentra bien, Sam?

Su voz le llega como un eco lejano, parece desvanecerse por momentos. Pero él asiente. Se le pasa por la cabeza que, tal vez, le esté dando un infarto.

—¿Llamó a la empresa de su mujer para intentar confirmar que tenía previstas reuniones de trabajo en Búfalo los días 18 de enero y 22 de febrero del presente año? —pregunta la inspectora.

—Sin comentarios.

La opresión del pecho es cada vez más intensa. Similar a la que tuvo antes, en el apartamento. Está sufriendo otro ataque de pánico. Intenta recordar lo que le dijo Lizzie, pero es incapaz de pensar. Su respiración se vuelve cada vez más entrecortada y, de manera instintiva, se lleva la mano al pecho.

—¿Está seguro de que se encuentra bien? ¿Quiere que llamemos a emergencias? —pregunta Salter.

Tras negar con la cabeza, atina a contestar:

—No. Estoy bien.

Luego oye a la inspectora decir:

—Entrevista suspendida a las 18.46 horas.

Poco a poco, el pánico remite. Consigue respirar y la presión del pecho se afloja. Está sentado en un charco de sudor y de miedo. No quiere admitir que acaba de sufrir un ataque de pánico, pero parece que todos se han dado cuenta.

—¿Van a detener a mi cliente o puede irse a casa? —pregunta Laura Szabo a los inspectores.

—Puede irse —responde Salter—, por ahora.

Sam se siente aliviado de que lo dejen marchar, pero sabe perfectamente lo que piensan de él. Piensan que es el culpable, seguro.

Derek Gardner oye a su mujer entrar por la puerta y reconoce el inconfundible crujidito de las bolsas. Parece que ha tenido un día de compras muy productivo. Sale de su despacho y va a su encuentro.

—Veo que has tenido un buen día —dice, mirando las bolsas.

—Sí, he decidido darme un capricho —responde ella—, porque me estás causando mucho estrés.

—Sabes que no es mi intención —replica él y se acerca.

—Pero me lo causas igualmente.

—Yo no tuve nada con esa mujer, Alice —dice Derek en un tono algo más cortante.

—Eso es lo que dices tú.

Es consciente de que no confía en él, y él tampoco en ella. Ambos son profundamente egoístas y lo saben, pero funcionan mejor juntos que separados, también lo saben. A veces, la relación se vuelve un tanto tediosa, pero la mayor parte del tiempo les resulta estimulante. Desde que su mujer lo pilló, le preocupa mucho que vuelva a serle infiel, y eso que no sabe que hubo otras antes. Derek, apoltronado en el sofá, recuerda los gritos y la histeria —zapatos lanzados que casi le dan en la cabeza, amenazas de todo tipo—, mientras finge prestar atención a Alice, que está enseñándole sus nuevas compras.

Le prometió que no habría más mujeres después de aquello. Cree que ella le fue infiel una vez, solo una, para saldar cuentas, porque es lo que él habría hecho también, pero está dispuesto a dejarlo pasar. Nunca ha sido tan celoso ni tan posesivo como ella. Y es cierto que está en deuda con ella, en eso su mujer tiene razón.

Su empresa de ciberseguridad les está reportando cuantiosos beneficios, pero necesitó dinero para ponerla en marcha. Dinero que él no tenía y que Alice le consiguió. Ella no le confió de antemano su propósito: se lo reveló más tarde, convertido ya en un hecho consumado, casi como un obsequio. Ahora se pregunta si, de haberlo sabido antes, se lo habría impedido. Probablemente no. Su sangre es tan fría como la de ella.

Supone que cualquier otro marido, en su lugar, se habría llevado las manos a la cabeza. Pero ella lo eligió a él, y él no es como los demás hombres. De hecho, se sintió agradecido, incluso impresionado. La madre de ella era insoportable, ninguno de los dos la aguantaba. Era una mujer vulgar. Siempre estaba nerviosa en su presencia, los miraba como si les tuviese miedo. Alice no soportaba esa timidez, la sacaba de quicio.

Observa ahora a su mujer, con sus sensuales tacones de aguja rojos, y los pensamientos sobre la madre se esfuman. A Derek le gusta creer que los dos son especiales, inmunes a las restricciones que frenan a los demás.

—¿Qué te parecen? —ronronea ella con una mano en la cadera y alzando con falsa modestia uno de los tacones. Arquea un poco la espalda.

—Son perfectos —responde él con voz profunda y ronca—. Eres perfecta.

Ella se acerca despacio sin dejar de balancear las caderas, se sienta a horcajadas sobre su regazo y arrima los labios a los suyos. Siente una excitación instantánea, seguro que ella también lo ha notado.

—Lo soy, ¿verdad? —susurra Alice tras el beso—. No mereces que esté contigo.

—No, no lo merezco —murmura él y le desabrocha la blusa.

30

A Lizzie le inquieta el aspecto de Sam cuando regresa de la comisaría. Tiene la mirada desencajada cuando se deja caer en el sillón. Por suerte, Clara está con Angela, y Paige se ha marchado hace poco.

—¿Qué te han dicho? —pregunta Lizzie, preocupada.

Sam no dice nada, se limita a observarla con la mirada perdida. Las manos le tiemblan.

—¿Qué ha pasado, Sam? —insiste con un tono más incisivo.

Él traga saliva, nervioso.

—Me han dicho que Bryden tenía una aventura.

—¿Qué? —exclama Lizzie, totalmente desconcertada—. Eso no puede ser verdad.

Sus padres tampoco parecían esperar semejante noticia. Es obvio que no están dispuestos a creer algo así.

Sam prosigue con la voz tensa:

—Me han dicho que tenía una historia con Derek Gardner, el hombre del accidente de coche.

Un silencio profundo se apodera del salón.

—Imposible —protesta Lizzie tras una larga pausa—. ¿Cómo lo saben?

—Bryden se lo dijo a Paige, y Paige a los inspectores —responde Sam antes de romper a sollozar y taparse la cara con las manos.

Lizzie se queda helada. ¿Paige sabía esto? ¿Y se lo contó a la policía sin decirles nada a ellos? Piensa en acercarse a Sam y ponerle una mano en el hombro para intentar consolarlo un poco, pero algo la frena. Tal vez sea su madre, que lo observa con expresión juzgadora; su cara es un libro abierto. Lizzie no puede evitar preguntarse si su cuñado estaba al tanto de la aventura. Mira un instante a su madre y sabe que está pensando lo mismo que ella. Luego mira a su padre y advierte su mente en plena ebullición, este nuevo golpe reflejándose en su rostro arrugado. De pronto, Lizzie siente rabia, rabia por que su hermana no se lo contara a ella, sino a Paige.

—¿Tú lo sabías? —le pregunta la madre a Sam con voz acusadora.

Sam se aparta las manos del rostro y se dirige a su suegra:

—¡No! No, claro que no. No tenía ni idea, confiaba en ella por completo. —Tras una pausa, añade—: Seguro que fue ese tal Derek Gardner quien la mató. Está claro. Pero ahora los inspectores creen que tengo un móvil. —Su voz tiembla—. ¡Yo ni siquiera lo sabía, lo juro!

En el salón parece haber estallado una bomba; todos esperan a que el polvo se asiente, para recuperar la cordura y asimilar esta nueva realidad.

Lizzie observa a Sam en mitad del silencio.

—¿Te han dicho algo más? —pregunta por fin.

Él tarda en responder, como si intentase organizar sus pensamientos.

—Tienen los resultados de la autopsia —consigue decir—. Alguien..., alguien le puso una bolsa de plástico en la cabeza.

Lizzie ve cómo la mano de su madre vuela en silencio para cubrirse la boca. Su padre emite un sonido gutural. Ella vuelve a mirar a Sam.

—¿Qué más? —pregunta.

—No la agredieron sexualmente, por lo que creen que fue alguien a quien conocía. —Ante la conmoción silenciosa de los demás, Sam continúa—: He contratado una abogada.

Lizzie intuye que sus padres están deseando marcharse —su yerno ha contratado los servicios de una abogada—, y es obvio que Sam también quiere quedarse solo. La atmósfera resulta insoportable, de modo que se pone en pie.

—Mis padres están agotados. Voy a llevarlos a casa, necesitan comer algo.

Ella también está cansada y quiere estar sola. Esta noche quiere dormir en su propia habitación.

—Por supuesto —dice Sam con cansancio—. Marchaos, nosotros estamos bien. Si me hace falta cualquier cosa, tengo a Angela aquí al lado.

Horas más tarde, después de recoger la casa, de intentar convencer a sus padres de que coman algo y de que se retiren a la habitación de invitados —quizá incluso más abatidos que la noche anterior—, Lizzie se va a su cuarto y cierra la puerta con sigilo. Lleva todo el día ansiosa por conectarse, pero en casa de su hermana, sin privacidad ninguna, ha tenido que conformarse con echar vistazos furtivos al móvil y hacer publicaciones breves. Se muere de ganas de ver lo que se cuece en el grupo de Facebook, si han dicho algo sobre el asesinato de su hermana. Ahora, su secreto culpable —la adicción a los foros de *true crime*— ha adquirido una dimensión muy muy personal.

Inicia sesión con su perfil de Emma Porter y hace un breve repaso de los nuevos comentarios sobre Bryden. Hay bastantes, lo cual la gratifica. Vuelve atrás y relee la publicación que subió la noche anterior, después de que encontrasen el cuerpo de Bryden, acompañada por la misma foto de la fachada del edificio de su hermana.

> Algunos ya habréis oído lo que está pasando en el edificio del número 100 de Constitution Drive. Aviso: ¡este post va a ser largo! El cuerpo de la mujer desaparecida ha sido hallado esta noche dentro de una maleta, en un trastero del sótano. Esto es lo que sé hasta ahora: se llamaba Bryden Frost. Tenía treinta y cinco años, estaba casada y tenía una hija. La señal de alarma saltó ayer, al no ir a recoger a su hija de la guardería. Trabajaba desde casa y su portátil estaba abierto sobre la mesa del comedor. Su bolso, su teléfono y sus llaves seguían en el apartamento. La policía registró el edificio ayer por la tarde, pero no la encontraron. Hoy volvieron con un perro de la unidad canina y el animal localizó el cadáver. Es posible que ya sepáis todo esto porque ha salido en las noticias. Pero resulta que yo sé algunas cosas que no han aparecido en los medios.
> Hecho 1: La maleta en la que apareció la sacaron del armario del apartamento donde vivía Bryden.
> Hecho 2: El trastero donde la encontraron estaba abierto. Para acceder a esta zona hace falta llave, pero a veces los vecinos dejan la puerta encajada, por lo que, en mi opinión, el asesino no tenía por qué disponer de llaves. Hecho 3: No hay cámaras en los ascensores ni en las plantas, solo en la entrada principal y trasera del edificio; además, las cámaras

del garaje no funcionaban. Hecho 4: La policía (la inspectora Jayne Salter, del Departamento de Policía de Albany, está al frente de la investigación) se llevó al marido a declarar esta noche tras el hallazgo del cuerpo. Aquí va lo que yo pienso:

La policía va a centrarse en el marido por el simple hecho de ser el marido. Me parece que les falta imaginación. Nosotros podemos hacerlo mejor.

Desapareció del apartamento a primera hora de la tarde del martes 7 de marzo. Ese día trabajaba desde casa, y todo indica que salió solo un momento. Pensadlo: cualquiera podría haber llamado a la puerta. Ella abrió, la redujeron por la fuerza y la asesinaron. No tenía por qué ser alguien a quien conociera, no tenía por qué ser su marido. El asesino pudo haber buscado en el apartamento algo con lo que deshacerse del cuerpo y haber encontrado la maleta. Después bajó al trastero y la dejó allí.

¡Hay tantas preguntas! ¿Por qué no la dejó en el apartamento? ¿Por qué meterla en una maleta y trasladarla al trastero? Pienso que podría haber sido cualquier vecino, alguien que trabaje allí o que vaya con frecuencia al edificio. De este modo, si las cámaras lo captaban entrando o saliendo, la policía no tendría motivos para sospechar. Una vez dentro, no había cámaras, por lo que podía ir tranquilamente al apartamento de Bryden y después bajar la maleta al trastero.

También pudo haber entrado por el garaje, pero en ese caso necesitaría una tarjeta de acceso (a menos que la víctima le hubiera abierto, lo cual también es posible, supongo).

La policía parece convencida de que fue el marido, pero yo creo que no están explorando todas las líneas de investigación. ¿Alguien más tiene pistas, ideas, hipótesis, información? ¡Pongamos a trabajar nuestras mentes, amigos del *true crime*!

31

Lizzie se recuesta en el sillón. Está convencida de que cualquier persona podría saber que la maleta era del marido. Las cosas se filtran. Y lo mismo con lo del trastero abierto y la seguridad deficiente. Ella no ha revelado nada que indique que sea parte de la familia, ni que los conozca, ni cómo sabe todo esto.

La gente ha estado comentando, y mientras lee todo lo que han dicho, siente un subidón de adrenalina.

Mark Mammolotti
¡Fascinante! ¿Cómo sabes todo eso?

Chris Belliveau
¿Vives en ese edificio?

Farah Spence
¿Eres policía/paramédico/periodista/amigo/vecino?

Jen McKague
Vaya... ¡Esto me recuerda un poco al caso de Elisa Lam! ¡Se esfumó en un edificio y nadie conseguía dar con ella! Hasta que apareció... en el tanque de agua. Uf.

Karen Hennin
Yo no descartaría al marido tan rápido. En la vida real, casi siempre es el marido.

Maya Vukovic
¡Qué caso más intrigante! Pobre mujer.

Brittany Clement
¿Sabes cómo la mataron? ¿Arma homicida?

Jordan Ross
¿Hubo agresión sexual? La policía no lo ha dicho.

Brittany Clement
La policía no dice gran cosa, como siempre.

Y así se le pasan las horas: a solas, de noche, con sus amigos en línea. Le alegra mucho que su hermana esté recibiendo tanta atención. Por una vez, siente que está en el mismísimo centro de todo, y le gusta. Piensa en lo que va a escribir ahora. Sus dedos flotan sobre el teclado. Publica una nueva entrada, reutilizando la foto de la fachada del edificio en la que puede verse la dirección. Es su sello personal.

El marido pudo marcharse anoche, tras el interrogatorio. Parece que hoy, ya tarde, volvió a la comisaría a que le hiciesen más preguntas, pero lo dejaron libre de nuevo. Creo que están yendo tras la persona equivocada. A veces la policía se obsesiona con una única línea de investigación y no contempla todas las posibilidades porque están deseando cerrar el caso cuanto antes. Lo que quiero decir es que no descarto que haya sido él, pero no creo que debamos precipitarnos.

Lizzie se detiene, consciente de todo lo que no puede escribir por miedo a que la descubran. No puede mencionar lo de la bolsa de plástico. Ni la ausencia de agresión sexual. Ni al amante, Derek Gardner. Pero ganaría tanta credibilidad si fuera ella quien diese la primicia sobre Derek Gardner, sobre todo eso. Al fin y al cabo, pronto saldrá en las noticias, ¿no? Tendrán que investigarlo; no podrán mantenerlo en secreto para siempre. Ha leído todo lo que se ha publicado en línea sobre el caso y hasta ahora no ha habido ninguna mención a él. Parece que los inspectores prefieren no sacar a la luz este asunto. Se lo han contado a Sam, y él a la familia. Aun así, teme que, si dice algo, podrían deducir que es ella quien está detrás de la publicación. ¿Y si a la policía le da por mirar lo que se dice en estos grupos?

Sus padres se llevarían las manos a la cabeza si supiesen lo que hace, si se enterasen de que pasa la mayor parte de su tiempo libre con esta gente. Que está utilizando el asesinato de su hermana como una forma de ganar renombre dentro del grupo. Pensarían que es de mal gusto: algo vulgar, repugnante. No necesita que la juzguen. Sus dedos siguen sobre el teclado, indecisa. Pero es incapaz de publicar lo que sabe.

Entonces aparece un nuevo comentario bajo su entrada:

Susan Day
He oído que uno de ellos tenía una aventura.

Lizzie responde enseguida:

Emma Porter > Susan Day
¿Dónde has oído eso?

Jayne está recostada sobre el hombro de Michael, en el sofá, con una copa de vino tinto en la mano. Se alegra de que él esté allí. Su solidez, su bondad, después de un día tan largo, son un bálsamo para ella. Es tarde, pero no consigue calmar la mente ni dejar de pensar en el caso. Siente compasión por la familia, por la niñita. Recuerda los interrogatorios de hoy, al marido y al amante.

No han encontrado gran cosa sobre Derek Gardner. No tiene redes sociales. Su empresa tiene una web, por supuesto, muy cuidada y profesional. Parece bastante exitosa.

Jayne cambia un poco de postura para mirar a Michael.

—Según tu visión como psicólogo, ¿qué clase de persona asaltaría a una mujer por detrás y le pondría una bolsa de plástico hasta asfixiarla para luego deshacerse del cuerpo de esa manera? —Él se encoge de hombros, como reacio a dar su opinión. Ella insiste—: ¿Qué te dice tu intuición?

Su rostro se vuelve serio, reflexiona sobre la pregunta.

—Me parece un acto de mucha frialdad —responde al fin—. Si le puso la bolsa por detrás, entonces no tuvo que... enfrentarse a ella, cosa que sí tendría que haber hecho de haberla estrangulado con las manos, por ejemplo. El método que usó es eficiente, cómodo, poco aparatoso. La maleta y el trastero, también. Como si necesitara deshacerse de ella de la manera que menos molestias le ocasionara.

—Interesante —dice ella—. Ginny, la patóloga forense, cree que podría tratarse de un crimen pasional, fruto de un arrebato de ira. Fell pensaba que la maleta y el trastero eran una señal de humillación, como si el mensaje inconsciente del asesino fuera que había que desecharla, tirarla, como si fuese una bolsa de basura. Eso me suena a rabia.

—Quizá. Pero yo diría que quienquiera que lo hizo estaba buscando la forma más sencilla de resolver un problema.

Donna logra dormir un rato, pero se despierta de repente. Estaba soñando que alguien le cubría la cara con una bolsa de plástico. Ahora está sentada en la cama, jadeando. Jim, a su lado, también se despierta y la mira con preocupación.

—¿Estás bien?

Donna respira hondo.

—He tenido una pesadilla.

Jim la convence para que se acueste de nuevo y la abraza con fuerza. No le pregunta qué ha soñado, cosa que ella agradece. Se aferra a él. Su marido y Lizzie son lo único que le queda. Y también Clara, por supuesto. Mientras Jim la estrecha entre sus brazos, piensa en la niña, en lo incierto de su futuro. Porque es posible que su propio padre sea el asesino de su madre. Cuanto más lo piensa, más verosímil le parece. Es lo que sospecha la policía, y ellos son expertos en estas cosas. Ahora, además, saben que Sam podría tener un motivo.

Bryden tenía una aventura. Cuesta asimilarlo. Es posible que ese hombre, su amante, haya sido quien la mató. Donna creía conocer a su hija, pero ¿qué sabía en realidad de su vida privada? Tal vez debería hablar con Paige. Ella, la mejor amiga de Bryden, parece saber más de lo que ocurría en la vida de su hija que ninguna otra persona. Quizá sepa por qué tenía un amante, quizá conozca más detalles de su matrimonio. Si supiera algo más que pudiera incriminar a Sam, ¿se lo diría a la policía? ¿O lo protegería? Puede que ya les haya contado a los inspectores más cosas que la familia desconoce. Tal vez Sam tampoco les haya dicho toda la verdad. Hoy notó cierta tensión entre Sam y Paige cuando trajeron a Clara del parque. Está segura.

Pero ¿y si Sam mató a Bryden? ¿Qué pasaría entonces? Si lo condenan, ella y Jim podrían intentar conseguir la custodia de Clara y criarla como si fuese su hija. Pero ¿y si lo hizo y queda impune por falta de pruebas? Entonces nunca dejará que ellos se hagan cargo de la niña.

Y Clara crecerá junto a un monstruo.

32

Sam no deja de dar vueltas en la cama, es incapaz de dormir, el pánico se ha apoderado de su mente. Aunque lo negó, los inspectores están informados de cómo trataba a Bryden en ciertas ocasiones.

Sabía cómo hacerle daño. No es que ocurriese muy a menudo, pero ocurría. A veces ni siquiera se reconocía a sí mismo, ni entendía por qué hacía lo que hacía. En ocasiones lo invadía una suerte de ánimo oscuro y necesitaba que alguien cargase con el peso de su ira, de su estrés. Alguien a quien insultar o ningunear. Alguien a quien abofetear o dar una patada. Todos pensaban que eran la pareja perfecta, recuerda ahora, pero no era cierto.

Creía que nadie estaba al tanto de lo que pasaba de puertas para adentro cuando él perdía los estribos. Pensaba que Bryden se sentiría demasiado avergonzada y humillada y que no se lo contaría a nadie. Creía que, de hacerlo, habría sido a Paige, y es obvio que ella no sabe nada, o de lo contrario no le ofrecería su apoyo y afecto. Pero Bryden fue a ver a su médica y no le dijo nada a él. Le parece una traición.

Ni siquiera termina de entender por qué soportaba su maltrato. ¿Cómo es posible que las mujeres toleren ese tipo de comportamiento? ¿Por qué son tan complacientes con la ira de los hombres y su necesidad de control? ¿Tanto lo amaba? Lo suficiente como para perdonarlo, o eso suponía él. No cree que él fuese digno de su amor. Ni siquiera se gusta a sí mismo, en absoluto. Ojalá ella hubiese sido más fuerte y le hubiese plantado cara. Ojalá lo hubiese mandado a tomar por saco. Ojalá. Tal vez entonces las cosas habrían tenido otro desenlace. Sabe que está culpándola por algo que él hizo mal, pero es cierto, o eso cree él: si ella le hubiese puesto los puntos sobre las íes, él habría parado. Cedió con demasiada facilidad a sus impulsos más oscuros. Aunque también es posible que se esté engañando a sí mismo.

Una de las primeras cosas que recuerda de su infancia es cuando se enfadaba y la tomaba con su madre. Y ella lo toleraba sin más. Nunca le pegaba ni le gritaba ni le decía que parase. Incluso entonces, esa actitud lo enfurecía y desconcertaba, porque una parte de él quería que ella tomase el control de todas sus emociones desbordadas, de toda su ira. Pero esa pasividad hacía que él se sintiese fuera de sí, más si cabe, y lo llenaba de vergüenza.

De algún modo, con el tiempo, lo superó. Los primeros años de matrimonio fueron buenos. Hasta que el estrés de criar a una niña pequeña, sumado a la presión de un trabajo absorbente, empezó a pasarle factura.

Y en lugar de plantarle cara, como él habría necesitado, como en el fondo quería, Bryden pasaba por alto sus salidas de tono, igual que su madre. Sufría en silencio. Y entonces conoció a Derek Gardner y tuvo una aventura con él. ¿Qué es lo que pensaba hacer? ¿Dejarlo todo por un hombre más «adecuado» que su marido? ¿Llevarse a Clara? Por lo que sabe, el tal Derek está casado. De pronto, cae en otra cosa: ¿y si Bryden sabía que él le era infiel? Tal vez lo intuyó de algún modo. Aunque duda que supiese que la traicionaba con su mejor amiga, algo así no lo habría tolerado. ¿O sí?

Tal vez sí. Quizá por eso se lo contó a Paige, para que él acabase enterándose entre susurros de almohada. ¿Era una forma de jugar con él, de manipularlo? Sería una estrategia tan pasivo-agresiva, piensa, acostarse en secreto con otro en vez de enfrentarse a él.

Nunca le dejó marcas, en eso era muy cuidadoso. No era de los que ponen un ojo morado a su mujer. No quería levantar sospechas, no podía permitírselo. Ambos eran profesionales con estudios; él no era un ningún mindundi. De hecho, estaba convencido de que Bryden no había acudido al médico. Pero sí. Y ahora los inspectores lo saben.

En mitad de la oscuridad, presa del miedo y la vergüenza, comienza a sudar, empapando las sábanas.

•

Después del polvazo —lencería y tacones de aguja mediante—, Derek duerme a pierna suelta. Alice se incorpora sobre un codo y lo observa bajo la luz de la luna que se cuela por la claraboya del dormitorio. Parece un galán de cine. Su olor y su tacto son sencillamente irresistibles. Una vez que pruebas algo así, piensa, ya no deseas otra cosa. Por eso no quiere perderlo. Se levanta de la cama, pero él ni se inmuta.

Cruza descalza el dormitorio, baja las escaleras, atraviesa el pasillo y llega a la escalera que conduce a la suite del sótano. No es un sótano corriente: es enorme, con grandes puertas acristaladas que dan al exterior y dejan pasar muchísima luz. Ofrece vistas a un jardín amplio y exuberante. Durante el día no es oscuro, como cabría esperar de un sótano. Con todas las ventanas y claraboyas, nada en esta casa es oscuro, salvo sus habitantes.

Alice se detiene en el centro de la suite y mira hacia el exterior. La luna también ilumina esta habitación. Las persianas están totalmente levantadas. Tras un instante, pulsa un botón y las cierra. No quiere miradas indiscretas.

Entra en el dormitorio y se acerca a la cama. Está impoluta, pero sabe que él borraría cualquier rastro. Retira la colcha. No parece que nadie la haya usado. Tras examinarla con cuidado, se tranquiliza. La vuelve a dejar como estaba y revisa el armario donde guardan la ropa de cama. Él podría haber lavado las sábanas y cambiado todo, pero ¿se habría tomado tantas molestias? Igual está siendo un poco paranoica. Entra en el baño en suite. No hay motivo para que ninguno de los dos lo use, y todo está impecable, con los jabones de cortesía aún envueltos en su papel decorativo.

De vuelta a la suite, pulsa de nuevo el botón y deja las persianas como estaban, abiertas, para que nada parezca alterado. Mientras sube las escaleras, llega a la conclusión de que es imposible que haya traído a otra mujer a la casa. Los vecinos podrían haberlos visto, y ella podría haber vuelto del trabajo sin avisar, ya que tiene sus propios horarios. La supuesta amante podría haber llevado perfume. Él no habría corrido ese riesgo. Seguramente la llevó a un hotel, como a la otra. Pero esa inspectora parecía tan segura.

Quizá lo mejor es no hacer nada y dejarlo en manos de la inspectora Salter. Si Derek se acostó con Bryden Frost, si la mató, es posible que ella lo descubra pronto. Pero quizá no. Alice sabe que Derek es muy listo y podría salirse con la suya.

Encuentra su cartera en el despacho y empieza a revisarla. Saca todas las tarjetas de crédito, cinco en total. Ella no lleva las finanzas, es él quien gestiona todo eso. Derek se ocupa de las operaciones bancarias y de pagar todas las facturas por internet. ¿Cómo puede averiguar si ha usado alguna de esas tarjetas para sus encuentros secretos? No tiene acceso a su ordenador.

No tiene forma de acceder a los extractos y ver si ha reservado habitaciones de hotel, a menos que se encare con él y lo obligue a enseñárselos. ¿Está dispuesta a hacer eso?

Tendría que haberlo vigilado más de cerca. ¿En qué lío se habrá metido?

33

Viernes por la mañana. Jayne llega temprano a la comisaría y un agente se le acerca.

—He estado investigando a Derek Gardner —dice—. Y puede que haya encontrado algo.

—¿El qué?

—Cuando montó su empresa, recibió una enorme inyección de dinero.

—¿De dónde?

—De su mujer. Ella lo heredó.

—¿Me estoy perdiendo algo? —pregunta Jayne, impaciente.

El agente habla más rápido.

—Heredó más de tres millones de dólares de su madre. El fallecimiento, un atropello con fuga hace cuatro años, sigue siendo un caso sin resolver.

Jayne lo mira fijamente.

—Tráeme todo lo que tengas a mi mesa.

Mientras camina en dirección a su despacho, siente que sus pasos se vuelven más ligeros. Minutos después está leyendo el expediente de Mary Smelt, fallecida el 27 de marzo de 2019, en las afueras de Roxbury, New Hampshire. La mujer, de sesenta y un años, viuda, iba andando por una tranquila carretera rural cercana a su domicilio, donde vivía sola. Fue atropellada por un vehículo que se dio a la fuga. Un automovilista encontró después su cuerpo en la cuneta. Lo más probable es que muriese en el acto. No hubo testigos. La víctima solía caminar por esa carretera todas las tardes para hacer algo de ejercicio. Podría haber sido un accidente, piensa: la gente suele superar el límite de velocidad, sobre todo en caminos rurales. Quizá estaba haciéndose de noche. No hay farolas en el campo, y podría haber sido difícil verla. Tal vez el conductor había bebido. Pero tuvo que darse cuenta de que la había atropellado, de eso no hay duda. Y decidió huir.

O quizá fue deliberado, conjetura. Tal vez alguien sabía que la señora salía a caminar a esa hora por ese camino. Jayne repasa todo lo que hay en el expediente. No parece que la investigación fuese muy exhaustiva. La policía ni siquiera interrogó formalmente a los únicos familiares de la víctima: su hija, Alice Gardner, y su yerno, Derek Gardner, ambos residentes en Nueva York.

Jayne levanta la vista del expediente y fija la mirada en la pared que tiene enfrente, con la mente en ebullición. Por todos es sabido que los atropellos con fuga son difíciles de resolver. Si ella tuviese que matar a alguien, piensa de pronto, ese sería el método que emplearía. ¿Habrá matado Derek Gardner a su suegra por dinero? Desde luego, el momento no podía ser más oportuno. O quizá solo tuvo suerte y alguien lo hizo por él.

Jayne pide a un agente que le consiga el número de Alice Gardner.

Sam, que dormía profundamente, se despierta de pronto al sentir la presencia de Clara, que se ha subido a la cama y está inclinada sobre él.

—Papá, ¿cuándo va a volver mamá?

—Clara, cariño —le dice con suavidad—, ya te lo expliqué. Mamá no va a volver a casa. Está en el cielo.

La pequeña hace un puchero.

—Vamos a desayunar —añade él, aunque lo único que quiere es quedarse en la cama. Se ha pasado casi toda la noche despierto, había conciliado el sueño hacía nada. Mira el reloj y ve que apenas son las siete de la mañana. Clara sale de la cama; él le toma la mano y van juntos en silencio a la cocina, descalzos y en pijama. La sienta a la mesa, le pone un cuenco de cereales y se sirve un café para él. Pero la adrenalina ya ha empezado a hacer de las suyas, y reaparece ese runrún constante que le repite una y otra vez que lo tiene muy crudo.

La policía sabe que maltrataba a Bryden. Sabe que llamó a su oficina para tenerla controlada. Cómo pudo ser tan imbécil. ¿Acabarán descubriendo también lo de Paige? Cada vez se le hace más cuesta arriba fingir que su matrimonio era perfecto.

Observa a Clara mientras se come los cereales. Si llegan a enterarse de lo suyo con Paige..., ¿qué consecuencias tendría? Sabrían que era infiel, que les mintió a los inspectores.

Decide que, si lo descubren, si Paige no aguanta la presión y acaba hablando, él dirá la verdad: que no significaba nada para él. Jamás se le hubiese ocurrido deshacerse de su mujer para estar con Paige. Bebe un sorbo de café, intranquilo.

Y ahora los padres de Bryden creen que fue él. Quizá Lizzie también. Aunque de ella no está tan seguro.

—¡Papá! —exclama Clara—. El timbre.

Tan absorto estaba en sus pensamientos que no lo había oído. Va a abrir. Es Lizzie. La deja entrar en el garaje y espera a que suba.

—He venido a llevar a Clara a la guardería, como te prometí —dice Lizzie cuando le abre la puerta.

—Cierto. —Lo había olvidado. Ha perdido la noción del tiempo—. ¿Quieres un café? Está recién hecho.

—Claro —responde ella. Al llegar a la cocina, le da un gran abrazo a Clara.

—Hoy vas a volver a ver a tus amiguitos —le dice con una suave sonrisa.

La niña parece desanimada y no responde, como si le diese lo mismo.

—Anda, ve a tu cuarto y ve eligiendo la ropa que te quieres poner —sugiere Lizzie—. Así hablo un momento con tu papá.

La pequeña se levanta y se marcha a su habitación; Sam y Lizzie se quedan solos, sentados a la mesa, frente a frente.

—¿Qué dicen? —pregunta él.

—¿Quiénes?

—Donna y Jim. Piensan que fui yo, ¿verdad? Me di cuenta —comenta con amargura. Observa cómo su cuñada toma aire.

—Creen que es una posibilidad —responde su cuñada con cautela.

—¿Y tú qué piensas? —pregunta él sin rodeos.

Ella lo mira a los ojos.

—No creo que seas un asesino, Sam. —Deposita con cuidado la taza sobre la mesa—. Pero debes admitir que, a ojos de la policía, lo tienes complicado. Si Bryden estaba viviendo una aventura...

—Yo no lo sabía —dice Sam.

Ella asiente y parece que lo cree. Sam se pregunta por cuánto tiempo. ¿Se enterará de que llamó al trabajo de Bryden? ¿De los abusos? Sí, tarde o temprano, lo más seguro es que sí, Sam es consciente... Siente que las paredes se le vienen encima.

—Vamos, no te desanimes —le dice ella. Luego, en un susurro—: Puedo ayudarte.

Él la mira, incrédulo.

—¿Cómo?

—Conozco a gente.

Su voz tiene un toque confabulador y sus ojos desprenden un destello extraño, algo que Sam nunca le había visto. Es tan raro, tan poco propio de ella, que no sabe qué pensar.

—¿De qué estás hablando? —pregunta desconcertado.

—Olvídalo. —Lizzie se recuesta y vuelve a parecer la de siempre—. Solo te pido que no te rindas. Vamos a descubrir quién mató a Bryden. —Se levanta—. Será mejor que ayude a Clara a vestirse.

Mientras observa cómo se va, Sam se pregunta si su cuñada no estará perdiendo el juicio.

Luego piensa: bueno, como todos.

En la sala de interrogatorios, Jayne se sienta junto a Kilgour al otro lado de la mesa, frente a Alice Gardner. Repara en su excepcional belleza y recuerda cuando apareció en bata la mañana anterior, en su casa de lujo. No es ninguna sorpresa, dado el aspecto del marido y su manifiesta querencia por lo exquisito. Alice Gardner parece estar muy mimada, como una gata cara. Consentida.

—Gracias por venir, Alice. Por supuesto, su presencia aquí es totalmente voluntaria. Esperamos que pueda ayudarnos en nuestras pesquisas sobre la muerte de Bryden Frost.

—No veo cómo —responde Alice—. No sé nada de esa mujer. Y mi marido tampoco.

—No estaría tan segura —dice Jayne con amabilidad—. Verá, la mejor amiga de Bryden sabía todo sobre su aventura. Fue la propia Bryden quien se lo contó.

Alice, en apariencia imperturbable, responde:

—Derek apenas conocía a esa mujer.

—Eso es lo que dice él, pero tenemos información que lo contradice.

—No lo creo. ¿Puede darme los detalles? Estoy convencida de que encontraré grietas en su versión —replica.

Si Jayne está en lo cierto, a Alice le debe de picar la curiosidad por saber en qué anda su marido. No confía en él, y esto es un buen dato. Por desgracia, dispone de escasos detalles concretos sobre la aventura. Paige no pudo ofrecerle ninguno, lo cual resulta frustrante. Vacila durante un momento.

Alice sonríe.

—No le dio ninguno, ¿verdad? —dice e inclina la cabeza—. No tiene pruebas fehacientes. Si las tuviera, me diría exactamente dónde y cuándo se veían. Me enseñaría recibos de hotel.

Una gata mimada pero con garras, piensa Jayne.

—En tal caso, me temo que creo antes a mi marido que a esa amiga de la que habla —añade Alice, despreocupada, mientras se levanta para marcharse.

—Siéntese —ordena Jayne con brusquedad.

34

Jayne observa a Alice con frialdad; es el momento de jugar duro.

Alice vacila y arquea las cejas.

—¿Ya no soy libre de irme? ¿Estoy detenida? ¿No debería leerme mis derechos?

—¿Por qué tengo la sensación de que ya se los sabe? —responde Jayne—. Pero sí, léale sus derechos, inspector Kilgour.

Kilgour obedece mientras Alice vuelve a sentarse.

—¿Quiere un abogado? —pregunta Jayne después.

—No, claro que no —responde Alice sin inmutarse.

—Su marido ya le ha sido infiel antes —afirma Jayne con seguridad porque dispone de pruebas que lo corroboran. Su equipo ha estado en todos los hoteles de la zona enseñando fotografías de Derek Gardner y Bryden Frost. Lo habían visto en un hotel, el White Stag, donde se alojó en varias ocasiones con una mujer que no se corresponde con la descripción de Alice, pero tampoco coincide con la fotografía de Bryden Frost. Aunque no piensa decirle nada de eso. Ahora mismo están intentando localizar a esa mujer por si pudiera facilitarles más información sobre Derek (tal vez le gustaban los juegos de asfixia), pero tienen poco con lo que trabajar. Ninguna foto, ningún nombre, solo una descripción física bastante imprecisa. Podría ser cualquiera. Jayne confía en que, una vez que hagan público el nombre de Derek Gardner como persona de interés en el caso, la mujer misteriosa dará un paso al frente.

Alice la observa con atención, pero no dice nada.

—De hecho, puedo darle detalles —añade Jayne. Alice la mira con el rostro pétreo—. Lo han visto en el hotel White Stag con mujeres que no son usted. —Le proporciona las fechas pertinentes—. Una de ellas era Bryden Frost —miente—. De la otra, lamentablemente, desconocemos el nombre. ¿Lo sabe usted?

Alice sigue sin decir nada.

—Solo una cosa más y podrá marcharse. —Jayne se inclina hacia delante—. Necesito hablar con usted sobre cómo murió su madre.

Alice se sobresalta un instante al oír mencionar a su madre, pero hace lo posible por que el rostro no la traicione. Ahora se da cuenta de que la inspectora va en serio. Que realmente va detrás de Derek, que cree que se acostó con esa mujer, que la mató y la metió en una maleta. Bueno, es posible.

—Claro —responde.

—Su madre murió en un atropello con fuga que nunca llegó a resolverse —dice la inspectora—. Debió de ser muy duro para usted.

—Mucho.

—¿Estaban muy unidas?

—Sí, lo estábamos. Yo era hija única. Y mi padre murió de un infarto hace unos diez años.

—¿A qué se dedicaba su padre?

—¿Qué más da?

—Dejó a su madre en una situación económica bastante desahogada.

—Era un hombre inteligente. Trabajaba en tecnología e hizo buenas inversiones.

—Y, cuando su madre murió, ese dinero (unos tres millones de dólares, según tengo entendido) pasó a ser suyo.

Alice siente al instante una intensa animadversión hacia la inspectora Salter.

—Como ya he dicho, era hija única. Y mis padres también lo eran. No había más familiares —responde con ligereza.

—Tuvo suerte entonces.

—Ah, ¿sí? Yo habría preferido tener hermanos, tíos y primos. Mi niñez fue bastante solitaria.

—Pero fue una suerte que, cuando ella falleció, todo el dinero fuera para usted.

—¿Adónde quiere llegar, inspectora?

—¿Qué hizo con el dinero? —insiste Jayne, ignorando la pregunta.

—No es asunto suyo, pero parte lo invertimos en la empresa de Derek.

—¿Cuánto?

—Más o menos la mitad. El resto fue para la casa.

—Entiendo. Y, por lo que sé, la policía no interrogó a ninguno de los dos sobre el atropello.

—Vinieron a notificárnoslo.

—Pero nadie los interrogó como sospechosos del atropello.

—No, ¿por qué iban a hacer algo así?

—Porque ambos salían beneficiados con la muerte de su madre.

Alice se inclina hacia delante.

—Inspectora, mi madre murió en New Hampshire. Mi marido y yo estábamos a dos estados de distancia, en casa, en Albany. Por supuesto que no éramos sospechosos.

—¿Y puede probarlo?

—¿Perdone? ¿Nos está acusando seriamente a mi marido y a mí... de haber tenido algo que ver con la muerte de mi madre?

—El caso continúa sin resolver, sigue abierto. De modo que, por favor, responda a mi pregunta. ¿Pueden probar dónde se encontraban cuando mataron a su madre?

Alice sonríe.

—No sé cómo. Derek y yo estábamos en casa, juntos. Lo recuerdo bien, porque a la mañana siguiente, muy temprano, un agente llamó a la puerta y nos informó de lo ocurrido.

La inspectora se inclina un poco más y dice:

—Entiendo que sienta la necesidad de protegerlo, Alice. Pero piense en lo que pudo haber hecho. ¿Estuvo su marido en casa con usted la noche del atropello o solo lo dice para darle una coartada? ¿Le dijo que estaba en otro sitio y usted lo creyó? Porque, Alice, por difícil que resulte admitirlo, es posible que Derek matase a su madre. Y también pudo haber matado a Bryden Frost. ¿De verdad quiere vivir con un hombre así?

Alice no se digna a responder. Cuando la inspectora le dice que puede marcharse, se levanta y sale con toda la compostura que es capaz de reunir. Es un hervidero por dentro, pero nadie lo diría al verla. Sabe que parece imperturbable porque, de camino a la salida, ve su reflejo en una ventana. Lleva toda su vida trabajando en mantener esa fachada inquebrantable. Sabe lo importantes que son las apariencias. No puede dejar que nadie sepa lo que le ocurre por dentro, lo que realmente piensa: es algo que aprendió muy pronto.

Esa inspectora... La odia. Desea que le ocurra algo terrible. Sería maravilloso que la atropellara un autobús de camino a casa esta misma noche. Ojalá su pareja —si la tiene— fuera cruel y violento y decidiera que esta noche es el momento perfecto para acabar con ella. Ojalá la inspectora Salter desapareciera del mapa.

Piensa en todo esto mientras se sube al coche y conduce de regreso a casa. Tiene que hablar con Derek.

Lizzie deja a Clara en la guardería y luego regresa a su apartamento. Le gustaría pasarse todo el día conectada, pero sus padres están allí. Ojalá se fueran a un hotel. Sabe que es un pensamiento muy poco compasivo, pero se le hace pesado tenerlos en casa, sobre todo en las circunstancias actuales. Todos están emocionalmente devastados, pero no puede evitar preguntarse si el dolor de sus padres sería el mismo si, en vez de a Bryden, la hubiesen encontrado a ella muerta en un trastero. Lizzie siempre ha sido la hija decepcionante: la menos agraciada, la menos prometedora. No ha destacado en nada, no se ha casado ni les ha dado nietos, algo que, en los tiempos que corren, considera una expectativa ridícula. Pese a todo, parece que es lo que sus padres esperan de ella. Y ya no le falta mucho para que se le pase el arroz. Trata de mantener a raya este tipo de pensamientos, pero, cuando sus padres se quedan en su casa, no puede evitar que le sobrevengan. De alguna manera, cuando está con ellos, recae en viejos patrones y conductas que creía superados.

Lizzie quería a su hermana. Ya la echa de menos. Pero su relación siempre fue complicada, conflictiva. Bryden era más guapa, más querida, sacaba mejores notas. Lo hacía todo bien y sin esfuerzo aparente. Lizzie no fue la mejor de su promoción. Lizzie fue sola al baile de graduación. A Lizzie no le dieron ninguna beca para estudiar en la universidad. Lizzie no se casó con un marido maravilloso ni tuvo una hija adorable. Lizzie siempre se sentía inferior en todo.

No puede negar que, ahora que Bryden se ha ido, va experimentando cierta sensación de libertad. ¿Está eso mal? ¿Está mal disfrutar del hecho de que su hermana no fuese tan perfecta después de todo, y de que sus padres empiecen a darse cuenta? Ahora piensan que Sam pudo haberla matado. Quizá, por una vez, creen que su hija favorita se equivocó. ¡Y además tuvo una aventura! ¿Qué pensarán ahora de doña perfecta?

Siente la tentación de encerrarse en su dormitorio y conectarse a Facebook; el impulso es fuerte, pero tiene que resistirse. Se conforma con deslizar el dedo por el móvil y leer por encima las publicaciones del grupo mientras sus padres pululan a su alrededor, sin enterarse de nada.

Esta mañana no ha conseguido sonsacarle nada nuevo a Sam. Pensaba que le contaría más detalles sobre su último interrogatorio cuando estuvieran a solas, que era precisamente el motivo de haberse ofrecido a llevar a Clara a la guardería. Pero él no soltó prenda.

Recuerda la reacción de Sam cuando le dijo que podía ayudarlo, que conocía a gente. Él se apartó, la miró de un modo extraño. ¿Había hablado más de la cuenta? ¿Debería haberse moderado? Ahora se siente incómoda. La verdad es que las investigaciones del grupo de *true crime* la tienen muy enganchada, lleva siendo una obsesión desde hace tiempo. Pero debería ser más cuidadosa y no dar más pasos en falso.

Bryden no era la única que ocultaba una parte de su vida a los demás.

35

Paige Mason ha pasado toda la mañana sola en su apartamento. No ha querido ver a nadie. Se pregunta si no debería volver pronto al trabajo y mantener así la mente ocupada, porque su cabeza no para de dar vueltas en una espiral de destrucción. Necesita pensar en otra cosa.

Oye unos golpes en la puerta y se queda helada. ¿Quién demonios será? Está muy nerviosa. Piensa en los inspectores. ¿Serán ellos otra vez? Mientras duda, llaman de nuevo. Se apresura a abrir. Se sorprende por completo al ver quién está allí.

—Paige —dice Donna Houser—. ¿Puedo pasar?

Ha venido sola. Parece tan apesadumbrada que duele con solo mirarla.

—Sí, claro —responde y abre la puerta por completo—. Acabo de hacer té. ¿Le apetece?

—Me vendría bien, gracias —dice Donna, agotada.

Poco después, Paige se encuentra en su pequeña cocina, sentada a la mesa junto a la ventana, tomando té frente a la madre de Bryden. La señora parece no saber muy bien cómo romper el hielo.

—¿Cómo lo está llevando? —se atreve a preguntar Paige por fin.

—La verdad es que no lo estoy llevando —responde.

Paige asiente con tristeza sin saber qué decir. No se le ocurre qué puede hacer por ella.

Como si le hubiese leído el pensamiento, Donna se aclara la garganta y dice:

—Esperaba que, siendo la mejor amiga de Bryden, pudieras contarme algo más sobre cómo era su vida.

Paige se queda descolocada, y una sensación de incomodidad la invade al instante. Piensa en todas las veces que se acostó con Sam cuando Bryden estaba de viaje por trabajo y se sonroja.

Donna parece notarlo y añade:

—Sabías que tenía una aventura... con el hombre del accidente.

Acorralada, lo único que puede hacer es asentir.

—Me cuesta tanto entenderlo —continúa Donna—. Pensaba que Bryden era feliz con Sam. Es como si todo lo que creía sobre la vida de mi hija fuera mentira. Esperaba que pudieras decirme qué estaba ocurriendo en realidad.

—Lo sé. Es muy difícil de asimilar —admite Paige y traga saliva—. Yo también creía que eran felices. Me quedé boquiabierta cuando me contó lo de Derek. Fue..., no sé, me pareció tan impropio de ella.

Donna se inclina sobre la taza de té.

—Pero tiene que haber una razón. Bryden no pondría en riesgo su matrimonio, su familia. ¿Era infeliz? ¿Es que Sam no la trataba bien?

Paige se siente avergonzada, allí frente a la madre de Bryden, totalmente ajena a lo que ella y el marido de su hija hacían en el lecho matrimonial.

—No me dijo que estuvieran mal —responde—, solo que había empezado a ver a ese hombre, y que Sam no lo sabía.

—¿Estás segura de que él no lo sabía? Porque los inspectores creen que sí.

—No lo sabía. Bryden estaba convencida de que no.

Donna suspira y se desploma en la silla.

—No sé si creerlo. Quizá Bryden pensaba que él no estaba al tanto, pero tal vez se enteró de alguna manera. —Hace una pausa y añade, inquieta—: Me preocupa mucho Clara. Tienen que resolver esto pronto. Necesitamos conocer la verdad. ¿Y si fue Sam el que lo hizo? —susurra—. ¿Y si consigue quedar en libertad y Clara tiene que criarse con él?

Paige advierte un horror atroz en el rostro de la mujer. La toma de la mano y le dice:

—De verdad, no creo que fuera Sam. Él quería mucho a Bryden, Donna. No es un hombre violento.

—No estoy tan segura —responde Donna. Se levanta lentamente—. En fin, me voy ya, que Jim me está esperando. Tenemos que ir a ver funerarias.

Derek Gardner está en el despacho de su casa cuando Alice entra por la puerta. Sale a recibirla, la mira un momento y le pregunta:

—¿Qué pasa? ¿Dónde te has metido?

—He ido a ver a la inspectora Salter de los cojones —responde ella.

—¿Qué? ¿Por qué? —Derek se pone tenso de inmediato. No lo sabía. ¿Por qué diablos va a hablar con los inspectores sin decirle nada a él?

—Me llamó al móvil esta mañana, cuando iba en el coche de camino al trabajo, y me pidió que me pasara por la comisaría. Así que he ido.

—¿Y por qué no me lo has dicho, por el amor de Dios? —Está enfadado.

—Ah, pues no sé. Tú tampoco me cuentas todo, ¿no? —Es un golpe bajo, y eso lo enfurece más todavía.

—Déjate de jueguecitos, Alice. Esto es serio, no me jodas.

—No sería tan serio si tú no fueras por ahí acostándote con cualquiera —replica ella con acritud. También está muy cabreada.

Él sabe que tiene que bajar un poco el tono. Necesita pensar en cómo contener los daños. Están de pie, frente a frente en el salón, demasiado tensos para sentarse. Derek quita el pie del acelerador.

—A ver, cuéntame lo que ha pasado. —Espera que no haya hecho ninguna tontería. Sabe que es lista y una mentirosa excelente, y que suele mantener la calma. Pero no siempre.

—La inspectora quería saber cosas sobre ti y esa mujer, Bryden.

—¿Y qué le has dicho?

—Que no tenías nada que ver con ella, más allá del accidente.

—Bien —responde y empieza a relajarse un poco.

—¿Es verdad? —pregunta Alice.

—Sí, es verdad. No me acosté con ella y no la maté. ¡Por el amor de Dios, Alice!

Ella lo mira con frialdad.

—Dijo que te vieron en un hotel con ella. Reservando una habitación.

—¡Eso es mentira, joder! Te está engañando.

—Eso no fue lo único que dijeron. —Pero, siendo la diva que es, no le cuenta el resto. En vez de eso, camina hasta la ventana y mira hacia la calle, situándose de espaldas a él.

Derek se pasa una mano por el pelo, frustrado.

—¿Me lo vas a decir o no?

Alice se da media vuelta para mirarlo de frente.

—También saben lo de la otra mujer. Esa cuyo nombre te niegas a decirme.

Mierda. Normal que esté tan furiosa, piensa. Le han restregado eso en la cara y ahora su ego está herido. Jamás creyó que lo pillaría, pero Alice es demasiado lista.

—Sabes que no puedo decirte su nombre —responde. Ya lo han discutido antes. No puede decírselo porque Alice podría hacerle daño. Su mujer tiene un reverso muy cruel. Respira hondo—. Dime qué es lo que saben.

—Que la llevaste al hotel White Stag.

Derek entrecierra los ojos. Prefiere no discutir demasiado, así que guarda silencio. Pero no es bueno que sepan que ha engañado a su mujer. Y teme que lo usen para abrir una brecha entre ellos.

—En cualquier caso —continúa su mujer—, es posible que nuestro principal problema no sea Bryden Frost.

—¿Y cuál sería entonces? —pregunta él con brusquedad. A veces encuentra a su mujer un tanto irritante.

—Me han preguntado por mi madre.

La adrenalina de Derek se dispara.

—¿El qué? —Aunque ya lo sabe. Solo hay un motivo por el que la inspectora sacaría ese tema.

—Salter ha estado investigándote y ha descubierto que yo..., que nosotros heredamos su patrimonio cuando murió. Y también ha descubierto lo del atropello que nunca llegó a resolverse.

—Mierda —murmura él.

—Sí, un poco preocupante, ¿verdad? —dice Alice—. Quería saber qué parte de la herencia fue para tu empresa.

—Zorra entrometida.

—También le extrañó que no nos interrogaran como sospechosos a ninguno de los dos.

—Mierda —repite Derek y vuelve a pasarse la mano por el pelo. Mira a Alice, que está en el extremo opuesto del salón. Esto no pinta nada bien—. ¿Crees que estaba tanteando el terreno o de verdad sospecha algo?

—Creo que sospecha de verdad —responde Alice—. De ti. Piensa que mataste a Bryden Frost y a mi madre.

—¿Cree que yo la maté?

Alice se acerca y sonríe con ironía.

—Eso es lo que ha dicho. Quería saber dónde estabas esa noche. Yo le respondí que estábamos en casa, juntos. Me ha acusado de encubrirte. Luego me preguntó si realmente quería vivir con un hombre que, con toda probabilidad, había matado a una mujer y la había metido en una maleta, y que además atropelló a mi madre por dinero.

—Los dos sabemos que fuiste tú quien mató a tu madre, Alice.

—Lo sé yo, lo sabes tú. Pero los inspectores, no.

Él la mira, ese rostro tan bello, mientras su nerviosismo aumenta por momentos.

—Vaya putada.

—No me digas.

—No deberías haber hablado con ella —le reprocha Derek con rabia.

—¿Y qué opción tenía? Me iban a obligar de todos modos, lo sabes. Hasta me han leído mis derechos.

—Tenemos que pensar algo —dice Derek—. Tal vez no podamos probar dónde estábamos esa noche, pero, siempre que nos cubramos las espaldas, no podrán demostrar que lo hiciste tú.

—Ya, y siempre que nos cubramos las espaldas, tampoco podrán demostrar que lo hiciste tú, ¿no?

—¿Qué coño estás diciendo, Alice?

—¡Estoy diciendo que estamos metidos en este lío por tu culpa! Si no te hubieras follado a Bryden Frost, no estarían investigando lo que le pasó a mi madre.

Derek se muerde la lengua.

36

El miércoles por la noche, el marido de Tracy llegó a casa después del trabajo casi de buen ánimo, contando que un inspector había estado en el concesionario para intentar encontrar grietas en su coartada.

—Pero no pudo, porque no las hay. Todos me respaldaron. Incluso hay cámaras de seguridad. Ya no volverán a molestarnos —le dijo.

Trajo una botella de vino para celebrarlo. Ella sonrió y lo felicitó. Fue un alivio, pero a la vez la irritaba. Su marido estaba eludiendo el elefante en la habitación. La primera vez no tuvo coartada… ¿Es que lo había olvidado?

Esa misma noche apareció el cuerpo de Bryden. Tracy quedó tan afectada que al día siguiente no pudo ir a trabajar. Pero hoy sí ha vuelto. Es redactora en una editorial jurídica. Sus días suelen ser tranquilos y tiene mucho tiempo para pensar. Ahora está acordándose de su vecina, Bryden Frost. Lo que le ocurrió —lo que les pasa a las mujeres— es terrible. Deleznable. Podría pasarnos a cualquiera de nosotras, piensa. Lleva toda la mañana siguiendo todas las noticias sobre Bryden en internet, imaginando lo horribles que debieron de ser sus últimos momentos.

También se acuerda de Kayly Medoff, la mujer que acusó a su marido. Antes intentaba no pensar en ella. Medoff afirmaba que un hombre enmascarado la obligó a subir a una furgoneta, la amordazó, la violó y, después de someterla a este calvario, la dejó en libertad. Según ella, había sido el marido de Tracy. El escándalo mediático generado a raíz del caso casi los destruyó. El hecho de que fuese liberado sin cargos no mereció ni por asomo la misma atención de la prensa. Es una espinita que Tracy tiene aún clavada.

Ahora, tras vacilar apenas un segundo, Tracy busca en Google a Kayly Medoff y Henry Kemp y obtiene una avalancha de artículos, algunos con fotos. Releerlos la revuelve por dentro y tiene que cerrar los ojos un instante. Pero enseguida vuelve a abrirlos y respira hondo. Está sola en la oficina, ningún ruido la desconcentra, y procede a leerlos con atención. No todo había salido en las noticias. Ella está al tanto de cosas que no aparecen ahí.

La única manera de saberlo con certeza sería hablando directamente con Kayly Medoff. Es incapaz de seguir viviendo con el miedo a que otro inspector llame a su puerta. La foto de Tracy nunca apareció en los medios, por lo que Kayly no tendría forma de reconocerla. ¿Cómo puede encontrarla? ¿Seguirá viviendo en Albany? Tracy quería marcharse de Albany y empezar de cero en otra ciudad, pero Henry tenía demasiado dinero invertido en el concesionario y se opuso a la idea. Sabe que Kayly ya no trabaja en Dunkin' Donuts, Henry se lo dijo.

¿Y si está en Facebook?

Para su sorpresa, no le cuesta nada dar con ella.

Jayne está en su despacho, sentada a su escritorio, mirando la pared de enfrente mientras saborea un trozo de chocolate negro y reflexiona sobre el encuentro con Alice Gardner. Una gran lámina enmarcada de un iceberg, mostrando su punta y la inmensa masa oculta bajo el agua, cuelga de la pared. Jayne la observa a menudo para recordarse a sí misma que la parte peligrosa se esconde bajo la superficie y que lo que vemos es solo una mínima parte del cuadro.

El inspector Kilgour entra con dos tazas de café y se deja caer en la silla situada frente a ella. Jayne toma una de las tazas y le da las gracias.

Le ofrece un poco de chocolate a su compañero y le da un sorbo al café.

—El atropello con fuga está fuera de nuestra jurisdicción, por supuesto, pero estaría bien hablar con los agentes de New Hampshire que se ocuparon del caso. Y deberíamos incluir a Derek Gardner en la lista de personas de interés, y con eso le apretamos un poco las tuercas. Es un hombre atractivo: seguro que los periodistas se inclinan por la conclusión obvia.

Lizzie estaba encantada de prestarles el coche a sus padres. Su madre se lo pidió después de que ella llevase a Clara a la guardería, porque querían visitar varias funerarias. Desean celebrar una ceremonia privada lo antes posible. Lizzie se ofreció a acompañarlos y se sorprendió cuando su madre le dijo que no era necesario. Pero no se molestó por eso, la verdad es que no le apetecía nada ir a ver funerarias y cementerios: tenía otras cosas que hacer.

En cuanto sus padres salen por la puerta con las llaves del coche, Lizzie se conecta al grupo de Facebook. Hay una avalancha de entradas nuevas desde anoche. El interés por el caso está creciendo, ya que ha aparecido en todos los informativos. El número de miembros del grupo ha subido de 66 a 119. Lizzie revisa los comentarios a su última publicación.

Andi Rosen
Es verdad lo que dices de que la policía a veces se obceca y no ve más allá. Pero también es verdad que el asesino suele ser alguien conocido. Y, muy a menudo, el marido.

Jilly Malek
Me encantan los casos de cadáveres en maletas. ¿Os acordáis del de Delray Beach?

Skylar Vasey
Normalmente los descuartizan antes para que quepan bien. Cuanto más macabro, más me gusta.

A Lizzie le desagradan algunos de los comentarios. Vuelve a buscar el de Susan Day. Ah, ahí está, lo publicó la noche anterior. Lo relee.

Susan Day
He oído que uno de ellos tenía una aventura.

Lizzie había respondido como Emma Porter.

Emma Porter > Susan Day
¿Dónde has oído eso?

Ahora hay una respuesta:

Susan Day > Emma Porter
No sé. Parece obvio. ¿No has visto la foto? Era guapísima, seguro que tenía algún amante.

A Lizzie le indigna el comentario. No necesita que le recuerden que Bryden era guapísima. Le parece de mal gusto y una falta de respeto a su hermana. Responde:

Emma Porter > Susan Day
Eso no quiere decir que no fuese una esposa fiel ni una buena madre.

Susan Day > Emma Porter
Vale, si tú lo dices. El marido también es muy atractivo. A lo mejor el infiel era él. Lo único que digo es que cualquiera de los dos podría haber engañado al otro.

Lizzie se da cuenta de que esa persona no ha oído ni sabe nada. Mucha gente ha publicado fotos y vídeos de Sam: en el asiento trasero del coche de policía, saliendo de la comisaría, incluso en el parque, con Paige y Clara. Hasta en estas circunstancias, Lizzie entiende a qué se refiere Susan Day: Sam *es* guapo. Y algunas mujeres se sienten atraídas por los hombres acusados de matar a sus esposas. Les envían cartas a la cárcel y algunas incluso se casan con ellos. Hay mucha gente loca por ahí. Ve que alguien llamada Chantelle Dubois ha publicado una biografía completa de Sam y Bryden. Cuando salga a la luz el nombre de Derek Gardner, Lizzie espera que esta usuaria haga lo propio con él.

Siente mucha curiosidad por ese hombre con el que se acostaba su hermana. Lo ha buscado en Google y ha encontrado la web de su empresa. En la página hay una foto suya. La examina con atención, intentando recordar si lo ha visto antes.

37

El problema —dice Jayne, frustrada— es que la policía científica no tiene nada que demuestre que Derek Gardner estuviese en el apartamento. Ya han identificado todas las huellas dactilares. No tenemos pruebas físicas que lo vinculen. Aunque sepamos que se acostaba con Bryden Frost, no significa que la matase.

—Cierto —admite Kilgour—, pero podría tener un motivo. ¿Y si Bryden lo amenazó con contárselo a su mujer y ella lo está encubriendo en lo del atropello?

Un agente aparece en la puerta.

—Acaba de entrar una joven diciendo que vio a alguien en el edificio con una maleta el día de la desaparición. Pensé que querría hablar con ella usted misma. Está en la sala tres.

Jayne siente una descarga de adrenalina. Kilgour y ella se dirigen a la sala de interrogatorios. La joven está sentada a la mesa, esperándolos. No debe de tener más de veinte años, piensa Jayne. Parece un poco nerviosa y hace lo posible por tranquilizarla.

—Por favor, relájese —dice, sonriendo—. ¿Quiere algo? ¿Un café? ¿Agua?

La joven niega con la cabeza.

—No, gracias.

Jayne se sienta enfrente y la observa, tratando de calibrarla. Este podría ser el avance que estaban esperando.

—Para empezar, díganos cómo se llama —dice tras presentarse ella misma y a Kilgour.

—Francine Logan —responde.

—Francine, cuéntenos lo que vio.

Sus ojos se mueven nerviosos de un inspector al otro.

—Vi a alguien en uno de los ascensores con una maleta, en el edificio donde murió esa mujer.

—¿En el número 100 de Constitution Drive? —pregunta Jayne.

—Sí.

—¿Cuándo?

—El martes.

—¿Vive usted en el edificio?

—No, fui a casa de una amiga a tomar café. Las dos teletrabajamos y, como no vivimos muy lejos, a veces hacemos eso.

—De acuerdo. ¿Y cómo se llama su amiga?

—Lisa Kenney. Vive con sus padres en el apartamento 402. Pero ellos trabajan durante el día. Lisa puede confirmar que estuve allí.

—¿Y a qué hora visitó a su amiga Lisa?

—Llegué sobre las doce. No estoy segura de a qué hora exacta me fui, pero debía de ser la una y media o así.

—¿Y cuándo vio a esa persona?

—Justo cuando me iba. Me subí en el ascensor de la cuarta planta y ya había alguien dentro, bajando. Y llevaba una maleta.

Jayne sabe que encaja con la cronología del caso. Si a Bryden la asesinaron poco después de las 12.42, podría haber sido trasladada en torno a las 13.30.

—¿Puede describir la maleta?

—En realidad no recuerdo gran cosa. Era grande. ¿Oscura? Lo siento, no le presté atención. Solo recuerdo que, al verla, me entraron ganas de irme de vacaciones. Es algo que tengo en mente desde hace algún tiempo, pero no puedo permitírmelo.

—¿Puede describir a la persona?

—Lo siento, pero no me fijé.

—Bueno, ¿era un hombre o una mujer?

—La verdad es que no lo sé —responde avergonzada—. Estaba mirando el móvil cuando llegó el ascensor, entré, me puse mirando a la puerta y seguí pendiente del teléfono. Vi que había una maleta en el suelo, a mi lado, pero no llegué a fijarme en la persona. —Luego añade—: Solo recuerdo que pensé que me gustaría tener dinero para irme a algún sitio.

—Entonces ¿no puede facilitar ni un solo detalle físico de esa persona?

—No —admite la joven, para decepción de los inspectores.

—Intente recordar algo —insiste Jayne, y se queda a la espera—. Tal vez notó un olor. ¿Alguna sensación?

La joven niega con la cabeza.

—Lo siento. No soy una buena testigo, ¿verdad? No me fijo en las cosas, probablemente porque siempre estoy mirando el móvil, sobre todo en los ascensores, porque es incómodo, ¿sabe? —Se pone nerviosa—. No quiero hacerles perder el tiempo. Es que Lisa me dijo que la policía estaba preguntando a los vecinos si habían visto a alguien con una maleta. Yo le conté lo que vi y ella me dijo que tenía que decírselo a ustedes aunque no recordara mucho, y por eso estoy aquí.

—Bueno, nos alegra que haya venido, Francine —dice Jayne—. La persona del ascensor, ¿se bajó también en la planta baja?

—No, se quedó dentro.

—¿Está segura de que no recuerda nada más? Esto es importante.

La joven se sonroja y niega con la cabeza.

—Bueno, gracias por venir —dice Jayne. Le entrega una tarjeta—. Y, por favor, llámenos si recuerda cualquier cosa, ¿de acuerdo?

—Claro —responde Francine, con las mejillas algo sonrosadas, y se pone en pie para marcharse.

—¿Qué opinas? —pregunta Kilgour a Jayne una vez que la chica se ha ido.

—No lo sé —contesta ella—. Ha sido excepcionalmente imprecisa. La hora encaja, por lo que podría estar diciendo la verdad. O podría habérselo inventado todo para sentirse importante durante quince minutos. Pero no lo creo. —Suspira—. Llama a los agentes que están en el edificio por si algún otro vecino vio a alguien ese día con una maleta. Si nadie dice nada, puede que Francine Logan estuviera en el ascensor con nuestro asesino.

Derek Gardner se dirige en coche al centro de la ciudad, con el rostro ardiendo de furia. Está agitado y detesta sentirse así. Por lo general, es frío, imperturbable. Le gusta tener el control. Ahora se encuentra metido en un buen lío y no sabe cómo gestionarlo. No le preocupaba demasiado todo este asunto de Bryden Frost, no hasta que esa maldita inspectora mencionó a la madre de su mujer.

Quería alejarse de Alice, pero ella ha decidido no ir hoy a trabajar. Y por eso necesita refugiarse en su oficina, que está en pleno centro. De todas formas, tendrá que enfrentarse a todos sus empleados tarde o temprano. Así que lo mejor es seguir como si nada, ir un paso por delante, aplacar posibles rumores e insistir en que no son más que una sarta de mentiras. Tiene una empresa que dirigir y debe mantener la cabeza fría hasta que todo esto pase.

Pero sus pensamientos lo llevan por un sendero incómodo. Su negocio salió adelante gracias al dinero de su mujer. Estas instalaciones tan modernas con una ubicación inmejorable, sus empleados tan cualificados, el equipamiento de última generación... Todo comprado con la herencia de Alice. Los clientes de alto nivel los consiguió él, sí, pero fue ella quien puso la empresa en marcha.

Alice lo quiere en la medida en que es capaz de querer a alguien. Pero ¿puede confiar en ella? Él sabe hasta dónde puede llegar su mujer. Mató a su propia madre a sangre fría. Y luego volvió a casa y se lo contó, como un gato que deja un ratón muerto a los pies de su dueño.

Llega al edificio donde trabaja, entra en el parking y sube hasta la planta donde se encuentra su plaza. Hay un coche estacionado al lado, un Range Rover negro que no reconoce. Está tan pegado que casi no puede abrir la puerta de su Tesla. Se pone de los nervios. ¿Quién coño se cree este que es? Reprime el impulso de golpear el Range Rover con su propia puerta. Puto imbécil.

Contiene la respiración y sale como buenamente puede. Una vez fuera, cierra la puerta y lanza una mirada de odio al otro coche. Introduce la mano en el bolsillo del pantalón y saca las llaves. Echa un vistazo alrededor: no hay absolutamente nadie. Sabe dónde están las cámaras, así que coge las llaves con la mano derecha y rodea el Range Rover. Clava la punta de una de ellas cerca del guardabarros delantero y la arrastra con fuerza a lo largo de todo el lateral, dejando un rayón de un extremo a otro del vehículo.

—He hablado con el responsable de la investigación del atropello en New Hampshire —comenta Jayne a Kilgour en su despacho esa misma tarde—. He de decir que hicieron un trabajo bastante chapucero. Apenas investigaron nada y no encontraron ningún testigo.

—Quizá no los había —apunta Kilgour.

—Bueno, supongo. Por lo visto es una zona rural, y en esa carretera hay muy poco tráfico. Aunque ¿qué mejor sitio para matar a tu suegra? —reflexiona ella. Y añade—: La tasa de resolución en casos de atropello y fuga es muy baja, apenas de un diez por ciento. —Suspira—. Igual no debería ser tan crítica con ellos, lo sé. La cuestión es que decidieron que había sido un simple atropello, no un asesinato. —Deja escapar un suspiro más hondo—. ¿Y de la reacción de Alice qué me dices? Le advertí que su marido podía ser el asesino de su madre y de Bryden Frost, y que ella podría ser la siguiente víctima si seguía encubriéndolo. Pero ella como si nada.

—Ya, no la vi muy afectada.

—No, en absoluto. Parece tener la sangre igual de fría que él. Quizá están hechos el uno para el otro.

38

Alice está esperando a que su marido vuelva del trabajo. Derek le mandó un mensaje diciendo que se encontraba en la oficina. Pero ella también ha visto su foto en las noticias. Se siente consternada porque lo han nombrado persona de interés y porque ya ha salido a la luz el rumor de su aventura con Bryden.

Está furiosa. Incluso ha arrojado contra la pared de la cocina una copa carísima y ha visto cómo se hacía añicos. Luego, al cabo de un rato, la recogió. Después se puso a preparar un *bœuf bourguignon*, picando con saña las verduras. Cocinar la relaja.

Todo esto es culpa de él. Si se hubiera mantenido alejado de esa mujer, si no hubiese sido tan picaflor, si hubiera cumplido su promesa, ahora no estarían investigando el accidente de su madre. Hoy día, si alguien lo menciona, Alice sigue diciendo que su madre murió en un accidente, no que alguien la asesinó.

Aunque eso es exactamente lo que ocurrió.

Alice hizo gala de una gran perspicacia en aquel momento. Su madre era esclava de la rutina, una de las muchas cosas de ella que la sacaban de quicio. Alice, en cambio, prefiere la espontaneidad. Pero no siempre. Por ejemplo, estuvo planeando el asesinato de su madre durante mucho tiempo, y con sumo cuidado. Tenía que ser una sorpresa: para su madre, obviamente, pero también para Derek.

Lo hizo por él. Aunque, siendo sincera, también por ella misma. Quería que Derek tuviese dinero para lanzar su empresa a lo grande, y ella quería una casa glamurosa, cosas bonitas, y no estaba dispuesta a esperar más. Y, siendo del todo honesta, quería que Derek estuviese orgulloso de ella, y que supiese de qué era capaz su mujer. Además, despreciaba a su madre, y, cada vez que iban a visitarla, era una tortura. No habría ido jamás de no ser por la herencia, pero estaba harta de hacer el papel de hija obediente. Aquellos encuentros eran insufribles, la mirada inquieta de su madre saltando de ella a Derek, como si temiese que en cualquier momento fuesen a pedirle dinero o a intentar estrangularla.

Lo curioso es que su madre pensaba que Derek era el peligroso, cuando, en realidad, era a ella a quien debía temer.

Sabía que su madre salía a caminar por esa carretera a las 18.30, después de cenar, para hacer ejercicio. Alice nunca había visto a nadie por allí, siempre estaba desierta. Aquel día, salió de Albany en el coche de su marido, atravesó Vermont y llegó a New Hampshire. Era un vehículo nuevo, alquilado por la empresa, que nadie en el entorno de su madre conocía, por lo que no existía riesgo de que la reconociesen.

Se presentó sin avisar. A Alice le dio la impresión de que su madre no se alegró demasiado de verla. Le preguntó por qué había ido sin Derek. Creía, esperanzada, que se habían separado. Eso la irritó. No entendía por qué detestaba tanto a su marido. Él era lo mejor que le había pasado en la vida. En cierta ocasión, su madre le llegó a decir que creía seriamente que había algo raro en él, que tal vez era un sociópata. Alice no pudo evitar reírse. Bueno, tenía su gracia.

Aquella última visita fue bastante corta. Alice cogió la llave de repuesto de la casa y se marchó antes de que su madre saliese a pasear. Llevó el coche alquilado de Derek hasta un lugar cercano que había localizado con antelación: la entrada a un sendero arbolado que conducía a un campo. Luego recorrió a pie la corta distancia hasta la casa de su madre y se escondió detrás de un cobertizo, esperando a que esta saliese. En cuanto su madre salió por la puerta, Alice se puso unos guantes, entró de nuevo en la casa y cogió las llaves de la camioneta de su madre, que estaban en la encimera de la cocina. Se montó en la camioneta, encendió el motor y, tras asegurarse de que no hubiese nadie cerca, se adentró en la carretera. Cuando vio a su madre caminando a lo lejos, sonrió. Una vez que la tuvo lo bastante cerca, pisó el acelerador y la camioneta rugió con fuerza. Su madre se dio media vuelta y, durante los segundos previos a ser arrollada, reconoció su propio vehículo y a su propia hija. ¡La expresión en su cara! Luego un golpe brutal y el cuerpo salió disparado, describiendo un arco antes de caer en la cuneta. Alice reanudó la marcha hasta la siguiente intersección, donde cambió el sentido. Condujo de regreso a la casa, reduciendo un poco la velocidad para observar el sitio exacto donde había ido a parar el cuerpo. Aparcó el vehículo justo donde lo había encontrado y revisó si había algún daño. Era una camioneta grande, robusta, una Dodge Ram; solo había una pequeña abolladura en el frontal derecho y ningún rastro de sangre, ya que su madre —tal y como esperaba— llevaba el abrigo largo y grueso que siempre se ponía. Por supuesto, también se aseguró de que no hubiese ninguna cámara en el salpicadero.

Luego puso las llaves de repuesto donde estaban, fregó las tazas de café que habían usado y las guardó en su sitio, todavía con los guantes puestos. Cerró la puerta y caminó de regreso por la solitaria carretera, preparada para esconderse si alguien aparecía, pero no pasó nadie.

Al llegar al lugar del accidente, Alice se detuvo al borde de la zanja y observó a su madre. Estaba oscuro y tuvo que usar una linterna; no obstante, pudo confirmar sin ningún tipo de duda que estaba muerta, con los ojos abiertos de par en par.

Luego regresó al coche alquilado y emprendió el camino de vuelta a casa. Llegó alrededor de las once de la noche.

Cuando entró, Derek le dio un beso y le preguntó:

—Es muy tarde. ¿Dónde has estado? Te he mandado varios mensajes.

No había respondido a ninguno de sus mensajes porque había dejado deliberadamente el móvil en casa, en el cajón de la mesilla de noche.

—He ido a ver a mi madre —contestó.

—¿Y cómo está?

—Muerta.

Presa de cierta euforia, le contó todo lo sucedido. Él la miró sin saber muy bien qué pensar.

—Nadie sabe que he ido a visitarla —explicó Alice—. Tienes que decir que estuve aquí contigo desde las cinco. Que pasamos toda la tarde juntos.

—Vale —dijo Derek.

—Y tenemos que borrar esos mensajes, ahora mismo.

—Vale.

Fue a buscar el móvil y ambos eliminaron los mensajes incriminatorios.

—Jamás encontrarán el vehículo que la atropelló porque era su propia camioneta, seguro que ni se les ocurre revisarla. ¿A que es brillante? —dijo Alice.

Él tuvo que admitirlo: era brillante.

—Y ahora, todo ese pastizal será para nosotros —añadió ella, entrelazando sus manos tras la nuca de su marido—. No tendremos que esperar mucho más.

Habían hablado en numerosas ocasiones del dinero de su

madre, de lo larga que se les estaba haciendo la espera. Y ella decidió tomar cartas en el asunto. Derek parecía bastante satisfecho al respecto. La tomó en brazos y la llevó a la cama.

Y, en realidad, todo fue como la seda. Al día siguiente, un agente vino a darles la mala noticia, y ellos se comportaron con el asombro y el desconsuelo esperados. Recibieron el dinero un año y medio después, sin que nadie hiciese preguntas. Hasta donde ella sabía, jamás llegaron a examinar la camioneta de su madre. ¿Por qué iban a hacerlo? Y, desde entonces, todo había sido casi perfecto.

Hasta que Derek conoció a Bryden Frost.

Ahora, Alice reflexiona sobre lo que está por venir. ¿Qué debería hacer? Está tan furiosa con él que casi podría matarlo. Pero entonces ya no lo tendría a su lado, y se ve incapaz de enfrentarse a eso. ¿Con quién lo reemplazaría?

Tiene que recordarse a sí misma que es posible que Derek sea también un asesino. ¿Cómo se siente al respecto? Lo medita un instante: no pasa nada, decide, siempre y cuando no intente hacerle daño a ella.

Lo único bueno de todo esto es que, quizá, este asunto del asesinato de Bryden Frost le haya quitado las ganas de ponerle más los cuernos. Igual ya no se «despista» más. Con ella debería tener de sobra. Es tan afortunado de contar con ella. Está convencida de que encontrará la manera de salir del embrollo en que su marido los ha metido.

Sus pensamientos se centran entonces en esa zorra: la inspectora Jayne Salter.

39

Una nueva publicación en el grupo de Facebook muestra una foto de Derek Gardner pegada a la de Sam Frost, junto con una pregunta un tanto audaz:

¿Eres del Equipo Derek o del Equipo Sam?

Lizzie hace un breve repaso a los comentarios de la publicación. Cada equipo cuenta con un buen número de seguidores; de hecho, la cosa parece estar bastante igualada. No está segura si quienes pertenecen al Equipo Sam creen que fue él quien mató a Bryden o si defienden su inocencia. Tras leerlo con más detenimiento, le queda claro que es lo primero.

Miembro anónimo
Podría no ser ninguno. No deberías sacar conclusiones precipitadas. Eso destruye vidas.

Brittany Clement
Me siento incapaz de decidir. Podría ser cualquiera. Los dos tienen pinta de asesinos.

Lizzie siente que tiene que responder.

> **Emma Porter > Brittany Clement**
> No entiendo cómo puedes decir eso solo por una foto. Ni siquiera los conoces.

> **Brittany Clement > Emma Porter**
> ¿En serio? Fíjate bien en sus ojos, ya verás.

Lizzie piensa en eso. ¿Es posible identificar a un asesino con solo fijarte en sus ojos? Seguro que no, o la policía los atraparía siempre. Menuda estupidez.

Brittany Clement publica una nueva entrada:

> Tal vez uno de estos tipos ya haya matado antes. Espero que la policía compruebe bien sus antecedentes.

> **Farah Spence**
> Claro que sí. Es su trabajo.

> **Chris Belliveau**
> He estado investigando a los dos y no he encontrado nada. Y creedme: esto se me da bien.

> **Perro Sabueso**
> Vivo cerca del edificio y he estado buscando online sin parar gente que viva cerca que podría ser sospechosa. Hasta ahora he encontrado a dos. A uno de ellos le mola la pornografía infantil. Ya he avisado a las autoridades.

Farah Spence > Perro Sabueso
¡Bien hecho!

Ese comentario recibe muchos likes.

Lizzie se recuesta en el sillón y piensa que hay un hombre que ve pornografía infantil en el mismo edificio donde vive Clara. Ojalá lo arresten. Se alegra de que Perro Sabueso haya avisado a la policía. Es horrible la cantidad de cosas que aparecen en cuanto tiras un poco del hilo.

Perro Sabueso
Pero lo más fuerte de todo es que hay otro tipo EN LA MISMA PLANTA que Bryden Frost al que arrestaron hace un par de años por secuestro y violación, pero no llegaron a acusarlo por falta de pruebas. Increíble. No puedo decir su nombre ni el número de su apartamento por aquí. Me pregunto qué estará haciendo la policía al respecto

Lizzie no puede resistirse.

Emma Porter > Perro Sabueso
La policía lo descartó como sospechoso. Tiene una coartada.

Perro Sabueso > Emma Porter
Bueno, espero que sepan lo que hacen. ¿Y tú cómo lo sabes?

Lizzie ignora la pregunta de Perro Sabueso y se regodea en la sensación de saber algo que los demás desconocen.

De un modo impulsivo, publica un primer plano del rostro de su hermana: una foto en la que es posible reconocerla, pero que nadie más ha visto. Acompañando a la imagen, escribe:

> Sé cómo murió.

Un sinfín de «cómos» aparece de inmediato en la pantalla. Lizzie paladea el momento.

Acerca los dedos al teclado y comienza a redactar una publicación nueva; esta vez usa la foto habitual de la fachada del edificio.

> Fue asfixiada. Le pusieron una bolsa de plástico en la cara.

> **Karen Hennin**
> ¿Cómo sabes eso? ¿Y de dónde has sacado esa foto de ella?

> **Emma Porter > Karen Hennin**
> Conozco a alguien en la policía. Me entero de cosas.

> **Brittany Clement > Emma Porter**
> ¿De qué más te has enterado?

No tarda en aparecer un coro de comentarios exigiendo más información.

Una descarga de adrenalina sacude a Lizzie. ¿Por qué no había pensado en eso antes? Puede escudarse en esa mentira, fingir que conoce a alguien en la policía. Es creíble. Claro que puede haber filtraciones. Hace otra publicación.

> No hubo agresión sexual.

Brittany Clement
Cuéntanos más.

Farah Spence
Entonces ¿por qué estaba desnuda? La policía dijo que siguen buscando su ropa.

Lizzie publica de nuevo:

Llevaba sujetador y bragas. Solo faltaban las mallas y la sudadera.

Brittany Clement
Eso mismo oí yo también, que estaba en ropa interior.

Emma Porter > Brittany Clement
¿Cómo te has enterado de eso?

Brittany Clement > Emma Porter
Yo también conozco a gente.

Lizzie se detiene un momento. ¿Quién podría ser? ¿Una periodista intentando sacar información? ¿O alguien de la policía? Vuelve a preguntarse si estos grupos no estarán también en el punto de mira de la investigación policial. No debería haber publicado esa foto de Bryden desde su móvil. La busca y la borra. Luego mira el perfil de Brittany Clement, pero no encuentra ningún dato relevante. Está vacío. Escribe una nueva publicación:

Como no hubo agresión sexual, creen que lo más probable es que fuera alguien conocido. Pero yo no estoy de acuerdo, no creo que lo hiciera alguien de su entorno.

Karen Hennin
Parece que ese aspecto te preocupa MUCHO. ¿No serás tú alguien de su entorno?

Lizzie siente que el corazón comienza a latirle con fuerza. Decide aferrarse a la historia de que tiene una amiga en la policía. Solo debe seguir mintiendo como si nada.

Emma Porter > Karen Hennin
No, yo no la conocía.

Brittany Clement > Emma Porter
Tal vez yo sí.

Lizzie se queda mirando las palabras en la pantalla. ¿Quién coño es esta tía? ¿Le están tomando el pelo?

Emma Porter > Brittany Clement
¿La conocías o no? Y si es que sí, dinos de qué.

Pero Brittany Clement no dice nada.

Lizzie se queda un momento parada, a la espera de que la tal Brittany teclee una respuesta, pero parece evidente que no va a contestar. No obstante, hay muchos más usuarios que quieren interactuar con ella. Pasa un rato más discutiendo los pormenores del caso, todo el mundo está muy intrigado. Lizzie se ha convertido en una suerte de autoridad gracias a que creen que tiene un contacto en la policía. Nunca se había sentido tan importante, tan en el centro de todas las miradas, aunque sea desde el anonimato. Está radiante. Publica de nuevo:

> Es posible que, de forma indirecta, la hayan encontrado gracias a mí. El día de su desaparición revisaron el edificio a fondo, pero no lograron dar con ella. Yo le sugerí a mi amiga de la policía que llevasen al perro especializado en detectar cadáveres, y al final eso es lo que hicieron. Fue el perro el que la encontró en el trastero.

De hecho es verdad, ella fue quien se lo sugirió a la inspectora. Lizzie respira hondo y siente que le tiembla el cuerpo. ¿Y si se ha pasado de la raya? Se está arriesgando mucho, pero no puede evitarlo, esto de compartir información es tan adictivo. El sentimiento de pertenencia. Y al ser de una forma anónima, parece como más seguro, aunque tal vez no lo sea. La invade una fruición embriagadora.

La última publicación desencadena un sinfín de comentarios. Está tan absorta en la pantalla que pega un respingo cuando oye unos golpes en la puerta de su dormitorio.

Escucha la voz de su madre:

—Lizzie, es hora de cenar. ¿Qué haces ahí metida?

40

Donna no le quita ojo a su hija durante toda la cena. Están comiéndose un cubo de pollo frito, los tres, en el apartamento de Lizzie. No les ha contado nada de su visita a Paige esta tarde.

Ninguno contempla ya la idea de ir a casa de Sam. Donna ha dejado claro a ambos que cree que él es el asesino de su hija mayor. Sabe que Jim está intentando procesarlo, pero Lizzie, no. Su benjamina se ha cerrado en banda y ni siquiera considera que esta opción sea posible, pese a que Sam es el sospechoso más obvio. Hasta ha contratado a una abogada.

Donna intenta justificar la actitud de Lizzie; al fin y al cabo, es algo difícil de digerir. Quizá es incapaz de afrontarlo. Sam siempre le cayó bien, lo admiraba. Puede que esté en fase de negación. En realidad es tan inocentona. Como nunca se ha casado, es posible que idealice el vínculo matrimonial, aunque tampoco está muy segura de eso. Se complace pensando que, de ser el caso, tal vez se deba a que su principal referente sea el matrimonio feliz y duradero de sus padres. Donna siempre ha considerado que criar a sus hijas en un hogar estable las protegería de la clase de tragedias que parece haberle tocado a Bryden. Qué equivocada estaba. Si Sam la mató..., ¿cómo pudo su hija elegir tan mal? ¿Y si criarse en un entorno feliz hubiese resultado ser contraproducente? Tal vez era demasiado ingenua, demasiado confiada. Quizá las chicas provenientes de familias disfuncionales estén más avispadas, elijan con más criterio, les vaya mejor en la vida. Y quizá Bryden no quiso contarle a su madre los problemas de su matrimonio por no haber estado a la altura del ejemplo de sus padres. Donna no lo sabe y nunca lo sabrá.

Pensar en todo esto la deprime sobremanera. Tal vez su primogénita tenía razones para buscar consuelo en otro hombre. Pero quizá fue él quien la mató. Ay, su Bryden, con lo buena niña que era.

Donna mira a su hija de reojo. Esta noche está como distinta, desprende una energía inusual, su agotamiento parece haber desaparecido. Sus ojos arrojan un brillo casi febril. ¿Qué estaba haciendo antes en el cuarto? Se encontraba allí encerrada cuando ella y Jim volvieron de ver funerarias. La pobre Lizzie no ha tenido tiempo ni de respirar en estos últimos días, así que decidió dejarla tranquila toda la tarde y encargarse ella misma de la cena. Creía que se había echado una siesta, pero no descarta que se haya pasado todo el rato delante del ordenador.

¿Y si se ha echado un novio por internet y no les ha contado nada? Donna espera que no. Ahora todo el mundo se conoce por Tinder y aplicaciones de esas. Ya ves tú, qué cosa más absurda. Así no va a encontrar una pareja en condiciones en la vida. Pero, bueno, parece que es la única manera hoy día. No le extraña que su hija menor siga soltera.

—¿Qué tal ha ido la búsqueda de funeraria? —pregunta Lizzie mientras se sirve más ensalada de col.

—Hemos visto una que nos ha gustado —responde Donna, desanimada, sin decir nada más.

Su marido la mira con preocupación y añade:

—Sí, la de Montgomery estaba bien. Pueden organizarnos una ceremonia pequeña e íntima para el próximo miércoles.

—¿A Sam le parece bien? —dice Lizzie.

La pregunta cae como una losa.

—No sé —responde Donna—. Se lo puedes preguntar si quieres, pero, vaya, ya está decidido. Somos sus padres.

Ninguno de los dos había considerado la posibilidad de enterrar a su hija. Los padres nunca piensan que algo así pueda ocurrirles. Jim y ella ni siquiera han hecho los preparativos para su propio funeral. Donna siente que el dolor vuelve a atravesarla, como olas rompiendo en la orilla: algunas más grandes y violentas que otras, pero incesantes. O como las contracciones del parto, tan intensas que crees que alguna podría matarte. Esto es lo mismo. Podría matarla.

Pero Lizzie ya parece haber perdido interés en los preparativos del funeral. De nuevo, ese brillo extraño en sus ojos, esa excitación tan inusual. ¿Estará enamorada? ¿Se habrá enganchado a alguna droga? De pronto, siente un nudo en el estómago. Dios santo, que no sea eso, piensa, ya tiene bastante con lo que hay. ¿Debería preguntarle? No, mejor no. Ahora no. No puede preguntarle a su única hija con vida si está tomando drogas. Pero su mente no deja de hacer cábalas. Lizzie es enfermera, le resultaría fácil conseguirlas. Donna sabe que el consumo de estupefacientes se ha disparado en todos los estratos sociales. Una plaga. Gente que busca evadirse del dolor, ya sea físico, emocional o espiritual. Es una epidemia. No sería capaz de seguir adelante si la única hija que le queda cayese víctima de eso.

Se repite que debe dejar de imaginar catástrofes, de ponerse siempre en lo peor. Creía que lo peor ya había ocurrido, pero aún le queda una hija que perder. Respira hondo y pregunta:

—Lizzie, ¿tú estás bien?

Su hija la mira y responde:

—Sí, ¿por qué no iba a estarlo?

Es una respuesta extraña, piensa Donna, y mira a su marido por el rabillo del ojo. Él también parece pensar lo mismo.

Derek entra en la casa. Huele a comida. Alice es una excelente cocinera, pero, cuando le da por cocinar, suele ser porque está molesta. Se dirige con inquietud hacia la cocina.

—Hola —dice, como si fuese un hombre perfectamente normal hablándole a su mujer perfectamente normal al final de una jornada perfectamente normal.

—¿Cómo ha ido el día? —pregunta Alice, tendiéndole una cuchara de madera con algo caliente que huele que alimenta. Derek lo prueba con cuidado de no quemarse la lengua.

—Delicioso —dice con sinceridad—. *Bœuf bourguignon.*

Está seguro de que le pasa algo. Si es él quien está con el agua al cuello, ¿por qué le ha preparado su plato favorito? Se acerca con cautela.

—Nada, el día ha ido bien —contesta, tratando de tranquilizarla—. Alice, esos inspectores no tienen nada, ninguna prueba, no hay de que preocuparse. Además, yo no la maté.

—Por supuesto que no —responde ella, como si solo quisiera complacerlo y dejar este episodio atrás.

Vaya dos estamos hechos, piensa Derek. Tuvo tanta suerte de encontrarla. Tuvieron tanta suerte de encontrarse el uno al otro. Son tal para cual.

—Pero es tan desagradable todo el ruido mediático —se queja Alice—. Las noticias no dejan de insinuar que eras su amante y que podrías haberla matado tú. Está en boca de todo el mundo.

—Sí —admite él—, es desagradable. Hoy ha sido un día

bastante incómodo en la oficina; le he tenido que decir a todo el equipo que no se alarmen, que apenas conocía a esa mujer, solo por el accidente de tráfico. Y lo peor de todo ha sido hablar con los clientes. Esto no va a traer nada bueno al negocio.

—¿Crees que pasará pronto? —pregunta su mujer.

—Creo que sí. Lo superaremos. Seguro que tienes razón y el culpable es su marido.

—Bueno, espero que acabe en la cárcel, haya sido él o no.

Así es Alice, piensa Derek. Siempre de su lado, da igual lo que él haga.

—Y luego está lo de mi madre —añade.

—¿Pero de verdad crees que debemos preocuparnos por eso? —pregunta él y se acerca para masajearle los hombros—. Mientras mantengamos nuestra versión, no tienen nada que hacer. No hay ninguna prueba. —Han pasado casi cuatro años. Todo lo que pertenecía a su madre (la camioneta, la casa, cualquier rastro de su vida) fue vendido o regalado. Derek sigue diciendo—: Aunque encontrasen la camioneta, es imposible que asocien esa abolladura con algo que ocurrió hace años. No podrán demostrar nada.

—Supongo —dice Alice mientras remueve la olla.

Es viernes por la noche y Jayne se va a casa relativamente temprano, algo poco habitual estando en mitad de una investigación por homicidio. Michael se va a pasar por allí. Van a pedir comida a domicilio y él traerá una botella de vino. Si hay cualquier novedad, no tienen más que llamarla.

Le apetece mucho pasar un rato tranquilo con Michael. Apenas lo ha visto desde que desapareció Bryden Frost, hace ya tres días. El martes era su aniversario, recuerda.

Ahora Michael le masajea los pies en el sofá mientras esperan a que llegue la comida tailandesa. Al observarlo, se acuerda de que tiene pendiente tomarse una copa con Ginny. Quizá ella le sepa dar algún consejo sobre cómo proporcionar a tu familia el amor y la atención necesarios, día tras día, al tiempo que te enfrentas a cosas terribles como inspectora de homicidios. La imagen del cuerpo de Bryden dentro de la maleta le viene involuntariamente a la cabeza.

Por regla general, no habla de sus casos con Michael. Pero, a veces, parece que él percibe que ella no está del todo presente, que su mente sigue trabajando.

Michael se inclina, coge la botella de vino que hay en la mesa de centro y le llena su copa.

—¿En qué piensas? —le pregunta.

—¿Sabes? Las cosas nunca son lo que parecen —responde Jayne, pensativa—. Al principio, todos decían que los Frost eran una pareja feliz, sin problemas. Que ninguno de los dos sería capaz de engañar al otro. La familia perfecta. Y, en cuanto empiezas a escarbar un poco, sale todo lo malo. —Piensa en la aventura, el maltrato, el asesinato.

—Las personas son complicadas —dice Michael—. Se dejan arrastrar por todo tipo de impulsos y deseos inconscientes y acaban tirando su vida por la borda. Como psicólogo, no dejo de verlo.

—Lo sé.

—No estamos tan lejos de los animales, ¿sabes? No tanto como creemos. Nos hemos comportado como animales durante mucho más tiempo del que llevamos vistiendo ropa y viviendo en ciudades. Pero el animal sigue ahí, debajo de la ropa. —Bebe un sorbo de vino—. Quien haya matado a esa mujer, a Bryden, cruzó durante un instante los límites de la sociedad civilizada. Y eso es una tragedia. Para ella, para su familia, incluso para el culpable. —Suspira y deja de frotarle los pies un momento para mirarla a la cara—. Pero lo que resulta aún más preocupante es cuando no es solo un individuo el que se sale de los márgenes de la sociedad, el que rompe las reglas tácitas que todos asumimos en el momento en que optamos por vivir como seres civilizados.

—Lo sé —responde ella, reflexionando sobre todas las cosas aterradoras que suceden en el mundo—. Da miedo.

—Sí. Cuando millones de personas creen en fantasías en lugar de hechos, cuando eligen la emoción sobre la razón, la sociedad puede desmoronarse muy rápido. Pasa constantemente.

Jayne lo mira, más llena de dudas que nunca. ¿Qué esperanza les queda? ¿Acaso tiene sentido traer otra criatura al mundo?

Él se inclina y la besa.

—Pero siempre podemos elegir ser buenos —dice.

Y es por eso por lo que quiere a Michael. Cuando regrese mañana al trabajo, llevará esas palabras consigo.

41

La mañana del sábado amanece gris y lluviosa. Los padres de Lizzie no dejan de dar vueltas a su alrededor, asfixiándola. No tienen adónde ir. Ella teme que, si se encierra en su cuarto, su madre irrumpa y descubra lo que está haciendo. La puerta no tiene pestillo. Está inquieta, frustrada. Se apoltrona en el sofá del salón mientras revisa constantemente en el móvil las noticias sobre el caso de Bryden, pero no hay nada nuevo. Necesita información con urgencia. Información que pueda compartir. Este *impasse*, este tedio, se le antojan insoportables.

—¿Qué habéis planeado hoy? —les pregunta, esperando que eso los anime a hacer algo.

Ellos la miran con el rosto impasible.

—Nada —responde su madre, apagada.

Se da cuenta de que la única idea que tienen en mente es esperar. Esperar al funeral de Bryden para poder despedirse. Esperar a que arresten a alguien. Esperar a que se descubra la verdad. Al cierre del caso. Parece imposible que Bryden desapareciese hace apenas cuatro días, y que dentro de otros cuatro la vayan a enterrar.

Está deseando que llegue el día del funeral para que sus padres regresen a su casa. No cree que piensen quedarse en la ciudad indefinidamente. Pero, si así fuera, en su casa no pueden seguir; se volvería loca. La investigación podría prolongarse durante semanas, meses incluso.

—Creo que voy a salir —anuncia Lizzie.

—¿Adónde vas? —pregunta su madre.

Duda un instante, pero decide decirle la verdad.

—A casa de Sam.

Su madre la mira con el rostro crispado, pero, antes de que pueda decir nada, ella se adelanta.

—Ya sé lo que estás pensando, pero no creo que la matara él. Sé que te parece mal que vaya a verlo, pero quiero ver a Clara y asegurarme de que esté bien.

Su madre asiente, algo contenida.

—¿Puedes traerla aquí? ¿Un ratito aunque sea? —sugiere Jim.

—Si él me deja, sí. Pero lo mismo no quiere.

De repente, todos vislumbran cómo podrían ser las cosas en el futuro. Es posible que los abuelos no vuelvan a ver nunca más a su única nieta. Sam sabe que sospechan de él, no va a dejar a la pequeña con ellos para que le llenen de veneno la mente. Cuando a ninguno de ellos se le ocurriría hacer algo así, piensa Lizzie. Su madre no intentaría poner a una niña de tres años en contra de su padre, seguro que no. ¿O sí? De repente, ya no está tan convencida.

—¿Qué vamos a hacer con Clara? —pregunta Lizzie a sus padres. El silencio que prosigue revela lo peliaguda que es la pregunta.

—No vamos a perder a Clara también —dice Donna con voz un poco estridente.

Lizzie elige las palabras con cuidado.

—Sam es su padre. Si percibe que sospecháis de él, no os va a dejar verla. Esto es algo que debéis tener muy presente.

—Es cierto, Donna —señala Jim con calma.

—Si la mató, lo arrestarán —responde Donna—. Lo condenarán. Pasará el resto de su vida en la cárcel y solicitaremos la custodia.

—¿Queréis haceros cargo de ella? ¿Estáis seguros? —pregunta Lizzie. No sabe si es buena idea, pero tampoco se ve preparada para criar a Clara ella sola.

—Por supuesto que queremos, a menos que quieras hacerte cargo tú.

Pero Lizzie no quiere, y parece evidente que sus padres lo saben.

—Sigo creyendo que os estáis equivocando con Sam —dice Lizzie, soslayando el comentario de su madre.

—Tal vez —concede Donna—. Eso espero. Tal vez fue el hombre ese con el que se veía. Ojalá descubran pronto quién lo hizo y, por el bien de Clara, espero que no haya sido su padre. —Se le quiebra la voz y comienza a llorar. Su marido se queda a su lado, observándola, con las manos y el labio inferior temblándole de impotencia.

—Sam todavía confía en mí —dice Lizzie con voz calmada—. Estoy segura de que me dejará ver a Clara cuando quiera. Yo os iré contando cómo está, cómo lo va llevando. Pero si no mantengo el contacto con Sam, es posible que perdamos a Clara del todo.

Su madre asiente con tristeza, tiene los ojos arrasados en lágrimas.

Lizzie se pregunta si Paige, «su niñera favorita», estará con Sam echándole una mano.

Sam ve el mensaje de Lizzie: «¿Puedo pasarme?».

Le gustaría verla, necesita una cara amiga, se está volviendo loco en el apartamento, intentando entretener a Clara él solo un sábado por la mañana. Hay periodistas fuera, puede verlos desde las ventanas. Se siente atrapado. Al menos Lizzie no cree que él sea un asesino. Había considerado pedirle a Paige que viniese, pero luego se lo pensó mejor. Y Angela ha salido. Le responde a Lizzie con gratitud: «Sí, claro. A la niña y a mí nos encantaría verte».

Lizzie le había enviado un mensaje el día anterior diciéndole que sus padres habían estado viendo funerarias y que querían celebrar una ceremonia íntima lo antes posible. No le preguntó qué idea tenía él para el funeral, ni si quería acompañarlos. Sam se sintió aliviado, aunque el gesto en sí decía mucho de lo que piensan de él. No parece que soporten la idea de estar en su compañía.

Le dice a Clara con voz alegre que su tía Lizzie va a venir, y la pequeña se anima un poco. Se siente culpable por no llevarla al parque, pero con todos esos buitres carroñeros esperándolo ahí fuera… Ni pensarlo. Seguro que empiezan a insultarlo y a llamarlo asesino. No quiere que le pase como la última vez. Tal vez Lizzie podría llevarla un rato.

Piensa en su cuñada, recuerda la última vez que la vio, esa extraña intensidad con la que se comportaba, lo que dijo de que conocía a gente. ¿A qué se refería con eso? Quizá le pregunte ahora.

Lizzie llega y Clara alza los brazos para que la aúpe. Su cuñada la lleva a la cocina mientras él las sigue y se dispone a preparar una cafetera nueva. No pueden hablar de ningún tema serio con la niña delante. Pasan un rato interactuando con la pequeña, merendando con ella, y luego la dejan en otra habitación, entretenida con un puzle, para poder hablar a solas en la cocina.

—¿Has vuelto a entrevistarte con los inspectores? —pregunta Lizzie.

—No, la última vez fue el jueves por la noche, en la comisaría.

Sam tiene miedo y necesita a alguien de su lado. Todos van a pensar que la mató él y no soporta la idea de ir a la cárcel. La sujeta del brazo que tiene apoyado en la mesa de la cocina.

—Lizzie, debes creerme, yo no la maté. —Intenta leer los ojos de su cuñada, pero no está seguro de lo que percibe en ellos—. Yo no sabía que me estaba engañando. Debes creerme, Lizzie, yo no la maté.

—Lo sé —contesta ella después de varios segundos eternos—. Te creo. —Él respira aliviado—. Pero no puedo decir lo mismo de mis padres.

Sam no se sorprende y se limita a encogerse de hombros.

Ella le lanza una mirada intensa de las suyas.

—¿Hay algo más que deba saber? ¿Algo más que la policía pudiera descubrir? —pregunta.

Él niega con la cabeza y baja la mirada.

—No, nada. Te lo juro.

42

Lizzie se queda un rato más con Clara, pero se siente inquieta; es incapaz de prestarle la atención que normalmente le presta a su sobrina. Quiere llevarla al parque, pero la intimida la cantidad de periodistas que hay fuera. Logró sortearlos entrando en coche por el garaje. Ahora está de pie, junto a la ventana, observándolos. Alguien la ve y la saluda con la mano; sorprendida, se aparta de inmediato del cristal.

Todos saben qué ventanas pertenecen al apartamento 804 y todos saben que una mujer fue asesinada aquí. Se pregunta si eso complicará —o facilitará— las cosas para Sam cuando llegue el momento de vender la casa. Debería comprobar si la han añadido ya al sitio web de viviendas donde han tenido lugar asesinatos. Housecreep, cree que se llama. A ver si esta noche se acuerda y lo mira.

Se da cuenta de lo agotador que es estar todo el día encerrada.

—Creo que al final voy a bajar con Clara al parque —le dice a Sam—. ¿Te parece bien?

—Claro. ¿No te importa que no vaya contigo? Es que a mí

me despellejarían vivo, seguro, pero imagino que a ti te dejarán en paz.

—¿Tú crees? Seguro que a mí también me reconocen, y a Clara.

Sam parece reflexionar un momento y dice:

—La niña necesita aire fresco. Si ves que se ponen muy pesados, vuelve de inmediato. Me quejaré a los inspectores, quizá ellos pueden hacer algo al respecto.

—De acuerdo. —Le pone el abrigo a Clara, la toma de la mano y juntas abandonan el apartamento y bajan en el ascensor.

Al franquear las puertas acristaladas de la entrada, se encuentran con una caterva de periodistas. No se abalanzan sobre ellas, pero hacen un corrillo y se quedan mirándolas. Saben quiénes son. Lizzie no dice nada, mantiene la cabeza gacha y, sin soltar la mano de Clara, trata de abrirse paso y dirigirse al parque, al otro lado de la calle. Es consciente de que les están tomando fotos, cosa que no le gusta un pelo. Se detiene en seco.

—Fotos no, por favor. Respeten nuestra privacidad. La niña solo tiene tres años —les ruega y sigue caminando. Los fotógrafos, como era de esperar, hacen caso omiso de su petición. Y lo que es peor, parece haberles despertado aún más el interés porque ahora no dejan de formularle preguntas, sin consideración alguna por Clara.

«¿Su familia apoya a Sam?».

«Hace tiempo que no vemos a los padres de Bryden por aquí. ¿A qué se debe?».

«¿Quién cree que mató a su hermana, Lizzie?».

Acelera el paso. Bajar al parque ha sido un error. Ahora tiene dos opciones: dar media vuelta y pasar por lo mismo otra vez, o seguir adelante. Opta por lo segundo, agarrando la mano de Clara con fuerza, apremiándola a caminar lo más rápido posible. Por fortuna, los putos paparazzi no la siguen hasta el parque. Desalentados, regresan a la puerta principal del edificio. Si creen que Sam va a salir por ahí, más les vale que esperen sentados, piensa.

Es un día crudo, ventoso, y hay pocas familias en el parque. Lizzie mece a Clara en los columpios un rato, le canta, luego se sienta en un banco, de espaldas al edificio, y manda a la pequeña a jugar al cajón de arena. Se queda mirándola, absorta en sus pensamientos, cuando se da cuenta de que alguien se ha sentado a su lado. Se sobresalta. No había visto a nadie acercarse, no había estado prestando atención. Es una mujer pelirroja. Hay otros bancos vacíos donde podría haberse sentado, observa Lizzie, molesta, tanto que casi se levanta.

—Hola —dice la otra mujer, sonriendo—. Soy Alice.

Lizzie no sabe muy bien qué pensar de ella, pero, a diferencia de la prensa, no le resulta amenazante.. Un poco atrevida, eso sí. ¿Ha venido aquí para mostrarle su apoyo?

—¿Es usted de la prensa? —pregunta Lizzie con suspicacia.

—Uy, qué va, odio a los periodistas —responde Alice—. Están crucificando a mi marido.

—¿Quién es su marido?

—Derek Gardner.

Lizzie la mira fijamente. Esto sí que es una sorpresa.

—Su marido se acostaba con mi hermana —susurra.

—Es probable —admite Alice.

—Y es probable que él la matase —dice Lizzie entre dientes.

—Ah, pues no sé. Yo creo que fue su marido quien la mató.

—Pues yo creo que no.

—Claro, cuesta mucho aceptar que un ser querido sea capaz de algo así, ¿verdad? Pero estoy bastante segura de que los inspectores hallarán la manera de encerrar a su marido.

—¿De qué está hablando? —Lizzie sospecha que debería ir a por Clara y marcharse de allí, pero algo la impele a quedarse—. ¿Qué está haciendo aquí? —pregunta con inquietud.

—Quería conocerla, y me gustaría pedirle que le haga llegar un mensaje a Sam.

Lizzie siente que el estómago se le revuelve.

—¿Qué mensaje?

Alice se acerca un poco más a ella.

—Dígale que no va a salirse con la suya. —A renglón seguido, se levanta con elegancia del banco, se inclina un poco y susurra—: Soy del Equipo Sam.

Se aleja sin mirar atrás, dejando un rastro de perfume tras ella.

43

Lizzie se ha quedado clavada en el banco del parque, con el corazón latiéndole a mil por hora. Está tan nerviosa que se olvida de vigilar a Clara. «Soy del Equipo Sam». Acaba de hablar con la mujer de Derek Gardner, el hombre que se acostaba con su hermana. ¿Intentaba amenazar a Sam con ese mensaje? ¿Qué es lo que sabe esa mujer? Le inquieta que haya estado investigándola, que haya averiguado lo del grupo de Facebook. ¿Sabrá también que su alias es Emma Porter? Igual llevaba ya un rato aquí, esperando a que ella saliera. Se estremece de manera involuntaria; de pronto, se siente muy expuesta.

El sol se esconde tras una nube y siente un frío repentino. Se levanta del banco y se acerca a Clara, que sigue correteando por el parque. Después de veinte minutos, la llama y le dice que es hora de irse. La toma de la mano y se prepara para sortear a los periodistas y entrar en el edificio. Les toman más fotos, pero las dejan pasar casi sin molestarlas.

—¿Con quién estaba hablando? —grita alguien.

Lizzie mantiene la boca cerrada.

—No habéis estado mucho tiempo en el parque —comenta Sam cuando vuelven al apartamento—. ¿Todo bien?

—Hacía frío —contesta Lizzie mientras ayuda a Clara a quitarse la chaqueta y le sugiere que siga haciendo el puzle.

Una vez que la niña se va a la otra habitación, le cuenta a Sam lo de Alice y su mensaje («Dígale que no va a salirse con la suya»), pero omite lo de: «Soy del Equipo Sam».

—¡¿Qué?! —exclama Sam—. ¿Qué coño hacía esa tía hablando contigo? Deberíamos decírselo a la policía ahora mismo.

—¿Tú crees? —pregunta Lizzie, insegura.

—¡Nos está acosando! Está acojonada porque sabe que su marido ha matado a Bryden, es evidente. Si no, ¿para qué iba a ir en busca tuya y darte ese mensaje? Tienes que contárselo a los inspectores.

Lizzie no está tan segura. Le preocupa que Alice sepa algo, parecía tan segura de sí misma. «No va a salirse con la suya».

Pero sí, le gustaría hablar de nuevo con los inspectores.

Cuando a la inspectora Jayne la informan de que Lizzie Houser ha venido a verla, avisa de inmediato a Kilgour y llevan a Lizzie a una sala de interrogatorios vacía. ¿Se habrá decidido a confesar algún secreto? Siempre es útil cuando la familia de un sospechoso comienza a desmoronarse. Pero lo que viene a continuación es del todo inesperado.

—Esta mañana, Alice Gardner estaba en el parque infantil que hay frente al edificio; se ha acercado a mí y se ha puesto a hablar conmigo. Sabía quién era yo. Quería que le hiciese llegar un mensaje a Sam: una advertencia.

—¿Una advertencia? —repite Jayne.

—Me ha pedido que le dijera: «No va a salirse con la suya».

—¿Y no le ha dicho nada más?

—No. ¿No le parece sospechoso? Es decir, ¿es así como actuaría la mujer de un hombre inocente?

Jayne mira de reojo a Kilgour, preguntándose qué pensará él al respecto.

—Desconozco lo que pasa por la mente de la señora Gardner —responde Jayne.

—Bueno, ¿serían tan amables de hablar con ella y pedirle que nos deje en paz?

—Veré lo que puedo hacer —contesta la inspectora y se levanta para acompañarla a la puerta. Pero Lizzie permanece en la silla.

—Mis padres y yo queremos saber cómo va la investigación —dice—. Es lo mínimo que merecemos. Bryden era mi hermana y mis padres están desesperados. Es su obligación decirnos si ha habido algún avance.

Pero Jayne no piensa contarle nada; cualquier cosa que le diga a Lizzie llegará directamente a oídos de Sam.

—Hacemos todo lo que está en nuestra mano. Lo único que puedo decirle es que la investigación sigue su curso.

Lizzie le lanza una mirada de desprecio que Jayne no había visto antes en ella. Acto seguido, se pone en pie.

—Gracias por nada. —De camino a la puerta, se da media vuelta y dice—: ¿Sabe? Si no fuera por mí, lo más probable es que ni siquiera hubiesen encontrado el cuerpo.

—¿Disculpe? —dice Jayne.

—Yo soy la que les pidió que consiguieran el perro adiestrado en detectar cadáveres, ¿recuerdan? —Hace una pausa y pregunta—: ¿Les falta mucho para arrestar a alguien?

Jayne la mira.

—Como le acabo de decir, nuestra investigación sigue su curso.

—¿Y qué pasa con Derek Gardner? —insiste Lizzie. Como Jayne permanece en silencio, continúa haciéndole más preguntas—: ¿Y el resto de los vecinos? ¿Han averiguado algo? ¿Han encontrado algún rastro de ADN en la escena del crimen?

Jayne observa a la joven con curiosidad.

—No tengo nada más que decirle. —Una vez que Lizzie se va, mira a Kilgour y arquea las cejas—. Un poco intensa, ¿no te parece?

—Recuerdo que solicitó la unidad canina, pero no me suena que pidiera expresamente un perro adiestrado en detectar cadáveres.

—Ya, y aparte, ¿a qué ha venido todo eso?

Kilgour se encoge de hombros y dice:

—Está cabreada porque cree que no estamos haciendo nada. Y por eso nos ha soltado esa pullita antes de irse.

—Ya, piensa que nosotros no tenemos ni idea y que ella es aquí la experta en homicidios.

Donna está muy inquieta cuando Lizzie regresa a casa, necesita saber cómo se encuentra su nieta. Enseguida percibe que su hija anda de mal humor. Se nota en la forma en que se quita la chaqueta y luego los zapatos, a patadas. Por no hablar de la expresión de su cara. A Donna está a punto darle un ataque de nervios. ¿Por qué Lizzie ha vuelto tan enfadada? ¿Es porque Sam no va a permitir que vean a Clara nunca más? ¿Habrán tenido alguna discusión?

—¿Qué ha pasado? —le pregunta.

Lizzie se deja caer en un sillón y contesta:

—Esos inspectores son unos inútiles. Me he pasado por la comisaría de camino a casa y no han querido decirme nada.

Donna respira hondo. Sabe que su hija está ansiosa por obtener información, todos lo están, pero así es como trabaja la policía.

—Tienes que dejar que hagan su trabajo —le responde.

—¿Y tú crees que están haciendo algo? —rebate Lizzie—. Porque yo tengo mis dudas, la verdad.

—Debemos dar por hecho que saben lo que hacen —dice Donna.

—¿Por qué? El mundo está lleno de incompetentes. ¿Por qué los inspectores de policía iban a ser distintos?

Antes de que pueda añadir nada más, Lizzie se levanta, se va furiosa a su cuarto y se encierra dando un portazo. Donna la observa, preocupada. Jim, que lo ha oído todo, se acerca a ella por detrás y comenta:

—Está alterada, es normal. Es una situación muy difícil.

Ni siquiera le ha dado tiempo a preguntarle por Clara. Ya se calmará, se dice a sí misma. Ya le preguntará luego. Pero le preocupa su hija. Parece… diferente. Como si fuese otra persona.

44

Más que la aflicción, lo que abruma a Paige este sábado por la tarde es la soledad. Echa de menos a Bryden. Y echa de menos a Sam, y a Clara. Sabe que lo único sensato sería mantenerse alejada.

Recuerda el estado en que se encontraba Sam la última vez que lo vio, el jueves, cuando bajaron al parque con Clara. Tal vez le ha dado tiempo a calmarse un poco, a aceptar su nueva realidad. Tal vez haya empezado a levantar cabeza, a vislumbrar formas nuevas de seguir adelante. Ella quiere estar allí, ofrecerle su apoyo, tanto a él como a Clara. Bryden era su mejor amiga.

Decide no enviarle ningún mensaje para avisarlo de que va a ir, no sea que le diga que no. Se monta en el coche y recorre el corto y familiar trayecto hasta el número 100 de Constitution Drive. Llega a la entrada del aparcamiento subterráneo y marca el código del apartamento.

—Soy Paige —dice. Percibe cierta duda, pero Sam le permite el acceso.

En el ascensor, de camino a la planta octava, trata de no pensar en lo que le ocurrió a Bryden. Ya piensa en eso todas las noches, hasta altas horas de la madrugada, mientras intenta conciliar el sueño.

Llama a la puerta y abre Sam. Por un momento, la mira fijamente. De repente, le apetece besarlo, pero sabe que Clara debe de andar cerca. La deja pasar y cierra la puerta.

—Clara está en casa de Angela —le informa.

Paige asiente y lo observa. Se ha dado una ducha y se ha puesto ropa limpia: vaqueros y una camisa informal. Incluso se ha afeitado. Es una buena señal. Extiende la mano y le acaricia la mejilla con suavidad, como queriendo consolarlo. Sam levanta la suya, le agarra la muñeca y dice:

—No.

—Todo va a salir bien —musita ella.

—¿Tú crees? —responde él casi en un susurro.

Sam mira a Paige. Sus ojos grandes, su mano aún en contacto con su mejilla. Es tan estimulante que ella lo desee de esta manera. Se comporta igual que Bryden antes de que descubriese su otra faceta.

Paige se acerca y lo besa en la boca y todo vuelve a ser como antes. Él duda durante una fracción de segundo, pero luego cede, permite que sus labios se relajen y la empuja contra la puerta, deseando entregarse al placer y olvidar todo lo que ha sucedido. Es un beso largo, sensual e intenso, y, cuando se separan, ambos están sin aliento. Él la mira a los ojos, percibe el anhelo y la excitación. La toma de la mano y la conduce al dormitorio, evitando las ventanas para que nadie los vea. Una vez en el dormitorio, cierra la puerta.

Comienzan a quitarse la ropa el uno al otro.

—No podemos hacer ruido —le susurra al oído—, Angela podría llamar a la puerta en cualquier momento.

Paige asiente y le desabrocha los vaqueros. Y, de alguna manera, el hecho de hacer el amor casi en silencio logra que sea incluso mejor. La echaba de menos, echaba todo esto de menos. Es la primera vez desde que pasó lo de Bryden que es capaz de vaciar su mente por completo, lo cual es una bendición.

Pero nada más terminar, se levanta de la cama y comienza a ponerse la ropa, de espaldas a ella.

—¿Qué haces? —le pregunta Paige.

—Vístete —le ordena—. Angela va a venir con Clara de un momento a otro.

Paige se incorpora y empieza a buscar su ropa, que está esparcida por el suelo, mientras él sale de la habitación, cerrando la puerta tras de sí.

¿Qué diablos acaba de hacer? No puede estar acostándose con la mejor amiga de su mujer días después de que la hayan asesinado. Y su hija, mientras, en casa de la vecina. Debe de estar loco. Va a la cocina, bebe un vaso de agua e intenta recomponerse. Cuando regresa al dormitorio, Paige está vestida, peinándose el pelo frente al espejo de Bryden, con el cepillo de Bryden. Él comienza a hacer la cama. Una vez que termina, le dice:

—Vamos a la cocina.

Prepara café y se sientan a la mesa. Tiene que hablar sobre lo que acaba de suceder, dejar las cosas claras.

—Paige...

Pero ella extiende la mano y le coloca un dedo sobre los labios.

—Sé lo que vas a decir y tienes razón. Debemos tener mucho cuidado.

—¿Y si hubieran venido Angela y Clara de repente? Imagínate, yo abriendo la puerta con los pantalones medio abrochados y tú aquí, en la cama. —¿Cómo ha podido ser tan imprudente? Pero así es él: imprudente. Al final acaba cediendo a sus impulsos, ese ha sido siempre su problema.

—Pero no ha pasado. Nadie lo sabe, solo nosotros. Bryden era mi mejor amiga. —Sus ojos comienzan a inundarse de lágrimas—. Soy la madrina de Clara, es perfectamente normal que pase tiempo con los dos. Especialmente en un momento como este.

Él la mira: no la quiere. Ella nunca podría reemplazar a Bryden. Le preocupaba que los inspectores se enteraran de su aventura, pero sabe que ella no va a decir nada.

—Tenemos que andarnos con mucho ojo —insiste.

Jayne sigue dándole vueltas a lo de Alice. ¿Por qué iría a hablar con Lizzie? ¿Qué ganaba con eso? Tal vez esté más preocupada de lo que parecía por la posibilidad de que Derek haya matado a Bryden. La gente puede ser muy protectora con sus parejas, incluso cuando estas hacen cosas que nadie más perdonaría.

Mira de nuevo la imagen del iceberg que cuelga de la pared. ¿Qué se le está escapando? Es posible que Alice ya supiese que su marido había tenido un escarceo amoroso con Bryden. Tal vez lo siguió un día y los vio juntos. Ella parece el tipo de mujer capaz de hacer algo así, no le cuesta nada imaginárselo.

Tal vez su intuición le haya fallado con los Gardner. ¿Y si fue Alice quien mató a Bryden y ahora está jugando con todos ellos?

45

Lizzie ha colocado una silla bajo el picaporte de la puerta para evitar que su madre entre de pronto en su cuarto y vea lo que está haciendo. Se sienta frente al ordenador, lo enciende y se pone unos auriculares para escuchar música de fondo. Sin siquiera leer los últimos comentarios publicados, se lanza de lleno a escribir una nueva entrada como Emma Porter, usando de nuevo la foto de la fachada del edificio.

> Han pasado tres días desde que apareció el cuerpo de Bryden Frost. ¿Por qué no han detenido a nadie todavía? Como de costumbre, no han dado muchos detalles públicamente. ¿Qué opinamos al respecto?

Pulsa «Publicar».

Una vez que se desahoga, se pone a leer lo que la gente ha escrito desde que se conectó anoche. Hay muchos usuarios nuevos y las publicaciones de Lizzie han recibido multitud de comentarios, algunos de los cuales son un poco inquietantes.

Mel Schep
Creo que se lo merecía. Está muy feo eso de acostarse con otro hombre siendo una mujer casada.

Ange O'Neil > Mel Schep
Vete a la mierda. Ninguna mujer merece ser asesinada.

Mel Schep > Ange O'Neil
¡Eso es exactamente lo que se merecía!

Perro Sabueso acaba de publicar la foto de un agente uniformado en la puerta de un Dunkin' Donuts, acompañada por el texto siguiente:

Mientras los policías se pasan el día atiborrándose de dónuts o haciendo el vago o lo que sea que hagan, yo he estado investigando a Derek Gardner y a su mujer, Alice Gardner. ¿Y a que no sabéis qué? ¡He encontrado algo MUY interesante! Ella heredó MILLONES DE DÓLARES después de que su madre muriese hace cuatro años en un..., redoble de tambores: ATROPELLO CON FUGA NO RESUELTO. ¡Este caso se vuelve cada vez más interesante! Con esto no descarto que Sam Frost matara a su mujer, pero no hay que perder de vista que ella estaba acostándose con Derek Gardner. Y puede que este ya hubiera matado antes. Quizá atropellara a su suegra para quedarse con la herencia. El atropello ocurrió en una carretera rural de New Hampshire por la que no pasa nadie, a las afueras de un pueblecito llamado Roxbury. Según lo que he podido averiguar, la policía ni siquiera los consideró sospechosos. Pero ¿y si fue él y no lo descubrieron? ¿Y si mató también a Bryden? Me voy a cambiar al Equipo Derek, creo que él es el asesino. Hay que tener mucha sangre fría para atropellar a una mujer mayor. Y hay que tener mucha sangre fría para asfixiar a una mujer con una bolsa de plástico y meter luego su cuerpo en una maleta.

Brittany Clement
¡Guau! ¿De cuántos millones estamos hablando?

Perro Sabueso > Brittany Clement
Tres.

Brittany Clement > Perro Sabueso
¡Por ese dinero mato yo también!

Perro Sabueso > Brittany Clement
Ya te digo.

Brittany Clement > Perro Sabueso
Si fue él, seguro que su mujer lo sabe.

Perro Sabueso > Brittany Clement
¿Tú crees?

Brittany Clement > Perro Sabueso
¿Qué sabes de ella?

Perro Sabueso > Brittany Clement
Mira mi nueva publicación.

Perro Sabueso ha publicado una nueva entrada y Lizzie se apresura a leerla. Una fotografía de una mujer pelirroja que le resulta familiar. El texto que acompaña a la foto dice lo siguiente:

> Aquí podéis ver una foto de ella. Es muy guapa. Hija única, de padres ricos. Ni ella ni su marido, Derek, tienen perfiles en redes sociales, lo cual me parece bastante raro. Y por eso es difícil encontrar información sobre ellos. Pero él tiene su propia empresa de ciberseguridad y ella trabaja en la Universidad de Albany. También he adjuntado un breve artículo de prensa sobre el accidente.

Lizzie procede a leerlo todo con voracidad, también el artículo de periódico. Con esta nueva información, Derek empieza a tener muchas papeletas para ser el asesino. No es de extrañar que su mujer esté tan preocupada.

Recuerda a Alice sentada en el banco, el momento en que le dijo que era del Equipo Sam. Seguro que sabe lo del grupo de Facebook; de lo contrario, no le habría hecho ese comentario. Pero ¿bajo qué alias se esconderá? ¿Sabrá que ella es Emma Porter? Y, si es así, ¿cómo? Igual no se ha tragado el cuento de que tiene una amiga en la policía. No obstante, es imposible que Alice lo sepa con certeza. Lizzie no piensa permitir que esa mujer la amedrante.

Sentada frente al ordenador, con los dedos sobre el teclado, piensa en cómo responder a la publicación de Perro Sabueso.

> **Emma Porter**
> Tienes razón. Yo también sabía lo del atropello con fuga gracias a mi contacto en la policía, pero no querían que esa información trascendiese.

Perro Sabueso > Emma Porter
Tal vez sea hora de presionar a la policía para que se tomen el caso en serio. Voy a enviar esta información a los medios de comunicación de Albany, seguro que ellos lo investigan más a fondo. ¡A ver qué pasa! Si mi ayuda sirve para atrapar al asesino, me doy por satisfecho. Para eso estamos aquí, ¿no?

Emma Porter > Perro Sabueso
¿Tal vez podrían reabrir el caso?

Perro Sabueso > Emma Porter
Sigue abierto, pero pertenece a otra jurisdicción. Voy a ver si puedo averiguar algo más.

Le frustra un poco que Perro Sabueso le haya tomado la delantera. De hecho, no le hace ninguna gracia. Ya no siente esa euforia de ayer, cuando disponía de información novedosa y todos estaban pendientes de sus palabras. Echa eso de menos. Pero aún guarda una primicia bajo la manga:

Hoy me he pasado por allí, a ver si me enteraba de algo poniendo la oreja entre los periodistas que rodean el edificio.

¿A que no sabéis a quién he visto? A la hermana de Bryden, Lizzie, y a su hija, no recuerdo cómo se llamaba. Salieron del edificio y cruzaron al parque que hay enfrente. Entonces vi que una mujer se acercó a la hermana, se sentó a su lado en un banco y se puso a hablar con ella. Y ahora, al ver la foto que ha compartido Perro Sabueso, he caído en quién era:

Alice Gardner. ¿Qué estaría haciendo Alice Gardner hablando con la hermana de Bryden?

Donna lleva horas esperando a que su hija salga del cuarto. ¿Qué hace ahí tanto rato metida? Quiere preguntarle por Clara. Al final, se acerca a la puerta, da unos golpecitos y dice:

—¿Lizzie? ¿Estás ocupada? ¿Puedes salir un momento?

Lizzie guarda silencio.

—¿Lizzie? —insiste.

Quizá tiene los auriculares puestos, piensa. Ya no puede esperar más. Trata de abrir la puerta, pero está atascada. Empuja con más fuerza, pero no hay manera de abrirla.

—¿Lizzie? ¿Estás bien?

Sabe que la puerta no tiene pestillo, pero algo la mantiene cerrada. El pánico la invade. ¿Habrá hecho alguna locura? ¿Una sobredosis? Llama a Jim a gritos.

Jim acude rápido y empieza a dar golpes en la puerta en cuanto comprende lo que está ocurriendo.

—¡Lizzie! ¡Lizzie, abre la puerta!

De repente, la puerta se abre unos quince centímetros y aparece el rostro pálido de Lizzie de entre la oscuridad. Donna ve una silla justo detrás de su hija, como si acabase de apartarla de la puerta. Sabe que esa silla no suele estar ahí. El corazón le late con fuerza.

—¿Qué pasa? ¿Estás bien? —pregunta, jadeando.

—Estoy bien —responde su hija, molesta—. ¿Qué queréis?

—Hablar contigo. ¿Por qué no abrías la puerta? ¿Qué pasa?

—No pasa nada. Tenía los auriculares puestos. Solo necesitaba un poco de privacidad.

—Llevas horas ahí dentro con la puerta atrancada con la silla. ¿Qué estás haciendo?

—Nada. —Suena huraña, como si volviese a ser una adolescente y no una mujer de treinta y dos años—. Lo único que quiero es estar sola —dice, cerrándole la puerta en las narices.

Vuelven a oír cómo arrastra la silla para encajarla bajo el picaporte. Donna mira a su marido, que está igual de alarmado que ella.

—¿Qué le pasa? —le pregunta en voz baja—. ¿Crees que se droga?

Se alejan con reticencia de la puerta y van a la cocina.

—No lo sé —responde Jim—. ¿Tú crees que sí?

—No lo sé. Ayer me fijé en que tenía la mirada como vidriosa. Está muy inquieta, irritable, no parece ella. Es enfermera, así que tiene acceso a medicamentos.

—No hace falta ser enfermera para conseguir drogas —replica Jim preocupado—. Están por todas partes.

—Quizá necesite ayuda. No está asimilando bien la muerte de Bryden. Bueno, nosotros tampoco.

—¿Y cómo se asimila una cosa así? —pregunta Jim con la voz rota—. ¿Cómo?

46

Jayne está en la sala de operaciones a última hora de la tarde cuando entra una llamada: un agente, siguiendo una pista, cree haber encontrado la ropa de Bryden. Jayne y Kilgour se montan rápidamente en uno de los coches disponibles.

Llegan a un edificio de apartamentos bajos ubicado en Larch Street y se dirigen —tal y como les han indicado— a la parte de atrás. Jayne ve a dos agentes uniformados junto a una montaña de basura y un contenedor pequeño. Ambos llevan guantes; parece que han estado hurgando dentro. Kilgour aparca y uno de los agentes se acerca a ellos cuando se bajan del vehículo.

—Podría ser lo que estamos buscando —dice, y les hace un gesto para que lo sigan.

Jayne baja la vista hacia una bolsa de plástico transparente que contiene lo que parecen ser una sudadera gris y unas mallas. El corazón se le acelera.

—¿Cómo lo han encontrado?

—El portero nos llamó.

—Perfecto. Si tiene ocasión, dele las gracias de mi parte. Voy a llamar a la policía científica. Podrían ser de Bryden. Tal vez, con un poco de suerte, esa sea la bolsa de plástico que usaron para matarla.

Angela trae de vuelta a Clara al apartamento y Paige se queda con ella y Sam hasta bien entrada la tarde. Piden una pizza a domicilio: el repartidor intenta echar un vistazo dentro del tristemente famoso apartamento, pero Sam no se lo permite.

Paige sabe que debería marcharse después de cenar. Pero está tan a gusto con ellos, y en su casa se siente cada vez más sola. En cualquier caso, debe irse ya. Mientras Sam siga bajo sospecha, lo mejor es mantener cierta distancia.

Está a punto de levantarse cuando Sam recibe una llamada en el móvil. Se pone nervioso de inmediato. Tras una conversación muy breve, le dice que tiene que ir de nuevo a la comisaría.

—¿Por qué? —pregunta Paige, ansiosa.

—No lo sé.

Ella se ofrece a quedarse con Clara el rato que él esté fuera. De nuevo, le toca esperar.

—Creemos que hemos encontrado la ropa de Bryden —informa Jayne con los ojos clavados en Sam. Se hallan una vez más en la sala de interrogatorios, junto con Kilgour y la abogada de Sam, Laura Szabo. Ha solicitado su presencia para que identifique las prendas de su mujer y porque quiere observar su reacción ante el hecho de haberlas encontrado. Seguidamente, añade—: La ropa que llevaba puesta el día que la asesinaron.

—¿Dónde? —atina a decir Sam.

Jayne obvia la pregunta. Abre una carpeta y saca dos fotografías grandes. Se las muestra.

—¿Se parece esto a lo que Bryden llevaba aquel día?

Estudia el rostro de Sam mientras mira las fotografías. Una de ellas muestra dos prendas: una negra y otra gris, muy arrugadas, dentro de una bolsa de plástico transparente. En la otra aparecen las mismas prendas extendidas sobre una mesa. El rostro de Sam palidece.

—Parecen las suyas, pero no podría asegurarlo.

—Ajá. La policía científica tiene que confirmarlo, pero llevará algo de tiempo —dice Jayne.

Deja las fotos sobre la mesa, y da la sensación de que los observan desde allí, acusadoras, recordándoles lo que le ocurrió a Bryden.

—Quienquiera que haya asesinado a su mujer —interviene Kilgour— dejó estas prendas allí creyendo que nadie las encontraría. Quizá temía que quedaran fibras o cabellos suyos cuando la asfixió con la bolsa, y por eso decidió deshacerse de todo.

Sam los mira, visiblemente aterrado y pálido, como si la sangre hubiese abandonado su rostro.

—Pero... yo la abracé esa mañana —empieza a decir—. Clara, Bryden y yo nos dimos un abrazo en grupo, como todas las mañanas. Así que podría haber rastros míos en su ropa.

—Nunca mencionó eso —observa Jayne.

—Lo olvidé. Debería haberlo dicho.

Jayne deja que el silencio se prolongue un poco más y añade:

—Es posible que la bolsa de la fotografía sea el arma homicida. Quizá nos revele algo.

Seguidamente da por concluida la entrevista y apaga la grabadora.

—Puede marcharse... por ahora.

Es sábado por la noche y Derek lleva a Alice a cenar a Boccaccio's, un restaurante de lujo que le encanta a su mujer. No logra deshacerse de la sensación de que está tramando algo, y eso lo pone nervioso. Alice debería dejar las cosas como están. Todo saldrá bien mientras conserven la calma, mientras se mantengan unidos.

En el restaurante ha recibido algunas miradas curiosas: lo han reconocido, su rostro ha salido en las noticias como «persona de interés». Por lo menos, nadie los ha acosado.

—Estás preciosa esta noche —le dice a su mujer.

—Lo sé.

—Estoy deseando llevarte a casa.

—Pero si aún no hemos pedido el postre.

Le entrega la carta de postres y se queda observándola. Nadie lo diría, pero la mujer que tiene delante asesinó a su propia madre. Antes no le preocupaba; al contrario, eran ricos gracias a eso. Ahora, en cambio, empieza a pesarle, porque sabe de lo que Alice es capaz, pero no logra descifrar lo que pasa por su mente. Y teme no poder confiar más en ella.

—Creo que pediré los profiteroles —dice ella y deja la carta sobre la mesa.

—Yo también.

—¿A que no sabes dónde he estado esta mañana? —pregunta Alice.

Derek la mira con curiosidad y un poco de inquietud.

—Ni idea.

—En el edificio donde asesinaron a Bryden Frost —dice y se inclina hacia él—. ¿Recuerdas? La mujer con la que te acostabas.

Él siente un arrebato de ira. No piensa negarlo otra vez, eso solo la enfadaría más. Trata de conservar la calma, aunque con Alice no siempre es fácil.

—¿Por qué has ido allí?

—Por curiosidad, supongo. No sé, no he podido resistirme. —Derek espera a que ella siga hablando—. Vi a su hermana salir del edificio, supe que era ella por los periodistas, aunque casi no la molestaron. Iba con la niña, la hija de Bryden Frost. Y nada, estuve hablando un rato con ella.

¿Qué pretende? ¿Está jugando con él, castigándolo por lo que cree que hizo?

Derek se inclina sobre la mesa.

—¿Por qué coño has hecho eso, Alice?

—¿Por qué? Porque me ha dado la gana.

Él traga saliva.

—¿Qué le has dicho?

—Que Sam Frost mató a su mujer y que no iba a salirse con la suya. Y ella me dijo que estaba segura de que fuiste tú.

—Alice, creo que deberías mantenerte al margen.

—Ya es un poco tarde para eso, ¿no crees?

47

Lizzie pasa la mayor parte de la noche en su cuarto, pegada al ordenador. Se ha metido en la madriguera y no quiere salir. En el mundo real están sus padres, al otro lado de la puerta, ahogándose en su dolor. Está harta de tenerlos en casa, observándola, preocupándose por ella, tan sobreprotectores como de costumbre. Siempre se ha sentido juzgada por ellos, incapaz de estar a la altura de sus expectativas. Para sus padres, ella siempre ha sido una decepción.

Un rato antes salió del cuarto por no hacerle el feo a su madre, que había preparado la cena, y fue entonces cuando explotó. Nada más sentarse, empezó el interrogatorio.

—Lizzie, no nos has dicho qué pasó esta mañana en casa de Sam. ¿Cómo está Clara?

Sintió un leve remordimiento; sí, su madre tenía razón: debería habérselo contado.

—Clara está bien, pero Sam sabe que sospecháis de él y no quiere que la veáis.

—¡No puede impedirnos ver a nuestra nieta!

—Creo que sí puede, mamá. —Al ver el gesto de angustia en el rostro de su madre, añadió—: Pero no tiene problema con que yo la vea. Él confía en mí. Sabe que yo creo en su inocencia, así que, de momento, tendréis que conformaros con eso.

—Tal vez si conseguimos una orden judicial… —sugirió entonces su madre.

—¿De verdad quieres meterte en eso ahora? —replicó ella, exasperada.

Y ahí es cuando se desató todo.

—¿Qué te pasa, Lizzie? —la acusó su madre—. ¡Te pasas el día encerrada en tu cuarto, a oscuras, con la puerta atrancada con una silla! ¿Qué haces ahí dentro? ¿Por qué no nos lo dices?

—¡Lo que haga con mi vida no es asunto vuestro! —contestó Lizzie con furia.

—¿No te estarás drogando? Dinos la verdad.

Aquello casi le hizo reír. Por un momento llegó a pensar: ¿y si permito que lo crean? Tal vez así me dejen en paz, pero enseguida comprendió que eso no iba a ocurrir: la meterían en rehabilitación.

—No, mamá, no me drogo. —Se levantó de la mesa y volvió a su cuarto, atrancando de nuevo la puerta con la silla. Luego se puso los auriculares para no oírla llorar.

Al poco, volvió a conectarse al grupo de Facebook, con su gente.

Y ahora, Perro Sabueso ha publicado un nuevo comentario:

> He hablado con un periodista del *Times Union* de Albany. Mañana van a sacar una nota sobre el atropello con fuga. ¡En la edición del domingo! Ahora los medios van a volcarse en el caso y la policía ya no podrá mantenerlo en secreto. Tenemos que seguir encima de ellos ¡y conseguir que se resuelva!

Lizzie se siente satisfecha: cree que Derek Gardner debe pagar por lo que le hizo a su suegra y casi todos en el grupo piensan lo mismo. Se ha desatado una tormenta de odio contra él debido a su codicia desmedida y a su sangre fría. No tienen ninguna duda de que fue él quien mató a la pobre mujer.

Pero a Lizzie empieza a molestarle que Perro Sabueso la adelante, que acapare la atención. Después de todo, ella es la hermana de Bryden, aunque aquí no pueda decirlo. Su papel en este caso es más relevante que el de él. La involucración de ella es personal y sabe cosas que nadie más conoce.

No está durmiendo mucho y a veces teme que se le vaya la cabeza. Pero aquí, gracias a su contacto ficticio en la policía, se siente bastante segura. ¿Qué podría hacerle Alice Gardner? Además, desde que contó lo del encuentro de Alice con la hermana de Bryden, seguro que nadie sospecha de ella.

La pantalla capta toda su atención; el cursor parpadea, impeliéndola a escribir. Se detiene un momento y se recuesta en la silla. ¿Qué puede contarles? No tiene nada nuevo. Pero... podría inventarse algo y nadie lo sabría. La gente se inventa cosas en internet todo el tiempo. Se hunde un poco más en la madriguera.

> La policía está acorralando a Derek Gardner. Tienen imágenes de él y Bryden entrando juntos en un hotel del que no puedo dar el nombre. Pero está en esta ciudad.

Chúpate esa, Alice, quienquiera que seas, piensa. No es cierto, pero le da lo mismo. Entonces su mente se acelera y empieza a escribir con desenfreno, impulsada por una extraña compulsión.

Pero ¿y si él no la mató? ¿Y si solo se acostaba con ella, pero la asesinó otra persona? Sé que muchos creéis que lo hizo él porque mató a su suegra, pero mirad una cosa: yo no tengo tan claro que fuese Sam o Derek. Podría haber sido cualquier vecino del edificio, o alguien que la visitara con frecuencia, un amigo o familiar. Porque todo lo que tenían que hacer era llamar a la puerta, lograr entrar y asfixiarla con una bolsa de plástico. Algo bastante fácil de hacer, si eres lo bastante fuerte. Si la pillas desprevenida, por detrás.

Y hay que preguntarse otra cosa: ¿qué sentido tiene trasladar el cuerpo? ¿Por qué no dejarla allí, muerta? ¿Para qué meterla en una maleta, bajarla al trastero y arriesgarse a ser visto? Yo os diré por qué. ¡Porque el asesino no quería que la niña volviera a casa y viera a su madre muerta! Es tan obvio. ¿Y cómo sabía el asesino que cabía en una maleta? Tal vez vio el vídeo ese de YouTube, *¿Puede Adrienne meterse en una maleta?* Tiene millones de visitas. Y hoy en día todo el mundo tiene una maleta en el armario. Lo que quiero decir es: ¡pudo haber sido cualquiera! Debemos ver más allá.

En un estado casi febril, pulsa «Publicar».

Los comentarios no se hacen esperar.

Jen McKague
¿Que si voy a buscar en youtube.com el vídeo de la tal Adrienne? Ahora mismo 😊

Brittany Clement > Jen McKague
Dios, me parto!

Karen Hennin
A lo mejor fue la hermana. No estaría de más investigarla.

Farah Spence > Karen Hennin
Las hermanas pueden tener una relación de amor/odio. Lo sé por experiencia. ¡Yo quiero matar a la mía todo el rato! 😊

Brittany Clement > Karen Hennin
¿Qué se sabe de ella?

Lizzie observa cómo van apareciendo las respuestas: los comentarios sobre la hermana de Bryden no le hacen ninguna gracia. De pronto se siente mareada.

48

Es domingo por la mañana y Alice está leyendo el periódico de Albany. En la portada, hacia la parte inferior, aparece el siguiente titular: «Caso de homicidio toma un giro inesperado».

De pie, en el vestíbulo, con la bata puesta, siente cómo la invade una furia creciente a medida que lo lee.

> La investigación por la muerte de Bryden Frost, vecina de Buckingham Lake, ha dado un nuevo giro. La mujer, de 35 años y madre de una niña, fue hallada sin vida el pasado miércoles en el sótano del edificio de apartamentos sito en el número 100 de Constitution Drive, donde residía junto a su marido, Sam Frost.
>
> Bryden Frost desapareció de su vivienda el martes, lo que desencadenó una intensa búsqueda. Gracias a la ayuda de un perro especializado en rastrear cadáveres, su cuerpo fue localizado la noche siguiente dentro de una maleta. La policía confirmó que se trata de un homicidio.
>
> Sam Frost fue interrogado en relación con el caso y más tarde pudo retirarse. También declaró ante las autoridades

Derek Gardner, conocido de la víctima, quien igualmente no fue retenido.

En paralelo, ha salido a la luz un dato que reaviva el interés mediático: la suegra de Gardner, Mary Smelt, murió en un atropello con fuga el 27 de marzo de 2019 en Roxbury, New Hampshire. El caso permanece aún sin resolver. Tras la muerte de Smelt, Alice Gardner heredó una suma considerable. Según la policía de New Hampshire, tanto Alice como Derek Gardner sostienen que se encontraban juntos en su domicilio de Albany en el momento de los hechos.

—¿Pero esto qué cojones es? —grita Alice desde el vestíbulo.

Derek acude al momento y dice:

—¿Qué pasa?

—¡No me lo puedo creer, joder! —aúlla ella tras arrojarle el periódico a la cara.

Derek lee la noticia y luego la mira con la mandíbula apretada. Está claro que a él tampoco le ha entusiasmado. Aun así, dice:

—Ese caso está más que muerto y enterrado. No hay manera de que encuentren pruebas a estas alturas. Es puro sensacionalismo. Deberíamos demandarlos.

—Sí, eso deberíamos hacer. ¡Putos cabrones!

—Se acabará olvidando, ya verás —asegura su marido—. No va a llegar a ninguna parte, es imposible, y en nada de tiempo estarán hablando de otra cosa.

A Alice le hierve la sangre. Está furiosa con el periódico. Y con Derek, porque todo esto es culpa suya. Esa impasibilidad de él solo consigue irritarla más. Pero él desconoce el origen del miedo que la atenaza. Alice sabe que no pueden acusarla por la muerte de su madre, a menos que Derek la traicione y diga la verdad, cosa que no va a hacer. Pero no puede permitirse que la policía escarbe más en el pasado. En *su* pasado. Porque en él se esconden cosas que ni siquiera Derek conoce.

Necesita cortar esto de raíz.

El móvil vibra en el bolsillo de su bata. Mira el teléfono y luego a Derek.

—Es la inspectora Salter.

Jayne ha leído también el artículo.

—¿Cómo se habrán enterado? —se preguntó en voz alta frente a Michael, mientras desayunaban—. Nosotros, desde luego, no hemos dicho nada del atropello.

—Cualquier periodista podría haberlo averiguado sin demasiado esfuerzo.

—Tienes razón. De todos modos, no importa. Si acaso, les pone un poco más de presión. —Se levantó de la mesa—. Tengo que irme ya.

Se despidió de Michael con un beso y fue en coche hasta la comisaría, desde donde llamó a Alice Gardner. Tenía en mente hablar de nuevo con ella y, después del artículo del periódico, cree que este es un buen momento.

Alice viste de un modo más informal, con unos vaqueros acampanados que le estilizan la figura, un suéter de cachemira rosa pálido y unas botas negras de tacón alto. Parece de mal humor. En esta ocasión, la sonrisa no está presente en su bello rostro. Tras sentarse frente a Jayne y Kilgour, cruza los brazos sobre el pecho.

—Buenos días, Alice —saluda Jayne.

—Para usted, quizá —responde—. ¿Ha visto el periódico de hoy?

—Sí, lo he visto. Lo lamento, pero las publicaciones de la prensa escapan a mi control.

—¿Por qué me ha hecho venir?

—Quiero saber por qué habló ayer con Lizzie, la hermana de Bryden Frost. ¿Qué hacía allí?

—Ni idea. Supongo que sentía curiosidad. Fui al edificio y la vi salir. Pensé que sería entretenido hablar con ella un rato.

—¿Y de qué hablaron?

—No lo recuerdo. Al final no fue tan interesante como esperaba.

Jayne deja escapar un suspiro profundo.

—Ella nos dijo que la amenazó. Que amenazó a Sam.

—¿Amenazarlo? ¿Cómo?

—Le pidió que le hiciera llegar un mensaje a Sam, que le dijera que no iba a salirse con la suya.

—No veo dónde está ahí la amenaza.

—Lizzie quiere que la deje en paz y nos ha pedido que le transmitamos su mensaje —dice Jayne.

Alice se encoge mínimamente de hombros.

Hay algo en esta mujer que le provoca a Jayne escalofríos en la nuca. A veces, cuando baja la guardia, sus ojos poseen una frialdad inquietante. Le da la sensación de que finge ser alguien que no es.

De pronto, Jayne decide arriesgarse; no lo tenía planeado, pero algo la impulsa.

—Hemos recibido información nueva —dice. Alice la observa, impasible, esperando a que continúe—. Un testigo afirma haber visto a alguien en el ascensor el día del asesinato, portando una maleta de gran tamaño. Además, disponemos de una descripción.

Alice guarda silencio. Jayne se pregunta qué estará pasando por su mente. Se arriesga un poco más y añade:

—La persona era una mujer.

Alice sonríe.

—Una mujer. Entiendo. Y, por la forma en que me mira, supongo que piensa que era yo. —Inclina la cabeza y suelta una carcajada—. Vaya, parece que están disparando en todas las direcciones a ver si alguna bala da en el blanco, ¿no?

Jayne obvia el comentario y se inclina un poco más hacia ella.

—Hasta el momento, el único testigo que hemos localizado dice haber visto a una mujer con una maleta grande en el ascensor, alrededor de la una y media, justo el día en que tuvo lugar el asesinato. Sabemos que la relación que su marido mantenía con Bryden Frost no debía de ser de su agrado. ¿Puede aclararnos dónde se encontraba el martes pasado, entre las doce y las cinco de la tarde?

La mirada que Alice le dirige hace que, una vez más, se le ericen los vellos de la nuca. Tal vez esté frente a una asesina, piensa Jayne.

49

Alice mira a la inspectora Salter con desprecio. La odia. Ella no mató a Bryden Frost, aunque cree probable que su marido sí lo hiciera, por lo que esa información —de ser cierta— supone de algún modo un alivio para ella. Aun así, no puede permitir que esa zorra piense que ella es una asesina. Lo que necesita es que deje de investigarla, no que se obsesione más. Salter sigue esperando una respuesta.

—¿Y bien? —insiste la inspectora.

—Déjeme pensar —dice Alice, tratando de recordar dónde estuvo el martes. Ese día no hizo nada especial. Solo recuerda que oyó la noticia de que una mujer había desaparecido y que luego Derek le contó que una inspectora había ido a preguntarle por ella (era la mujer que había chocado con su Tesla). Ella volvió tarde a casa, porque…, ah, sí, estuvo cenando con unas amigas. Antes de eso, por la tarde, había estado de compras.

—Estuve de compras.

—¿De compras? ¿Con alguien más? —pregunta Salter.

—No.

—¿Dónde?

—Pues no recuerdo exactamente, en varios sitios.

—¿Conserva los recibos?

—No lo sé, necesitaría mirarlo. —No logra recordar qué compró ese día. Tendrá que preguntarle a Derek.

—¿Puede hacerlo, por favor? Y, si los conserva, tráigalos a la comisaría —dice la inspectora con una sonrisa. Le daría una bofetada aquí mismo, piensa Alice.

Cuando se pone en pie, Salter añade con otra sonrisa:

—Hemos encontrado la ropa de la víctima. Y es posible que el arma homicida también. Están en manos de la policía científica.

—¿A qué ha venido todo eso? —pregunta Kilgour a Jayne cuando Alice se marcha—. Pensaba que no dábamos demasiado crédito a la testigo del ascensor. Ni siquiera dijo que fuera una mujer.

—Lo sé —responde Jayne—. Pero es posible que sí viera a alguien con una maleta, y podría haber sido una mujer. Y, en tal caso, es probable que fuese el asesino, o asesina, porque no hay nadie que haya admitido haber estado en el edificio con una maleta ese día. De todos modos, lo que quería era incomodarla. —Tras una pausa breve, añade—: ¿No has notado nada raro en ella?

—¿Algo como qué?

—No sé. Algo no me cuadra.

Es domingo por la mañana y Paige ha salido a correr un rato. Mientras esquiva los charcos de la acera, intenta calmar un poco la mente.

La noche anterior hizo lo posible por dar ánimos a Sam antes de que se fuese a la comisaría, aunque también ella se quedó muy preocupada cuando volvió y le dijo que habían encontrado la ropa de Bryden. Él está convencido de que los inspectores lo consideran responsable, y todo apunta a que esas prendas serán la prueba con la que intenten encerrarlo.

Afloja el ritmo y empieza a caminar, con la respiración entrecortada. Está intranquila. ¿Y si encuentran rastros de Sam, o de su ropa, en las prendas de Bryden? Él dijo que la abrazó antes de irse a trabajar aquella mañana. Ella lo cree. Pero ¿y si la policía no? La cuestión es que no pueden demostrar que no lo hizo. Se acuerda de Donna en la cocina hablando con Lizzie, el horror en su rostro mientras acusaba a Sam, y aparta esa imagen de su cabeza.

No quiere pensar en eso.

Derek oye la puerta principal abrirse y sabe de inmediato que Alice ha vuelto. Cuenta hasta tres y se levanta de la silla del despacho para hablar con ella. Se encuentran en mitad del salón.

—¿Y bien? —pregunta. Ella le lanza una mirada inquietante, cargada de veneno—. ¿Cómo ha ido?

—Quería decirme que Lizzie se ha quejado porque «la amenacé».

—No llegaste a amenazarla, ¿o sí? —pregunta Derek con auténtica preocupación. Es el tipo de cosas que Alice sería capaz de hacer.

—No exactamente. Pero no es mi responsabilidad si ella lo interpretó así.

—Sabes que a veces puedes resultar un poco intimidante.

Alice obvia el comentario.

—Han encontrado la ropa de Bryden. —Lo mira fijamente—. ¿Deberíamos preocuparnos?

—En absoluto —responde él con calma.

Alice se deja caer en el mullido sofá.

—Igual me está tomando el pelo, pero la inspectora Salter me ha dicho que tienen un testigo que vio a una mujer en el ascensor con una maleta, más o menos a la hora del asesinato.

—¿Una mujer? —repite Derek.

—Y, como no podía ser de otra manera…, la inspectora cree que yo maté a Bryden. Y estoy bastante segura de que tú y yo sabemos que eso no es verdad. —Él le devuelve la mirada—. Tenemos que detenerla.

Derek percibe de nuevo el veneno, esta vez, en su voz. Así es ella, piensa: una víbora, presta para atacar.

—¿A qué te refieres con «detenerla»? Alice, deberíamos mantenernos al margen de esto —le suplica—. No van a conseguir probar nada…, ni sobre Bryden, ni sobre tu madre. Tienes que dejar las cosas como están.

Alice alza la mirada; él se ha acercado al sofá y está de pie, delante de ella.

—No puedo.

—¿Cómo que no puedes? —Hace una pausa. El corazón le da un vuelco—. Dios, Alice, ¿qué has hecho?

50

La preocupación y la angustia no han dejado dormir a Donna en toda la noche. Acaba de perder a una hija y ahora teme estar perdiendo también a la otra…, aunque no sabe exactamente cómo. Se prepara una tostada y la deja intacta en el plato. Jim se sienta cerca de ella, demasiado abatido para ofrecerle algún tipo de consuelo.

Espera a que su hija salga de la habitación. A cada poco, se acerca de puntillas a la puerta, pero no oye nada. Después del episodio de la noche anterior, no se atreve a intentar abrirla de nuevo. Pero necesita ver a su hija, necesita saber que está bien.

Finalmente, le dice a su marido:

—Voy a vestirme y voy a ir a la comisaría, a ver si tienen algún servicio de apoyo a los familiares de las víctimas o algo así. Lizzie… —Se le quiebra la voz—. Lizzie necesita ayuda. Todos la necesitamos.

—Buena idea —dice Jim.

—Tú quédate aquí, pendiente de ella; y, si le diera por salir del cuarto, mándame un mensaje y me dices cómo está.

Pide un Uber para ir a la comisaría. No está tan lejos. Viaja en silencio en el asiento trasero, pensando en que lo único que quiere es enterrar a su hija y volver a casa. Pero no puede hacerlo porque teme dejar sola a Lizzie. No se encuentra bien. Y luego está Clara, pobrecita, con lo pequeña que es.

Su idea era acercarse a la recepción y pedir información sobre organizaciones que apoyen a los familiares de las víctimas, pero, cuando llega a la comisaría, decide preguntar si Salter está disponible. Necesita ver un rostro empático.

La inspectora sale a la sala de espera.

—Hola, Donna, ¿qué sucede?

Siente que las lágrimas empiezan a rodarle por las mejillas, le cuesta articular palabras.

—Venga conmigo —dice Salter y la conduce a una sala vacía. La invita a sentarse y le lleva un vaso de agua—. ¿Quiere contarme algo? —pregunta de nuevo con suavidad.

—Es Lizzie —responde—. No sé qué hacer.

—¿A qué se refiere?

—Estoy muy preocupada por ella. Al principio era la que lo llevaba mejor. Es enfermera y se desenvuelve bien en situaciones difíciles. Pero últimamente... se encierra en su cuarto y no quiere salir. Atranca la puerta con una silla para que no podamos entrar. Apenas nos dirige la palabra. Casi no come, y me da la impresión de que tampoco duerme mucho.

La inspectora la mira con amabilidad.

—Lo siento mucho, Donna. El duelo afecta a cada persona de una forma distinta. Es posible que al principio lo llevase mejor y que ahora se le esté haciendo todo más cuesta arriba.

Donna rompe a llorar.

—He llegado a pensar que se drogaba, pero ella dice que no. —Toma un pañuelo de la caja que Salter le desliza sobre la mesa—. Creo que se pasa todo el día delante del ordenador. ¿Qué iba a hacer, si no, tanto tiempo metida en su cuarto? Parece que quiere esconderse del mundo porque ya no lo soporta. —No menciona a su tía abuela, que acabó en un psiquiátrico, pero es una preocupación que la corroe por dentro. Ni siquiera se lo ha dicho a su marido—. He venido por si me pueden orientar un poco y ver de qué manera podría ayudarla...

—Por supuesto —dice la inspectora—. Puedo facilitarle el contacto de algún profesional. Hay programas muy buenos.

—Gracias —responde Donna, agradecida. Teme que su hija se niegue a hablar con un desconocido. Pero debe intentarlo. Se enjuga los ojos con el pañuelo—. ¿Ha habido algún avance en la investigación?

—Lo siento, no puedo contarle mucho, pero sí, ha habido progresos.

Donna la mira, suplicante.

—¿Cree que fue Sam?

—De verdad, no puedo decirle nada en este momento.

Donna asiente con resignación.

—Prométame que lo resolverán. Tenemos que saber la verdad. Por Clara. ¿Lo entiende?

—Le prometo que haremos todo lo que esté en nuestra mano.

Jayne ve a Kilgour en la sala de descanso, junto a la máquina de café. Se acerca y se sirve también uno.

—Acabo de hablar con Donna Houser. Está preocupada por Lizzie.

—¿En qué sentido? —pregunta Kilgour, soplando con cuidado el café antes de darle un sorbo.

—Dice que se comporta de una forma extraña. Por lo visto, se encierra en su cuarto y atranca la puerta con una silla. ¿Qué te parece?

—Suena a paranoia.

—Eso mismo he pensado yo —dice Jayne, reflexiva—. Aunque también creo que es un poco rara.

—Sí —coincide Kilgour.

—Su forma de involucrarse en la desaparición de su hermana, no sé, es como si le resultara emocionante. Ese afán... es raro.

—Ella fue quien pidió los perros, y luego quería llevarse el mérito —apunta Kilgour.

—Quiso acompañarnos en la búsqueda, ¿recuerdas? —añade Jayne—. Y su interés por el *true crime*... Nos habló del caso de Elisa Lam como si fuera una experta.

—¿Qué estás pensando?

—Me gustaría saber qué hace tanto tiempo encerrada en su cuarto, sin dejar que nadie entre. —Hace una pausa y añade—: Donna cree que se pasa el día pegada al ordenador. Voy a pedir al equipo informático que investigue cualquier actividad relacionada con el caso de Bryden Frost. Por lo general, en esos grupos solo hay chiflados, pero no está de más echar un vistazo. Es posible que Lizzie esté en algún grupo de esos, y que le esté afectando.

51

Alice saca el portátil del dormitorio y vuelve al salón para sentarse en el sofá, junto a la ventana. Derek se marchó dando un portazo después de su última y acalorada discusión, así que ahora tiene la casa para ella sola. Su marido sabe que está ocultándole algo, algo que la inspectora Salter podría descubrir. Le insistió para que se lo contase, pero ella se cerró en banda. Quiere que él siga enamorado de ella y teme que ese sentimiento se desmorone si descubre la verdad.

Antes de marcharse, Derek estuvo buscando en su escritorio si guardaba algún recibo del martes. Halló uno de una tienda del centro, marcado a las 15.03, y otro a las 16.11, además del de la cena con sus amigas, impreso a las 20.37. Ninguno la saca del apuro con Salter. Ojalá hubiese comprado cualquier gilipollez a las 13.45.

Enciende el ordenador y se mete en Facebook. Busca el grupo «True Crimes en Albany, NY» y revisa la actividad más reciente sobre el caso de Bryden Frost. Lee con interés las últimas publicaciones de Emma Porter, que parece saber muchísimo del tema. No deja de preguntarse quién será en realidad esa persona que presume de tener una amiga en la policía, quién se oculta tras ese nombre. Sospecha que podría ser Lizzie Houser, la hermana de Bryden. ¿Quién, aparte de un familiar, podría saber tanto? Además, fue ella quien publicó aquella foto que nadie más tenía. Alice recuerda su reacción cuando le dijo: «Soy del Equipo Sam», y eso la llevó al convencimiento de que Lizzie formaba parte del grupo, oculta tras otro nombre. Eso no significa que sea Emma Porter, podría ser cualquiera con contactos en la policía. Su perfil no revela nada. En realidad, debe de haber varios usuarios que esconden su identidad bajo nombres falsos y perfiles vacíos. Ella misma usa el alias de Karen Hennin, aunque al menos se tomó la molestia de crearse un perfil: una foto de Superwoman como avatar, seguida de la descripción «Amante de los perros, los *cupcakes* y las biografías políticas».

Alice nunca le ha dicho a Derek nada del grupo; no quiere que vea la avalancha de comentarios desquiciados dirigidos contra él. Con lo que publican los medios oficiales ya tiene de sobra. Además, en los últimos días, el Equipo Derek ha ganado muchos adeptos, algo que la irrita. Por puro entretenimiento, hace clic en el vídeo de YouTube donde meten a una tal Adrienne en una maleta.

Luego decide rebatir la publicación de Emma Porter en la que asegura que la policía dispone de imágenes de su marido con Bryden Frost en un hotel. Deja un comentario como respuesta.

> **Karen Hennin**
> ¿En qué te basas para decir que hay imágenes de Derek con Bryden en un hotel? Estoy bastante segura de que no es así. Tengo un amigo periodista con buenos contactos que me lo ha confirmado.

Pero Emma Porter no responde. Alice coincide con ella en que deberían ampliar la lista de sospechosos. Lo que no quiere es formar parte de esa lista. Sigue leyendo.

La gente del grupo se ha desatado y no deja de sugerir posibles culpables. La propia Alice, bajo el sobrenombre de Karen Hennin, había insinuado que la hermana de Bryden, Lizzie, podría estar implicada. Pero también aparece la mujer de Derek en el punto de mira y hasta han publicado su foto: es evidente que la han obtenido de la página web de la universidad donde trabaja. Comienza a leer comentarios sobre ella y cada vez se enfurece más.

Brittany Clement
Quizá Alice Gardner estaba celosa. Tal vez lo sabía. Las mujeres suelen darse cuenta cuando sus maridos las engañan.

Farah Spence > Brittany Clement
Sí, pero son pocas las que deciden asesinar a la otra.

Brittany Clement > Farah Spence
Quizá pasa más de lo que creemos LOL

Maya Vukovic
Tal vez también estuvo implicada en el asesinato de su madre. Quizá la mataron entre los dos.

—¡Por el amor de Dios! —grita Alice en la soledad de su casa.

Pero nadie parece haber oído hablar de la testigo del ascensor, ni siquiera Emma Porter, que supuestamente tiene un contacto en la policía. Igual es un invento. Lo mismo la inspectora Salter se lo sacó de la manga para ponerla nerviosa. Decide lanzar el anzuelo a este hatajo de imbéciles. A ver si Emma Porter se pronuncia y aclara algo.

> Por lo visto hay un testigo. Alguien vio a una persona en el ascensor con una maleta justo cuando se supone que estaba allí el asesino. Y tienen una descripción. Pero todavía no la han compartido.

> **Brittany Clement**
> ¡Qué interesante! ¿Cómo te has enterado? ¿Te lo ha dicho tu amigo periodista?

Alice no responde. Es todo lo que piensa decir. Con eso tienen entretenimiento para rato.

El artículo de periódico que compartió Perro Sabueso le toca especialmente la moral. Le encantaría vengarse de él, pero no sabe cómo. Su avatar es un dibujo de un basset hound, y en el perfil tampoco pone nada. Pero sí sabe quién escribió el artículo. El nombre aparece ahí mismo, en la firma. Lo memoriza.

No obstante, a quien más desea pararle los pies, hacerle *daño* incluso, es a la inspectora Salter. Alice se pregunta si, en caso de que esta sufriese un accidente, dejarían de hurgar en su vida. Lo más probable es que no. Pero tampoco existe ninguna evidencia de que ella matase a Bryden. Ni a su madre.

En cualquier caso, es obvio que Salter está obsesionada con ella, lo cual es muy peligroso.

Es domingo y Jayne sigue inmersa en el caso, por lo que Michael se pasa por la comisaría a la hora del almuerzo para sacarla a picar algo rápido. Jayne lo agradece: siente que necesita un respiro. Casi no ha parado desde que Bryden desapareció el martes pasado.

Van a una cafetería cercana y se sientan en un reservado, junto a la ventana. Piden sándwiches de queso a la plancha y café.

—Se te ve cansadilla —observa Michael.

—Gracias —responde Jayne con una sonrisa irónica—. Si parezco más cansada de como me viste en el desayuno será porque tengo la sensación de haber luchado a muerte con una psicópata. —Da un restaurador sorbo al café y pregunta—: No se puede saber si una persona es un psicópata solo con hablar con ella, ¿verdad?

—Esa es la opinión generalizada, sí.

Jayne asiente con la cabeza y baja la voz.

—Pues te digo una cosa: esa mujer, Alice, la esposa de Derek Gardner, me da escalofríos. Hoy, por un segundo, he sentido que se le caía la fachada y..., no sé, me pareció ver lo que había detrás de sus ojos, y era... —Hace una pausa, buscando las palabras adecuadas.

—¿Qué? —pregunta Michael.

—Como si no hubiera nada. Solo oscuridad, vacío. —Michael la mira con curiosidad—. Crees que estoy imaginándome cosas, ¿verdad?

—No, pero podría haberse activado tu instinto.

—¿Qué quieres decir? —pregunta Jayne.

—Algunas aves tienen el instinto de volar al sur en invierno, cuando llega el frío. El propósito es sobrevivir. Los humanos también tenemos instintos de supervivencia.

—¿Te refieres a que, de forma instintiva, pude darme cuenta de que es una psicópata?

—Dejemos de lado la etiqueta de «psicópata», en realidad no es tan útil. Pero la capacidad de percibir el peligro, hasta el punto de tener síntomas físicos (pulso acelerado, escalofríos en los brazos o en la nuca), todo eso se origina en nuestro cerebro prehistórico, que sigue ahí, en la base del cráneo. Todos queremos sobrevivir.

Jayne toma nota mental de lo que él dice.

—Entonces ¿piensas que mis instintos me están diciendo que es peligrosa?

—Diría que es lo más probable, sí; dudo que sea fruto de tu imaginación. De hecho, creo que tienes muy buenos instintos, Jayne. Deberías confiar en ellos.

52

Derek ha ido a la oficina. Es domingo y sabe que no habrá nadie. Necesita alejarse de Alice, de todos, y poner un poco de orden en su cabeza. Abre la elegante puerta de cristal situada al final del pasillo, entra y vuelve a cerrarla con llave. Todo esto es mío, piensa mientras echa un vistazo: la recepción, los despachos, todo tan moderno y tan bien enmoquetado, la sala de juntas del fondo, con su imponente mesa de nogal y sus vistas privilegiadas. Todo muy elegante y de primera calidad. Todo caro. Y, aunque sabe que gran parte se lo debe a Alice, en este momento solo piensa en estrangularla.

Nadie la conoce mejor que él. Nadie la entiende como él. Y si Alice tiene miedo de que la inspectora siga hurgando en su vida, eso es porque esconde algo muy grave. Algo que podría llevarla a pasar el resto de su vida entre rejas. Pero se niega a contarle el qué, cosa que lo saca de quicio: odia desconocer qué ocurre. Sabe que su mujer puede ser muy peligrosa. Su silencio, sospecha, se debe a que aún cree que él le oculta algo sobre Bryden.

Las habilidades informáticas de Derek son sobresalientes; no en vano, trabaja en ciberseguridad. Podría investigar a fondo a su mujer, seguro que averiguaba algo. Nunca lo ha hecho, nunca ha tenido la necesidad. O quizá lo que le faltaba era el valor.

Aunque él también le oculta cosas. Tiene un negocio paralelo, ilegítimo, del que aún no le ha hablado. Lleva tiempo pensando en hacerlo. Tal vez este sea el momento adecuado. Si se lo confiesa, quizá ella le cuente en qué anda ella metida. *Quid pro quo.*

Cuenta con un reducido grupo de clientes, muy ricos e influyentes, al margen de la contabilidad oficial. Le pagan muy bien por lo que sabe hacer: manipular datos. Se infiltra en empresas y modifica sus bases de datos, creando un par de cuentas ficticias que permiten a sus clientes espiar información sensible sin levantar sospechas. Es una actividad secundaria que le reporta cuantiosos beneficios, y lo último que quiere es que la inspectora Salter lo descubra; necesita que lo deje en paz. Debe mantener intacta su imagen de empresario respetable. Le vienen a la mente sus lucrativas cuentas en paraísos fiscales.

Pero, si algo sale mal, se metería en serios problemas. Con la ley, desde luego, y quizá también con sus clientes: ricos, influyentes y despiadados. Para curarse en salud, ya tiene preparada una mochila de emergencia, lista para comenzar una vida nueva en cualquier momento. Nuevo nombre, nuevo pasaporte, nueva identidad. Como en las películas. Tal vez Alice también debería tener la suya. Eso es lo fascinante del cibercrimen, piensa: te permite vivir y trabajar en cualquier parte del mundo.

Se sienta en su escritorio y enciende el ordenador.

Sam ve el titular «Caso de homicidio toma un giro inesperado» en la portada del periódico dominical y siente cierta satisfacción. Resulta agradable comprobar que su rival —y también sospechoso—, Derek Gardner, tiene trapos sucios que ocultar. Quizá sí mató a su suegra. Al menos, eso es lo que espera él…, y agradece que, por una vez, los medios de comunicación centren su atención en otra persona.

Camina de un lado a otro por el salón. Exceptuando sus angustiosas visitas a la comisaría, apenas ha salido del apartamento desde que comenzó todo esto. Mañana tendrá que llevar a Clara a la guardería, a menos que Lizzie o Paige se ofrezcan, y la idea no le atrae lo más mínimo. Las miradas, las preguntas.

Paige le ha enviado un mensaje esta mañana, ofreciéndose a ir al supermercado y llevarles comida para la semana. Le está muy agradecido; no quiere ni imaginarse lo que sería salir a comprar con la niña ahora mismo, con esa jauría de periodistas siguiéndoles los pasos.

Se acuerda de la noche anterior, cuando los inspectores le comunicaron que habían encontrado la ropa. Él les dijo que aquella mañana se había despedido de Bryden con un abrazo. ¿Por qué no lo había mencionado antes? Igual sonó a excusa improvisada. Está convencido de que creen que la mató. Pero si esas eran de verdad las prendas de Bryden —y, sin duda, lo parecían—, entonces tiene una explicación perfectamente lógica en caso de que encuentren rastros suyos en ellas.

Después habló con su abogada en el aparcamiento de la comisaría. Ella no parecía muy preocupada. Dijo que podrían encontrar la forma de justificarlo si llegaba el momento. Le recordó que, por ahora, no estaba detenido.

Con todo y con eso, Sam teme que su situación cambie de un momento a otro.

Alice se pone el disfraz.

Un mono azul oscuro y holgado, de esos que usa Derek cuando hace algún trabajo de mantenimiento en casa. Se arremanga y remete los bajos del pantalón por las botas de trabajo, segura de que, si alguien la ve entrar en el edificio de la inspectora Salter, no la reconocerá. Se recoge su larga melena bajo una gorra de béisbol. Si hay cámaras en el edificio, sabrá detectarlas y actuar en consecuencia.

No fue difícil averiguar dónde vivía; teniendo un experto en ciberseguridad como marido, es inevitable aprender algún que otro truquito. Es domingo y Alice sabe que Salter no está en casa. Para asegurarse, se pasó hace media hora por la comisaría y comprobó que el vehículo de la inspectora estaba en el aparcamiento.

Derek no tiene idea de lo que está haciendo. Se marchó furioso después de la discusión y lo más seguro es que fuese a trabajar a la oficina; parece que necesitaba distanciarse de ella. Alice va al garaje, se monta en el coche y conduce hasta la dirección de Salter: un edificio histórico de apartamentos ubicado en Willet Avenue. Seis plantas, marquesina en la entrada y suelo de azulejos blancos y negros en el vestíbulo. Elegante, sin duda. Ya lo había mirado en internet. Sabe que Salter vive sola y que tiene novio, el doctor Michael Fraser. Ha hecho los deberes. Al igual que ella, su novio trabaja en la Universidad de Albany, aunque en el Departamento de Psicología. No descarta la posibilidad de que esté en el piso, de modo que tendrá que andarse con ojo.

Primero llama al interfono, pero no responde nadie. Deduce que el novio tampoco está. Entrar en el edificio no le lleva mucho tiempo: alguien sale y hasta le sostiene la puerta. Entra y coge el ascensor hasta la quinta planta.

Una vez arriba, se asegura de que no haya ninguna cámara y acerca la oreja a la puerta. Nunca está de más ser precavida. No se oye nada. El pasillo sigue vacío. Saca unos guantes de nitrilo del bolsillo y se los pone. No tarda en forzar la cerradura. En poco más de un minuto, está dentro.

Con la puerta cerrada, se queda completamente quieta, tratando de orientarse. Todo está en silencio. A la izquierda hay una cocina pequeña y, frente a ella, el salón. Es amplio y está decorado con buen gusto, con una encantadora chimenea *art déco*. Será una zorra, pero estilo no le falta, debe reconocerlo. Minipunto para Salter.

Avanza en silencio por el pasillo. La puerta del dormitorio está abierta. La empuja un poco más con el dedo enguantado. La habitación está vacía; la cama, hecha. A continuación, revisa la estancia contigua —un pequeño despacho—, y luego, el baño. Tras esta primera inspección, puede ponerse al fin manos a la obra. Va a averiguarlo todo sobre la inspectora.

Empieza por el botiquín. Encuentra un frasco recetado a nombre de Jayne Salter: escitalopram 20 mg. Interesante. La inspectora toma antidepresivos, ¿quién lo diría? También halla pastillas anticonceptivas y cremas hidratantes y antiarrugas de las buenas. Las abre, las huele y las vuelve a colocar en su sitio.

Luego va al dormitorio. Abre el primer cajón de la cómoda y echa un vistazo a su ropa interior. Nada fuera de lo común, nada demasiado provocativo. Ah, un momento —saca un par de braguitas de encaje, una fucsia y otra negra—. Probablemente sean un regalo del novio, piensa. Lo recordará si alguna vez la vuelve a interrogar. «He visto tu ropa interior».

Mira bajo la cama y, luego, bajo el colchón, pero no ve nada. En la mesilla encuentra un par de novelas: *En la corte del lobo*, de Hilary Mantel, y debajo, *Un caballero en Moscú*, de Amor Towles. Las vuelve a dejar en la mesilla, pero una al lado de la otra. No puede resistirse a jugar un poco con la inspectora.

Revisa toda la ropa del armario, rebusca en los bolsillos de todas las prendas. Echa un vistazo a las cajas de zapatos de la parte de arriba. No busca nada en particular, solo quiere conocer mejor a su enemiga.

53

Lizzie está acostada de lado, en la cama. Sin levantar la cabeza de la almohada, mira el ordenador, que está encima del escritorio, al otro lado del cuarto. Siente su llamada.

Al otro lado de la puerta, todo está en silencio. Oyó a su madre salir hace un rato. No sabe adónde fue, ni le importa, pero cree que su padre sigue en casa.

Se levanta y va hacia la cocina. Su padre está sentado, leyendo el periódico, que deja sobre la mesa cuando la ve. Le sonríe con indecisión, pero no la somete a ningún interrogatorio, cosa que sí haría su madre.

—Hola, cariño —se limita a decir. Sin reproches. Sin preguntas desesperadas. Y eso es un alivio.

Lizzie se sirve un café y se sienta con él. Son bastante más de las doce del mediodía.

—¿Quieres comer algo? —le pregunta su padre.

—No. —No tiene apetito—. ¿Dónde está mamá?

—Ha salido a dar un paseo. —Se levanta de la silla y añade—: Anda, deja que te haga unas tostadas.

Lizzie no lo detiene. Es agradable que alguien cuide de ella. Su padre le sirve un plato de tostadas con mantequilla, se sienta de nuevo frente a ella y retoma la lectura del periódico. Tras darle un bocado a una, se da cuenta de que está hambrienta. Se quedan allí sentados, en silencio, mientras ella se termina las tostadas y el café.

—Gracias, lo necesitaba —dice. Él alza la mirada y sonríe. Lizzie nota que está preocupado, pero no es invasivo como su madre.

Regresa a su cuarto y enciende el ordenador. No puede resistirse. La obsesión, la adicción; la arrastran. Necesita que la tengan en cuenta, sentirse escuchada, tener amigos. Formar parte de algo grande, emocionante. Eso fue lo que la llevó a unirse al grupo. Se conecta y se mete en Facebook.

Han aparecido muchas publicaciones desde anoche. No puede evitar sonreír al leer las que hablan de la mujer de Derek Gardner: la gente la está machacando viva, dicen que es posible que matase a Bryden, incluso a su madre. Recuerda a la mujer que se sentó a su lado en el banco del parque, la que le dijo que avisara a Sam de que no iba a salirse con la suya. Tan segura de sí misma. Esto no le va a gustar un pelo, piensa. Se pregunta bajo qué alias se esconderá, porque no ve ninguna usuaria llamada Alice Gardner.

Está a punto de escribir algo cuando ve una publicación de Karen Hennin que casi le provoca un infarto.

> Por lo visto hay un testigo. Alguien vio a una persona en el ascensor con una maleta justo cuando se supone que estaba allí el asesino. Y tienen una descripción. Pero todavía no la han compartido.

Lizzie se queda mirando la publicación. Los inspectores no han dicho nada de ningún testigo. La ansiedad se apodera de ella y la deja paralizada en la silla.

Tras la conversación con la inspectora Salter, Donna regresa a pie a casa de su hija. Cuando llega —media hora después—, la encuentra en el salón con su padre, viendo la tele. Lizzie no huye al cuarto al verla y Donna siente un leve destello de esperanza: quizá logre convencerla para que hable con un terapeuta. Lleva la información en el bolso. Sonríe a su hija; sabe que debe actuar con mucho tacto después de la que le montó anoche. En realidad, su reacción fue fruto del miedo, y lo cierto es que sigue aterrada, pero no debe dejar que su hija se dé cuenta.

—¿Dónde has estado, mamá?

Donna dice la verdad:

—En la comisaría, hablando con la inspectora Salter.

—¿Por qué?

—Quería saber si ofrecían algún tipo de apoyo a los familiares para sobrellevar el duelo.

—Ah —dice Lizzie. Y de pronto suelta—: ¿Y te ha dicho si han hablado con algún testigo?

—¿Un testigo? No, ¿por qué?

—He oído que había un testigo. Alguien que vio al asesino bajar en el ascensor con la maleta.

Sorprendida, Donna se queda mirando a su hija. Está desconcertada. ¿De dónde saca esas cosas?

—¿Dónde lo has oído? La inspectora Salter no ha mencionado nada de eso. Por lo menos, a mí no me ha dicho nada. —Pero Lizzie no responde, se limita a abrazarse las rodillas—. ¡Lizzie! ¿De dónde has sacado eso?

¿Lo estará imaginando? ¿Estará perdiendo la razón? Sigue sin decir nada. Solo parece ansiosa.

Y entonces Donna lo entiende todo: aunque lo niegue, su hija también duda de Sam. Seguro que sospecha que ha matado a Bryden y no quiere enfrentarse a ello. Por eso se encierra en su cuarto. Por eso se está derrumbando. Pobre Lizzie: acaban de asesinar a su hermana y es muy probable que su cuñado, a quien tanto aprecia, sea el culpable. Hasta ahora no se había dado cuenta de que su benjamina era tan… frágil.

Donna respira hondo.

—Lizzie —dice con calma—, le he preguntado a la inspectora y me ha dicho que quizá estaría bien que hablaras con alguien. Me ha recomendado a un terapeuta que, al parecer, es muy bue…

—No quiero hablar con nadie —la interrumpe.

Justo lo que Donna se temía.

—¿Por qué no? —pregunta, reprimiendo el pánico y tratando de sonar tranquila—. Seguro que no te viene mal.

Pero su hija no contesta. Se queda sentada, con las rodillas contra el pecho y la mirada clavada en el televisor.

54

Domingo por la tarde. Paige está con Sam y Clara, en el salón, y la tensión se vuelve irrespirable por momentos. Es obvio que Sam ha perdido los nervios. Le pidió a Angela que cuidase de la niña, pero había salido. Y Clara está insoportable: no quiere ver la tele, ni jugar con el iPad, ni con sus juguetes, ni entretenerse sola. Llora, se queja, y su padre se siente cada vez más frustrado, impaciente. Parece a punto de gritarle y mandarla a su cuarto cuando Paige interviene e intenta calmarla.

—Ven aquí, cariño, deja que te peine, anda. Eso te encanta, ¿verdad que sí?

—¡No! Quiero a mamá.

Paige siente cómo las lágrimas le abrasan tras los párpados.

—Lo sé, cielo.

—¡Te odio! —grita Clara de pronto. Y cuesta discernir si se lo dice a ella o a Sam, pues está mirando a los dos.

—Clara, vete a tu cuarto —le ordena su padre con severidad.

—¡No! —responde con la rebeldía típica de una niña de tres años.

Pero Clara siempre ha sido una niña atípica en ese sentido: tranquila, sensible y obediente. Paige se pregunta si su carácter cambiará después de lo ocurrido. Quizá se vuelva problemática, difícil. No había pensado antes en eso. Mira a Sam con inquietud.

—Clara —insiste él con un tono amenazante—, vete a tu cuarto ahora mismo.

—¡Te odio! —vuelve a gritar la niña.

Sam se levanta del sofá tan rápido que hasta Paige se sorprende. Ve el miedo súbito en los ojos de Clara. Tras dar dos zancadas, la agarra de la cintura y se la lleva a su dormitorio, mientras ella patalea y grita.

Paige nunca lo había visto comportarse de esa manera y le resulta muy inquietante. Ha estado muy distante con ella desde que llegó y le apetece marcharse. Pero recuerda que le ha prometido ir al supermercado. Mientras piensa en esto, oye cómo Sam da un portazo y regresa al salón, enojado y exhausto. Se pasa una mano por la cara y dice:

—No lo está llevando bien.

—Solo tiene tres años —dice Paige, forzando una media sonrisa—. Ha perdido a su madre.

—Qué difícil es todo esto, joder —murmura él. No hace falta que lo jure.

—Sabes que estoy aquí para ayudarte. No tienes que hacerlo todo solo.

—Lo sé y te lo agradezco.

Ambos oyen a Clara llorar desconsoladamente en su cuarto. Es desquiciante.

—Quizá podrías llevártela —sugiere Sam—. Me vendría bien un respiro. Y a Clara le encantaba ir al súper con Bryden.

De primeras, Paige se siente molesta. ¿Qué pasa, ahora es la niñera? Le vendría bien un respiro, vaya por Dios. Recuerda que Bryden se quejaba a veces de que asumía la mayor parte de las tareas domésticas y los cuidados de Clara. Que él daba por sentado que era su responsabilidad. Paige nunca se lo llegó a decir, pero creía que el problema era que Bryden no sabía decir que no.

Duda por un instante: no quiere que Sam la tome por la niñera ni nada por estilo. Pero parece al límite y reconoce que las circunstancias son excepcionales.

—Está bien —acepta.

Unos minutos después le pone el abrigo a la niña, que ya se ha tranquilizado, y la lleva al súper. Durante el trayecto en coche, la pequeña permanece callada, lo que le da algo de tiempo para reflexionar.

Siendo honesta consigo misma, hace tiempo que siente algo por Sam. Y ahora, cuando piensa en la posibilidad de un futuro con él, nota un calor en el pecho. De la tragedia de la muerte de Bryden podría salir algo bueno. Paige confía en que, pasado un tiempo prudencial, dejarán de fingir. Llegará el día en que pueda convertirse en la mujer de Sam y en la madre de Clara. A Bryden le habría gustado, piensa.

Cree que él también siente algo por ella, aunque a veces parezca distante. No ha pasado ni una semana desde lo de Bryden. Es normal que se resista a admitir que siente cosas por ella, es demasiado pronto. Pero se acuerda de lo que pasó ayer, de cómo la llevó a su dormitorio para hacer el amor en cuanto la vio. Ninguno de los dos pudo resistirse. Cree que él podría llegar a enamorarse de ella. Y así es como debe ser. Porque ella ya se ha enamorado de él.

No había sido su intención. Intentó contenerse durante mucho tiempo porque Bryden era su mejor amiga. Y luego, aquella primera vez... fue tan mágica. Nunca había vivido nada parecido. En sus brazos se sintió protegida y tremendamente excitada a la vez. Y claro, se quedó enganchada. Al principio la devoraba la culpa, pero con el tiempo se fue disipando.

Y después está Clara. Su ahijada, esa niña tan dulce. Es terrible que haya perdido a su madre, y de un modo tan atroz. Pero es tan pequeña que lo más probable es que ni siquiera lo recuerde. Algo bueno debe salir de toda esta tragedia, se repite. Ella puede querer a Clara casi tanto como su verdadera madre. Y quizá, con el tiempo, igual hasta le dé un hermanito. Se acuerda del ajuar de bebé que Bryden guardaba por si tenían un segundo hijo.

Bryden le había confesado su frustración por lo mucho que estaba tardando en quedarse embarazada. Con Clara había sido muy rápido. Pero llevaban ya un año intentándolo y nada. Lo tenía todo guardado en el estudio. Bryden le contó que iba allí todos los días y se ponía a acariciar los bodis, los conjuntitos que a Clara se le habían quedado pequeños. Al final, decidió llevarlo todo al trastero para no tener que verlo más. Le dijo que Sam y ella tenían que relajarse, dejar de darle tantas vueltas y aceptar que iba a llevar su tiempo. Unas semanas atrás, Paige la ayudó a bajar todo al sótano. Ahora piensa en el trastero y le entran escalofríos.

Ha accedido a hacerle el favor a Sam, pero solo por esta vez. Se repite que, cuando la relación avance, se asegurará de que no la trate como a Bryden: no va a permitir que la tome por una sirvienta. Vamos, ni pensarlo. Ella es una mujer de armas tomar.

55

Con las pilas recargadas después del almuerzo con Michael, Jayne se pasa por el departamento informático.

—¿Habéis visto si hay algún grupo en línea que esté hablando de Bryden Frost?

—Sí, los detectives aficionados de siempre. En concreto, hay un grupo de Facebook que estamos siguiendo de cerca. Tiene muchas publicaciones sobre el caso Frost, pero nada útil. Y muchos de los usuarios se esconden tras perfiles falsos.

—¿Podéis darme acceso?

—Claro.

En pocos minutos, un agente conecta a Jayne al grupo de Facebook «True Crimes en Albany, NY» para que pueda revisar todas las publicaciones sobre el caso. Se acomoda y comienza a leerlo todo desde el principio.

A veces es muy desagradable ver tantos comentarios envenenados. Gracias al anonimato que brinda el mundo digital, la gente saca lo peor de sí misma. Internet tiene mucha culpa de esto, piensa. Recuerda lo que dijo Michael e imagina a todos los miembros despojándose de sus ropas, mostrando lo que realmente son por dentro. Animales.

Se endereza al ver la publicación de Karen Hennin sobre el testigo. La subieron esa misma mañana, poco después de que Jayne hablase con Alice. ¿Karen Hennin es Alice Gardner? Jayne se da cuenta de que cualquiera puede inventar una identidad falsa, si quiere. Echa un vistazo al perfil: una foto de Superwoman y la descripción: «Amante de los perros, los *cupcakes* y las biografías políticas». Acto seguido, procede a releer todas sus publicaciones.

Tiene sentido, se dice, que Alice esté aquí, aunque no tenga presencia en otras redes sociales. Se pregunta si Derek estará también. ¿Y Sam? ¿Quiénes son todas estas personas? ¿Quién cojones es esa tal Emma Porter que asegura tener un contacto en la policía y difunde toda esta información? De ser verdad, sería inadmisible. No puede permitir que los agentes filtren datos relevantes a sus parejas o amigos y que todo acabe en Facebook.

Hay algo en Emma Porter que la inquieta. Relee sus publicaciones desde el inicio. Ella fue quien encendió la mecha del caso Frost en el grupo, el martes, cuando Bryden desapareció. Su emoción y el tono exaltado de los mensajes le resultan familiares. Empieza a leer más rápido, buscando algo que juraría haber oído antes. Aquí está.

> Es posible que, de forma indirecta, la hayan encontrado gracias a mí. El día de su desaparición revisaron el edificio a fondo, pero no lograron dar con ella. Yo le sugerí a mi amiga de la policía que llevasen al perro especializado en detectar cadáveres, y al final eso es lo que hicieron. Fue el perro el que la encontró en el trastero.

Lizzie dijo prácticamente lo mismo cuando vino a la comisaría. Es ella, seguro. Lizzie es Emma Porter. En otro comentario habla de la conversación que tuvo en el parque con Alice. Luego vuelve a revisar la extraña publicación de anoche:

> [...] Porque todo lo que tenían que hacer era llamar a la puerta, forzar la entrada y asfixiarla con una bolsa de plástico. Algo bastante fácil de hacer, si eres lo bastante fuerte. Si la pillas desprevenida, por detrás.

Suena como si hubiese estado allí. «Si eres lo bastante fuerte...». Sabe que Lizzie es enfermera y debe de tener fuerza de sobra. Sigue leyendo:

> Y hay que preguntarse otra cosa: ¿qué sentido tiene trasladar el cuerpo? ¿Por qué no dejarla allí, muerta? ¿Para qué meterla en una maleta, bajarla al trastero y arriesgarse a ser visto? Yo os diré por qué. ¡Porque el asesino no quería que la niña volviera a casa y viera a su madre muerta! Es tan obvio. ¿Y cómo sabía el asesino que cabía en una maleta? Tal vez vio el vídeo ese de YouTube donde meten a una tal Adrienne en una maleta. Recibió millones de visitas. Y hoy en día todo el mundo tiene una maleta en el armario. Lo que quiero decir es: ¡pudo haber sido cualquiera! Debemos ver más allá.

Jayne se queda mirando la pantalla. ¿Cómo han podido pasar esto por alto?

Lizzie no quiere que sus padres la acompañen a la comisaría. Bastante le cuesta ya mantener el tipo para tener que estar también pendiente de ellos. ¿Por qué querrá verla ahora la inspectora Salter?

No ha dormido casi nada en los últimos días y tiene muy mala cara. Se da una ducha rápida, que la hace sentirse un poco mejor, y se pone ropa limpia. A duras penas consigue comerse otra tostada y beberse una taza de café antes de subirse al coche y poner rumbo a la comisaría. Una vez allí, la llevan a una sala de interrogatorios, donde la hacen esperar al menos quince minutos. Por fin entran la inspectora Salter y el inspector Kilgour. Se sientan frente a ella.

—Hola, Lizzie —empieza Salter—. Gracias por venir. Le recuerdo que está aquí de manera voluntaria y que puede marcharse cuando desee. Solo queremos hacerle unas preguntas.

Lizzie asiente; tiene la garganta seca.

—Claro —responde.

—Háblenos de su relación con su hermana —dice Salter.

Lizzie se queda desconcertada.

—¿A qué se refiere?

—¿Se llevaban bien?

—Sí, por supuesto. Ya se lo dije, estábamos muy unidas.

La inspectora deja que el silencio se prolongue, es obvio que quiere que diga algo más, así que añade:

—Teníamos nuestras discusiones, como todas las hermanas, pero nos lo contábamos todo.

—¿Todo? —pregunta Salter—. No le contó lo de su aventura con Derek Gardner.

—¿A qué viene eso?

—Solo señalo que, en contra de lo que usted creía, su hermana no se lo contaba todo.

—¿Y?

—Lo que me lleva a preguntarme si estaban tan unidas como dice. Bryden le contó a su amiga Paige lo de su aventura.

Lizzie se da cuenta de que está intentando desestabilizarla, y eso la pone nerviosa. La inspectora prosigue:

—Dígame, ¿cómo describiría la relación con sus padres? A primera vista, parecen buenas personas. ¿Estoy en lo cierto?

—Sí.

—¿Sí? ¿Sin más? —insiste la inspectora.

—Siempre se han portado bien con nosotras. Nos han dado apoyo y cariño.

—Sus padres están preocupados por usted —dice Salter.

—Son mis padres, siempre se preocupan por mí. Saben que lo de Bryden me ha afectado mucho. A todos nos ha afectado.

La inspectora asiente con la cabeza y dice:

—Su madre me comentó que últimamente casi no sale de su habitación.

—Ahora estoy aquí, ¿no? —responde Lizzie, cortante.

—¿Qué ha estado haciendo allí encerrada, Lizzie? —Al ver que no responde, la inspectora añade—: Creo que ha estado en internet, ¿verdad, Lizzie? En un grupo de Facebook llamado «True Crimes en Albany, NY».

Lizzie siente cómo la sangre abandona su rostro y todo empieza a darle vueltas. No quiere que vean lo que ha publicado, pero se da cuenta de que lo más seguro es que ya lo hayan visto. Por eso está aquí.

Salter abre una carpeta color manila que tiene sobre la mesa. Levanta una hoja, la observa un momento y, a continuación, clava sus ojos en ella.

—¿Le suena el nombre de Emma Porter? —Lizzie se queda helada y es incapaz de hablar. Salter prosigue—: ¿Sabe? Siempre me pareció que había algo un poco raro en usted. Ese interés por encontrar a su hermana... no me parecía normal, sano, propio de una hermana que quiere a otra. Su afán por participar en la investigación. Quería acompañarnos en la búsqueda. Incluso lo del perro fue sugerencia suya. Por eso sabemos que usted es Emma Porter. No pudo resistir la tentación de alardear de ello en el grupo de Facebook. Igual que hizo aquí, con nosotros.

Lizzie se limita a mover la cabeza, en silencio y asustada.

—Le interesa mucho el mundo del *true crime*, ¿no es así?

—comenta Salter—. Recuerdo que nos habló del caso de Elisa Lam. —Hace una pausa y se inclina un poco más hacia delante—. Así que entró en internet y empezó a publicar información sobre la desaparición de su hermana, y luego sobre su asesinato. —Baja la vista y lee—: «Una mujer acaba de desaparecer en un edificio, en el número 100 de Constitution Drive. La policía ya está allí. ¡Permaneced atentos, seguiré informando!». —Vuelve a mirarla—. ¿Por qué hizo eso, Lizzie?

—Pensaba que... podría ser de ayuda para resolver el caso.

—Pero no se lo contó a sus padres. ¿Por qué?

—No sé, porque no lo aprobarían —susurra.

La inspectora se inclina un poco más hacia ella.

—¿Y por qué no lo aprobarían, Lizzie?

56

Lizzie siente cómo se le tensa el rostro.

—No aprobarían que me metiera en internet para hablar del asesinato de Bryden. Les parecería de mal gusto, imperdonable. No lo entenderían.

—¿Y por qué pensarían eso, si lo único que intenta es ayudar? —Lizzie se queda callada—. ¿Tan importante es la aprobación de sus padres?

Lizzie fulmina a la inspectora con la mirada.

—No, pero no quiero hacerles daño innecesariamente. —Luego añade—: Nunca les ha gustado el *true crime*. Les parece… asqueroso, enfermizo. «Morboso», eso es lo que dice mi madre. Por eso nunca les cuento nada de esto.

—¿Su hermana compartía su interés por el *true crime*?

Lizzie se encoge de hombros.

—No, ella era más como mis padres. Prefería cosas más edificantes, como visitar museos y cosas así.

—En tal caso, imagino que debe de ser muy duro para sus padres pasar por todo esto, como si su vida se hubiese convertido de repente en un documental de Netflix.

Lizzie vacila.

—No lo había pensado.

—Tal vez lo que usted teme no es que sus padres desaprueben su interés por el *true crime*, sino el placer que parece obtener cuando habla del asesinato de su hermana por internet.

Lizzie siente cómo le arde la cara.

—No obtengo ningún placer —protesta—. Era mi hermana. Lo que quiero saber es quién la mató.

—He leído todas las publicaciones de ese grupo de Facebook —dice Salter—. Y hay algo que me ha llamado la atención.

Lizzie no se atreve a mirarla a la cara. Siente cómo un sudor frío, fruto del miedo y la vergüenza, le brota bajo las axilas.

—Me ha llamado la atención el hecho de que usted parecía estar pasándoselo *muy* bien.

—Pero ¿qué está diciendo?

—Creo que le encantaba ser la primera en contarlo todo. Se inventó lo del contacto en la policía para poder filtrar información sin tener que revelar su identidad. ¿Eso la hacía sentirse bien, Lizzie?

—No.

—Yo diría que sí. —La inspectora la observa, luego le hace un gesto a Kilgour y este empieza a leerle sus derechos, mientras Lizzie permanece petrificada en su silla. Cuando termina, Salter pregunta—: ¿Quiere que llamemos a un abogado?

Lizzie lo piensa un instante.

—No.

—Muy bien. He leído su publicación de anoche. —Se inclina de nuevo, toma la hoja de papel y lee en voz alta—: «Porque todo lo que tenían que hacer era llamar a la puerta, forzar la entrada y asfixiarla con una bolsa de plástico. Algo bastante fácil de hacer, si eres lo bastante fuerte. Si la pillas desprevenida, por detrás». —Lizzie la mira fijamente, incapaz de articular palabra ni de defenderse. Salter sigue diciendo—: Parece que hubiese estado allí. ¿Fue así como ocurrió, Lizzie? ¿Estuvo allí?

—¿Qué? ¡No! —murmura.

—Incluso proporciona una explicación de por qué movió el cuerpo. —Vuelve a leer—: «¿Qué sentido tiene trasladar el cuerpo? ¿Por qué no dejarla allí, muerta? ¿Para qué meterla en una maleta, bajarla al trastero y arriesgarse a ser visto? Yo os diré por qué. ¡Porque el asesino no quería que la niña volviera a casa y viera a su madre muerta! Es tan obvio».

La inspectora la mira fijamente.

—¿Quería que avisáramos a la unidad canina porque sabía que su hermana estaba en el edificio? ¿Sabía que estaba en el trastero?

—No, claro que no —susurra.

—Quería que la encontraran, ¿verdad?

—No.

—Entonces ¿qué hacía mirando un vídeo en YouTube sobre cómo meter a una mujer en una maleta?

—Eso lo vi después..., después de que la encontraran.

—¿Por qué publicó eso, Lizzie? Es un poco raro.

—No lo sé —murmura al fin.

—¿Sabe lo que creo? Creo que el asesinato de su hermana le ha afectado mucho y necesita hablar de ello. Y encontró a gente afín a usted y se dejó llevar por la tragedia, por la efervescencia. Y, además, eso la ha convertido en el centro de atención. Lo que quiero decir es que es perfectamente comprensible. —Añade, suavizando la voz—: Tal vez sus padres no lo entiendan, pero yo sí.

Lizzie se sorprende a sí misma asintiendo en silencio mientras la inspectora le habla con voz baja y tranquila.

—Sabemos que usted y su hermana no siempre se llevaban bien.

—Eso no es cierto.

—Sam nos lo dijo —replica la inspectora.

—¿Qué? ¿Qué dijo?

—Dijo que a veces usted parecía odiarla, y que para Bryden eso era un problema y no sabía bien cómo manejarlo.

—Eso no es verdad. Las hermanas se pelean a veces, nada más.

—¿Había tenido alguna discusión reciente con su hermana?

—¡No!

—¿Estaba celosa de ella, Lizzie? ¿De su apartamento de lujo, de su apuesto marido y su adorable hija? —Le clava la mirada y, a continuación, sugiere lo impensable—: ¿O acaso mató a su hermana para tener algo de que hablar en internet? ¿Es eso lo que ocurrió?

Donna no deja de dar vueltas por el apartamento, nerviosa, hasta que Lizzie regresa al fin. Cuando oye abrirse la puerta, pega un respingo, como si hubiese oído un disparo. Observa cómo su hija menor suelta el bolso y las llaves y se adentra en el salón. Parece de cristal, como si fuese a romperse de un momento a otro.

—¿Qué pasa, Lizzie? —pregunta. Mira de reojo a su marido, pero él no aparta los ojos de su hija, preocupado.

Lizzie se deja caer en el sillón y traga saliva.

—Cariño —dice Jim—, ¿estás bien?

—No. —Los mira. Sus ojos, abiertos de par en par; el semblante, pálido—. Ahora creen que yo maté a Bryden.

Donna se queda paralizada, sin apartar la vista de su hija menor. Es como si el tiempo se hubiese detenido. Se olvida de respirar. Su mente es una tormenta perfecta, todos sus miedos se congregan en ella. No consigue hablar.

Pero su marido sí.

—¿De qué demonios estás hablando? —Su voz suena extraña.

—Estoy en..., en un grupo de Facebook —dice Lizzie, ruborizada y con la voz temblorosa—. Llevo tiempo en él. Sé que no os va a gustar: es un grupo de *true crime*. —Respira hondo y sigue—: He estado publicando sobre Bryden desde que desapareció. —Los mira—. ¡Porque quería saber qué le había pasado, nada más! Es inofensivo, y pensé que podía ser útil. —Su voz se eleva y comienza a hablar más deprisa—. ¡Pero, no sé, la inspectora Salter ha estado leyéndolo todo y ahora se le ha metido en la cabeza la idea absurda de que yo maté a Bryden!

—¿Por qué iba a pensar eso? —pregunta Jim, ahora con más contención. Donna sigue sin poder respirar.

—No lo sé.

—Pues tendrás que enseñarnos ese grupo de Facebook —dice Jim.

—No quiero.

Así que era eso, piensa Donna; se siente mareada y con ganas de vomitar. Todo este tiempo ha estado metida en el cuarto hablando sobre el asesinato de su hermana. Qué repugnante. Por fin consigue hablar:

—Lizzie, ¿por qué iba a pensar la inspectora Salter que fuiste tú?

Su hija la mira con los ojos desorbitados.

—Sam les dijo que yo odiaba a Bryden. ¡Pero vosotros sabéis que eso no es verdad! ¿Por qué dijo eso? Y ahora la inspectora cree que yo la odiaba y que la maté para poder hablar de ello en internet.

Donna contempla a su hija, horrorizada.

Jim se levanta despacio, con determinación, aunque la palidez ha borrado todo rastro de color en su cara.

—Enséñanos esa página de Facebook ahora mismo.

57

Derek entra con sigilo en la casa; ya es de noche y no hay ninguna luz encendida. Se pregunta dónde estará su mujer.

Cuando va a dirigirse a la cocina, oye su voz a su espalda.

—Hola.

Se gira de golpe.

—Me has asustado —dice. Por fin la ve, acurrucada en el sofá. Su portátil está cerrado sobre la mesa de centro—. ¿Qué haces ahí sentada, a oscuras? —pregunta y enciende una lámpara. Está un poco inquieto. Ella, en cambio, parece tan calmada, observándolo con sus ojos verdes y enormes. Derek se sienta en un sillón—. ¿Vas a contármelo de una vez?

—¿El qué?

—Lo que te preocupa tanto. —Suspira, cansado—. Alice, soy experto en ciberseguridad. Empecé como *hacker*, sé cómo averiguar cosas. Me he pasado toda la tarde investigándote.

—¿Y qué has encontrado?

Suena más nerviosa que enfadada, piensa.

—Nada.

Derek se queda callado, esperando.

—Maté a un hombre —dice ella al fin y mira hacia la oscuridad—. Eso es lo que he estado ocultándote.

—¿Por qué no me lo has dicho antes?

—No lo sé. —Respira hondo y comienza a contar—: Yo tenía dieciséis años. Iba de camino a casa, después de clase, cuando un hombre me agarró, me tapó la boca y me llevó a rastras a un barranco que había cerca. Era repugnante. No dejaba de jadear y babear. Quería intimidarme.

Entonces lo mira.

—Pero no tuve miedo, no me quedé paralizada. No me comporté en absoluto como él creía que me iba a comportar. Intentó arrancarme la ropa y yo agarré una piedra y le di en la cabeza. Eso lo detuvo. Y entonces me di cuenta de que estaba muerto.

—De acuerdo —dice él con calma, esperando a que siga.

—Por un momento pensé en hacer como si no hubiera pasado nada, pero alguien me vio salir del barranco. Alguien que me conocía y sabía que era yo. Así que me puse a pegar gritos, pidiendo que llamaran a la policía, llorando como una loca, todo el numerito.

—¿Y qué pasó después?

—Me arrestaron. Mis padres estaban horrorizados, creían que iban a acusarme de asesinato. Pero la policía se dio cuenta de que fue en defensa propia y decidió no imputarme.

—¿Dónde ocurrió eso? —pregunta Derek.

—En Connecticut. Era menor de edad, así que mi nombre no salió en la prensa.

Derek no está seguro de adónde quiere llegar.

—Entonces ¿qué es lo que te preocupa?

—Los asesinatos no prescriben —responde.

—Pero nadie va a venir a por ti ahora.

—Salter cree que pude haber matado a Bryden. No quiero que empiece a escarbar.

—Aunque lo descubra, ¿qué va a hacer? No llegaron a acusarte, ¡fue en defensa propia! Y ya no puede sacarlo a la luz porque eras menor de edad en ese momento.

Alice se encoge de hombros.

—Nadie sabe lo que esa mujer es capaz de hacer.

—Alice, ella no es como nosotros —dice Derek—. Ella se atiene a las reglas establecidas, no tienes nada de que preocuparte.

Pero nota que su mujer le oculta algo más. Como quiere que lo suelte todo, decide confesarle algo también a ella.

—Alice, hay una cosa que quiero contarte.

Ella lo mira tensa.

—Tranquila. —Hace una pausa y continúa—: Llevo tiempo con una especie de negocio paralelo.

—¿Un negocio paralelo?

—Digamos que no es del todo legal.

—Ajá.

—Tengo un grupo muy selecto de clientes extraoficiales que me pagan muy bien por mis habilidades informáticas. —Hace una pausa—. En realidad, cuantos menos detalles sepas, mejor.

—Está bien.

Alice parece aceptarlo sin problemas. Confía en él.

—¿Te gustaría ser obscenamente rica? —le pregunta Derek.

—Sabes que me encantaría —responde ella con una sonrisa. Y añade, pensativa—: Supongo que no quieres que nadie se entere de eso.

—Obviamente.

—Y menos la zorra de Salter.

Se miran a los ojos.

—Y menos ella, claro.

Alice tiene insomnio. Mira de reojo a Derek, que duerme profundamente. Él no le da tantas vueltas a las cosas. Se pregunta cuánto habría tardado en contarle lo del negocio ilegal de cibercrimen de no ser por esta crisis... De no ser por Bryden Frost.

Ha estado toda la tarde buceando en internet, tratando de localizar a Susan Cleeve, su antigua mejor amiga de Connecticut. Porque Susan podría causarle problemas en este momento. Casi todo el mundo tiene un perfil en alguna red social. Alice no, pero ella no es como los demás: evita deliberadamente las redes. Pensaba que, como Susan era mucho más convencional, daría con ella, pero no ha habido manera. Tal vez se casó y cambió de apellido.

Espera que esté muerta. O que se haya mudado al extranjero. Derek podría encontrarla o averiguar qué fue de ella, pero no quiere pedirle ese favor.

Recuerda aquel día en el barranco como si fuese ayer.

Y lo que ocurrió no fue lo mismo que le ha contado a su marido.

58

El tipo del barranco no jadeaba, ni babeaba, ni era repugnante. Era un hombre mayor con el que llevaba acostándose tres meses. Tampoco le tapó la boca para que no gritase, ni la llevó a rastras al barranco, pero, a estas alturas, ha contado esta versión tantas veces que se la ha terminado creyendo.

Fue muy convincente cuando habló con los inspectores. Interpretó a la perfección el papel de víctima impotente y aterrada. Se sintió bastante orgullosa de eso. Le hizo darse cuenta de que era capaz de conseguir que la gente se creyese prácticamente cualquier cosa.

No, él no la arrastró al barranco. Ya la estaba esperando allí, porque era el sitio que había propuesto para verse. Estaba cansada de él: era tan soso, tan previsible.

Al principio todo le parecía excitante porque era mucho mayor que ella. Y a ojos de él, ella encarnaba una suerte de tentación prohibida. Los chicos de su edad, o un poco mayores, no se atrevían ni a dirigirle la palabra. Pero él no se dejaba intimidar, y eso le gustaba. Viéndolo ahora, no cabe duda de que era un tío repulsivo; si no, no se explica que se acostase con una chica de su edad. Aunque, eso sí, antes se aseguró de que hubiese cumplido los dieciséis, la edad de consentimiento sexual en Connecticut. Estaba casado y, según él, ya corría bastantes riesgos.

Todo era muy emocionante: los encuentros secretos, intentar que sus padres no se enterasen, llevar una vida oculta de la que no sabían nada. Era un subidón de adrenalina tras otro. Para sus padres, ella era una simple estudiante de décimo curso que sacaba todo sobresaliente, no tenían ni la menor idea. Pero aquella euforia no duró mucho. Le gustaba la doble vida, sí, pero él empezó a resultarle tan aburrido, tan convencional. Tener que organizar citas clandestinas para ese hombre, que era más soso que la comida de hospital, dejó de tener gracia. Así que se dijo: «Hasta aquí».

Puso fin a la relación, pero él no lo aceptaba. Y cuando ella dejó de responder a sus mensajes, empezó a llamarla a casa, al fijo. Le decía que la quería, que no podía vivir sin ella. Que iba a dejar a su mujer para que pudieran estar juntos. Se mostraba tan trastornado que no le quedó más remedio que cortar por lo sano.

—Rich —le dijo con frialdad la penúltima vez que lo vio—, no te quiero. Y, en el fondo, tú tampoco a mí. Es a tu mujer a quien quieres. Vuelve con ella y déjame en paz de una puta vez.

—Lo dices de boquilla —protestó él—, pero no lo sientes.

Siguió acosándola, estaba desesperado, completamente fuera de sí. Así que decidió quedar con él en el barranco.

Y, cuando él le dio la espalda, le partió la cabeza con una piedra afilada.

Podría haberse detenido ahí, pero lo golpeó otra vez, y otra más. Siguió hasta asegurarse de que estuviera muerto, y entonces salió a la carretera, donde alguien la vio, y se puso a gritar como una histérica.

Lo que vino después fue agotador. Tuvo que narrar lo sucedido a la policía un millón de veces. Siempre mantenía el mismo relato, sin contradicciones. Pero había tres aspectos preocupantes. Primero, el exceso de violencia: los inspectores no dejaban de repetir que el primer golpe había bastado para matarlo. Y era cierto que se desplomó en el suelo como un saco de arena. Le preguntaron en numerosas ocasiones por qué le golpeó dos veces más en vez de huir cuando tuvo ocasión. En segundo lugar, el hombre, Richard Dunbar, era un empresario respetable, sin antecedentes de agresión a mujeres. Y, por último, su mejor amiga, Susan Cleeve, sabía que estaba viendo a un hombre mayor en secreto. Incluso le había descrito vagamente al tipo. Y, en cierta ocasión, hablando con ella, le soltó el nombre de pila: Rich. Así que le vendió a Susan la versión oficial: que él la había arrastrado hasta el barranco cuando ella quiso dejarlo, que la había amenazado con matarla, y que ella se vio obligada a defenderse. Susan, convencida, juró no contar nada de su aventura.

Su amiga podría seguir por ahí, en cualquier sitio, y esa idea la inquieta. ¿Y si ve las noticias sobre Bryden Frost y su madre? A Alice no le gustan los cabos sueltos. Pero le caía bien Susan, no le apetece deshacerse de ella. Tampoco piensa recurrir a Derek para localizarla porque no está dispuesta a confesarle que le partió la cabeza a su amante cuando se cansó de él.

Lo que quiere es que la inspectora Salter encuentre ya a algún culpable y deje de husmear en su vida y en la de Derek. De no ser así, es posible que tenga que ponerse creativa.

Jayne llega a casa, el domingo por la noche, completamente agotada. Lo único que quiere es ponerse el pijama e irse directa a la cama.

En el dormitorio, mientras se desviste, tiene la extraña sensación de que algo no está del todo bien. Mira a su alrededor, pero no ve nada concreto que pueda señalar. Llama a Michael por teléfono para desearle buenas noches.

—Ay, te he despertado. Perdona, solo quería oír tu voz —dice.

—No pasa nada. Me alegro de que me hayas llamado —asegura él.

Mientras habla, Jayne da vueltas en pijama por el apartamento. Está en la cocina, echando un vistazo. Hay algo raro, pero no logra determinar qué. Hace una pausa en la conversación.

—¿Estás bien? —pregunta Michael.

—Sí, estoy bien —responde ella, algo alterada.

Recorre rápidamente con la mirada el resto de la cocina. De nuevo le sobreviene esa sensación, ese cosquilleo en la nuca. El instinto, según dijo Michael. Una alerta de peligro al servicio de la supervivencia. Regresa al dormitorio y abre los cajones. No sabría decir si hay algo diferente. Pero los libros de la mesilla... ¿no estaban apilados? Ahora están uno al lado del otro.

—¿Qué haces? —pregunta Michael al otro lado de la línea—. Suena como si estuvieras limpiando o algo así.

Jayne está en el baño, abriendo el botiquín. Entonces lo sabe con certeza: alguien ha cambiado las cosas de sitio, no tiene ninguna duda.

—Michael, creo que han entrado en mi apartamento.

59

Lunes por la mañana.

—Parece que has dormido poco esta noche —le dice Kilgour a Jayne nada más verla.

La inspectora pone cara de agotamiento.

—Poco no: nada —admite; luego, en voz baja—: Creo que alguien entró ayer en mi apartamento.

—¿Lo dices en serio?

—No faltaba nada. Pero... algunas cosas no estaban en su sitio. —Suspira, exhausta—. El pobre Michael, que estaba ya acostado, tuvo que venir. —Mira a Kilgour—. Hoy me van a cambiar el bombín de la puerta, y también me van a instalar una cámara.

—Buena idea.

Jayne finge que la intrusión no la ha afectado, pero en realidad la ha dejado muy alterada. Nunca le había pasado nada igual y no puede evitar preguntarse: ¿por qué ahora? ¿Estará relacionado con el caso? Piensa en Alice, en la frialdad de sus ojos, y recuerda lo que le dijo Michael: que confiase en sus instintos.

Aparta a Alice de su mente y, junto con Kilgour, se dirige a la sala de operaciones para la reunión matinal con el equipo.

—Tenemos demasiados sospechosos y, por ahora, ninguna prueba —comienza—. Estamos esperando a ver qué dice la policía científica de la ropa y la bolsa de plástico. Ojalá haya suerte. Pero si hallamos rastros de Sam Frost en la ropa, él tiene una explicación: asegura que abrazó a Bryden esa mañana. Y si aparecen sus huellas en la bolsa de plástico, puede alegar que estaba en el cajón de la cocina y que seguramente la había tocado. Por supuesto, que no encontremos nada no significa que no la matase.

»No hemos podido corroborar las coartadas de Sam Frost ni de Derek Gardner, así que ambos siguen figurando como sospechosos. Bryden pudo abrirle la puerta del garaje a cualquiera de los dos. Por lo que cualquiera de los dos pudo matarla, meterla en la maleta y salir sin que nadie lo viera. Es casi seguro que el asesino llevaba guantes. Luego tenemos a Francine Logan, la testigo que afirma haber visto a alguien con una maleta en el ascensor. La hora encaja con la secuencia de los hechos, pero no ha facilitado ninguna descripción de esa persona. Existe la misma posibilidad de que el asesino bajara por las escaleras. Ambos hombres tenían motivos.

»Alice Gardner también tiene un motivo: los celos. Carece de coartada, pero es menos probable que Bryden le abriese la puerta del garaje a alguien que no conocía ni esperaba, y sabemos que no accedió por el vestíbulo porque no aparece en las grabaciones de las cámaras de seguridad.

Seguidamente, procede a repasar sus hallazgos en el grupo de Facebook durante el fin de semana.

—Vamos a investigar a Lizzie Houser, ella tampoco tiene coartada. Quiero conocer su historial al completo: antecedentes médicos, trayectoria laboral, todo.

Paige ha estado en casa de Sam esa mañana para recoger a Clara y llevarla a la guardería. Él se lo había pedido porque no le apetecía que lo vieran por allí. Le dio la sensación de que necesitaba espacio, así que dejó a Clara en Dandylion y ahora va de camino a su propio apartamento. Se ha tomado unos días de vacaciones, pero empieza a preguntarse si no será hora ya de volver al trabajo.

Mientras conduce, piensa con cierta pesadumbre en el comportamiento de Sam esta mañana. En cómo se ha desentendido por completo de la niña, dejando que ella le prepare la mochila con las cosas de la guardería. Se ha mostrado muy frío, incluso cuando Clara no estaba delante. Piensa que al menos podría ser cariñoso en privado, no tiene por qué mantener las distancias cuando están solos. Quizá debería decírselo. Podrían haber pasado un rato juntos mientras Clara estaba en la guardería. Pero ha preferido quedarse solo.

¿Será que no siente nada por ella? Con él es tan difícil saberlo, nunca habla de esas cosas. Paige se repite que debe ser paciente.

Pero que le quede claro que ella no está a su entera disposición: no va a hacer lo que le pida cada vez que él quiera, así que mejor que no se confíe tanto. Debería ser más considerado, se dice. Ella sabe cosas que podrían perjudicarlo.

Alice ha decidido no ir hoy a trabajar.

Ha estado buscando información sobre Michael Fraser, doctor en Psicología, que imparte clases en la Universidad de Albany y que, al parecer, también tiene una pequeña consulta privada. Esta tarde da una clase a las dos en una de las aulas más grandes. Decide pasarse a escuchar, podría ser divertido. Y siente curiosidad.

Llega justo cuando los estudiantes están acomodándose y

se sienta en un lateral, cerca de la primera fila. Debe de ser una clase de primero, a juzgar por la edad y el número de alumnos. Son unos críos. Cada año parecen más jóvenes.

Dirige entonces su atención al hombre del estrado. Es el mismo hombre que se acuesta con su enemiga, la inspectora Salter, el que la ve con sus provocativos conjuntos de encaje fucsia y negro. Es alto, bien parecido, atractivo, en un sentido más intelectual, cerebral. La inteligencia la atrae. Le gusta su cabello castaño, algo revuelto, y el azul intenso de sus ojos. Le agrada su sonrisa. Cuando empieza a hablar, también se siente atraída por su voz: masculina, segura, envolvente. Es un hombre sexy, y empieza a sentirse intrigada. Encima, está de suerte, la clase de hoy trata sobre psicopatología. Escucha con atención, como si estuviese hechizada. Seguro que le surgen muchas preguntas.

Le gustaría conocerlo.

Tracy tiene algo importante que hacer, así que ha vuelto a llamar para decir que está enferma. Se siente tan agitada que le tiemblan las manos. Debe controlarse o los nervios acabarán traicionándola. Conduce la corta distancia que la separa del lugar donde trabaja Kayly Medoff.

Según la información que vio en Facebook, Kayly trabaja en Garrison Insurance Brokers, empresa que cuenta con una única sede. Tracy ha aparcado frente al edificio, y ahora está de pie, a punto de entrar en él. Curiosamente, todos sus nervios se disipan de repente.

Se aparta un mechón de la cara y atraviesa las puertas. En la recepción pregunta si puede hablar con Kayly Medoff.

—¿Puedo saber de qué se trata? —pregunta la recepcionista.

—Es un asunto personal —responde ella con naturalidad.

La recepcionista hace una llamada y Tracy se queda a la espera. Una extraña sensación se apodera de ella. Se mueve y habla con absoluta normalidad, pero se siente desconectada de lo que está sucediendo.

Al cabo de unos momentos, una joven se acerca con una sonrisa titubeante.

—Hola, soy Kayly. ¿Nos conocemos?

En persona es todavía más guapa, piensa. Unos diez años más joven que ella.

—No. Pero me gustaría hablar con usted.

La joven la mira ahora con desconfianza.

—¿De qué?

—Por favor —implora Tracy—. Solo unos minutos.

—Está bien.

Kayly la conduce hasta unas butacas de cuero situadas en una esquina del recibidor, lo bastante lejos del mostrador de recepción para tener algo de privacidad. Toman asiento.

Tracy ha decidido ya cómo va a abordar la conversación.

—Fue muy valiente cuando le ocurrió aquello —empieza a decir.

Kayly entiende de inmediato a qué se refiere.

—¿A usted también la han agredido? —pregunta. Su voz y su rostro traslucen preocupación y compasión auténticas.

Tracy traga saliva y asiente.

—Todavía no he ido a la policía.

—Entiendo, es un paso muy grande —dice Kayly. Tras una pausa, añade con suavidad—: Hay grupos de apoyo a los que puede acudir. Yo fui a uno y me ayudó mucho. —Tras una pausa, su expresión cambia, la voz le tiembla—: Pero creo que nunca se llega a superar del todo. Yo estaba convencida de que el tipo iba a matarme.

Tracy sabe que es imposible que esta mujer se esté inventando lo que cuenta. Vuelve a tragar saliva y pregunta:

—¿Se arrepiente de haber acudido a la policía?

Kayly suspira hondo.

—Sí y no. Lo arrestaron, pero no llegaron a imputarlo por falta de pruebas. Yo tendría que haber ido al hospital o a la policía de inmediato, antes de ducharme. Eso es de lo que más me arrepiento. Tampoco encontraron la furgoneta en la que me violó. —Su tono se vuelve más amargo—. Pero yo sé quién fue. Al final, estuvo unos cuantos días en el calabozo y ya está. Sigue ahí fuera, totalmente libre para volver a hacerlo con otra.

Tracy respira hondo y pregunta:

—¿Pero cómo está tan segura de quién era? Llevaba una máscara, ¿no?

—Lo reconocí por la voz. Venía casi todos los días al Dunkin' Donuts donde yo trabajaba. Sé que era él. —Hace una pausa—. Y mientras le preparaba el café, siempre hacía el mismo gesto: empezaba a dar golpecitos en el mostrador con el dedo anular de la mano derecha. Y en la furgoneta hizo lo mismo. Pero eso no bastó para identificarlo, necesitaban pruebas. Evidencias. Y yo no tenía ninguna. Pero sabían que era él: en la sala de interrogatorios, lo vieron golpear el dedo en la mesa.

Tracy siente que no puede respirar. Se ahoga. Se pone de pie de golpe en un intento por contener las náuseas.

—Lo siento —consigue decir y se va corriendo.

Llega al coche, se monta, echa el seguro de las puertas. Apoya la frente sobre el volante, intentando respirar. Henry le contó que, según la mujer, lo había reconocido por la voz, y que era mentira. Pero jamás mencionó lo del golpeteo con el dedo.

Ese hábito tan molesto.

Su marido es un monstruo.

Al cabo de un rato, se endereza en el asiento. Bueno, ahora ya lo sabe.

—Francine Logan está aquí —le anuncia a Jayne uno de los agentes, asomándose a la puerta de la sala de operaciones—. Quiere hablar con usted.

—Quizá haya recordado algo —le dice Jayne a Kilgour.

La joven ya está en la sala de interrogatorios cuando entran. Jayne y Kilgour toman asiento frente a ella.

—Hola, Francine —dice Jayne—. ¿Qué la trae por aquí? ¿Ha recordado algo que quiera contarnos?

La joven asiente.

—Es sobre la maleta. Solo un detalle pequeño, pero pensé que debía decírselo.

—Está bien —responde Jayne con paciencia.

—Tenía una pegatina (bueno, restos de una pegatina) en uno de los laterales. Estaba medio borrada, pero era amarilla y roja, y me hizo pensar en España, porque Lisa y yo habíamos hablado de ir allí. Recuerdo que estaba pensando en España en el ascensor, pero se me había olvidado lo de la pegatina, no sé por qué.

Jayne lanza una mirada a Kilgour. Nadie, salvo ellos, conoce el detalle de la pegatina medio despegada, roja y amarilla, en la maleta de Sam Frost. Esa referencia basta para confirmar que Francine coincidió en el ascensor con el asesino aquel día. Siente una punzada de excitación, pero procura que no se le note.

—Francine, ¿hay algo más que pueda decirnos sobre la persona que llevaba la maleta?

—No, lo siento.

—Nos dijo que estaba mirando al suelo, tal vez se fijó en los zapatos —interviene Kilgour.

Francine niega con pesar.

—No. Estaba mirando el móvil. —De pronto se anima—.

Ah, un momento. Al salir del ascensor, le sonó el móvil… El tono era una canción que me gusta.

—¿Qué canción? —pregunta Jayne.

—El principio de *Bitter Sweet Symphony*, de The Verve. Pero no contestó, lo apagó enseguida.

Jayne se sobresalta. Ha oído ese tono de llamada hace no mucho. Cree saber quién es la persona que estaba en el ascensor aquel día con la maleta.

60

Jayne saluda a Paige, sentada frente a ella en la sala de interrogatorios. Le recuerda que está allí de manera voluntaria. Enciende la grabadora y hace un gesto a Kilgour, que está sentado a su lado, para que empiece.

—Bueno, Paige —dice él en un tono cordial—. Hace tiempo que no hablamos con usted y queríamos hacerle unas preguntas.

—Claro —responde ella, visiblemente nerviosa, alternando la mirada entre ambos inspectores.

—Nos gustaría hablar de Sam. ¿Desde cuándo lo conoce?

—Desde que empezó a salir con Bryden, hará unos seis años. Fueron muy en serio desde el principio.

—¿Y cómo describiría la relación que mantiene usted con él? —continúa Kilgour.

—Bueno, somos amigos, es obvio. Pasaba mucho tiempo con él y con Bryden. Ya saben que soy la madrina de Clara, ¿no?

—Sí. Y ahora ¿tiene usted pareja?

—No.

Jayne se inclina hacia delante.

—¿Nunca deseó tener algo más que una amistad con Sam? —Ve cómo Paige se ruboriza un poco y sabe que ha dado en el clavo—. ¿Tenían Sam y usted una aventura?

—No, por supuesto que no.

—¿Seguro que no sentía algo por él? —sugiere Jayne.

—¿Cómo? No, eso es ridículo. ¡Era el marido de mi mejor amiga!

—¿Y ahora que está libre?

—Eso es insultante, inspectora. Somos amigos, nada más.

—De acuerdo. —Jayne hace una pausa—. Tenemos información nueva.

Hace una seña a Kilgour para que le lea sus derechos. Cuando termina, Jayne le pregunta:

—¿Quiere solicitar la presencia de un abogado?

Paige se revuelve en la silla.

—No necesito ningún abogado —dice con rotundidad, pese a la lividez de su rostro.

—Tenemos una testigo —prosigue Jayne— que se montó en el ascensor del edificio de Bryden sobre la una y media, el día del asesinato. Ya había alguien dentro, con una maleta: la misma maleta en la que hallamos su cuerpo. —Paige no parece inmutarse, pero Jayne cree distinguir un destello de nerviosismo en sus ojos—. Sabemos que era usted quien estaba en el ascensor con la maleta, Paige.

Sus labios se separan con aparente incredulidad.

—¿Qué? Eso es imposible. No estuve allí ese día. Estaba en casa, enferma. La testigo se equivoca, todo el mundo sabe que los testigos oculares son poco fiables. ¡Yo no tuve nada que ver con el asesinato de Bryden!

—La testigo afirma que usted recibió una llamada en el ascensor —continúa Jayne—. El tono era el inicio de *Bitter Sweet Symphony*, de The Verve.

Kilgour pulsa un botón en su teléfono móvil. El inconfundible comienzo de la canción, proveniente del bolso de Paige, resuena en la sala.

—Quiero un abogado —dice ella, claramente afectada.

Jayne suspende el interrogatorio.

Mientras espera a su abogada, Paige aparenta serenidad, pero por dentro es un puro nervio. Todo se le está viniendo abajo. Lleva cargando con ese miedo paralizante desde el primer momento, y ahora comprende que nada de esto ha merecido la pena.

Cuando llega su abogada, una mujer de unos cuarenta años llamada Kate Dixon, pasan varios minutos hablando en privado. Luego, una vez que están preparadas, se reanuda el interrogatorio.

—Sabemos que se encontraba en el edificio ubicado en el número 100 de Constitution Drive y que entró en el ascensor con la misma maleta que contenía el cuerpo de Bryden Frost, alrededor de la una y media del martes pasado, justo a la hora en que fue asesinada —empieza a decir la inspectora Salter—. ¿Quiere contarnos qué pasó?

Paige no responde. Casi no siente su propio cuerpo.

—¿Por qué asesinó a su mejor amiga, Paige? —insiste Salter.

—¡Yo no lo hice!

—¿Porque se interponía en su camino? ¿Porque está enamorada de Sam?

Al no obtener respuesta, la inspectora se inclina un poco más sobre la mesa.

—Sabemos que era usted quien estaba en el ascensor, Paige. Es inútil que lo niegue.

Algo dentro de ella se rompe. Su sueño dorado se está desmoronando. No va a casarse con Sam ni a ser la madre de Clara. Acabarán descubriendo que aquel día salió de su apartamento, incluso la hora exacta en que salió por la puerta. Recuerda el espantoso trayecto en el ascensor con la maleta, recuerda que alguien se subió después: una joven que, pese a no apartar los ojos del móvil, sí oyó la llamada que recibió.

—Yo no la maté —dice Paige con la voz quebrada—. Fue Sam.

61

Paige rompe a llorar. Un sollozo incontenible y desgarrador. La inspectora le acerca una caja de pañuelos, que acepta mientras intenta recomponerse. Su abogada le pone una mano en la espalda para intentar calmarla.

—Continúe —la anima Salter.

De repente, Paige se acuerda de la madre de Bryden, Donna, sentada en su cocina, diciendo que Sam era un monstruo.

—Sam volvió a casa a media mañana —dice al fin—. Tuvieron una discusión y… la asfixió con una bolsa de plástico.

—¿Usted estaba allí? —pregunta la inspectora.

Paige niega con la cabeza.

—No. —Se suena la nariz y se seca los ojos—. Me llamó. Yo estaba en mi casa porque no me encontraba bien y no fui a trabajar. Me pidió que fuera al piso, me dijo que necesitaba mi ayuda.

—¿Le contó lo que había hecho?

—No. Solo dijo que necesitaba mi ayuda y que fuera lo antes posible. Sonaba muy desesperado. Le pregunté si debía llamar a emergencias y me dijo que no, que no llamara a nadie.

—¿Qué hora era?

—Poco antes de la una.

—Siga.

—Fui en coche hasta allí y, cuando llegué, me abrió y…, y vi el cuerpo de Bryden en el suelo, entre el recibidor y el salón. Creo que empecé a gritar, pero él me tapó la boca con la mano y me dijo que me callara. Le pregunté qué había pasado. Me dijo que habían tenido una discusión terrible. Que se había enterado de… lo nuestro.

—De modo que Sam y usted tenían una aventura.

—Sí —susurra Paige.

—¿Desde cuándo?

—Desde hacía varios meses. Nos veíamos cuando ella se iba de viaje por trabajo. —Levanta la vista hacia los inspectores, suplicante—. ¡Yo no sabía que él iba a matarla! Jamás se me pasó por la cabeza que algo así pudiera ocurrir. Él dijo que no había sido su intención…, que simplemente perdió el control.

—¿Y qué ocurrió después?

Paige traga saliva; es consciente de que le tiemblan las manos.

—Le dije que teníamos que llamar a la policía. Pero él dijo que no, que se pasaría en la cárcel el resto de su vida. Dijo que lo único que teníamos que hacer era sacar el cuerpo de allí, que nunca podrían probar que había sido él. Que, aunque él fuese el sospechoso principal, no podrían demostrarlo. Siempre que yo lo ayudara. Me pidió que sacara el cuerpo del apartamento.

»Al principio me negué. No podía parar de llorar, estaba histérica. Él insistía en que me callase. Fue al dormitorio y cogió una maleta. Yo me quedé allí, paralizada, mientras él le quitaba la ropa y la metía dentro. Quería que lo ayudara, pero no fui capaz de tocarla. Entonces me dijo que bajara la maleta al garaje, la metiera en mi coche y la tirase en algún sitio.

»Pero yo no quería, tenía pánico de que alguien me viera. Así que me dijo que la bajara al sótano y la dejara allí en cualquier parte, que no había cámaras. Le pregunté por qué no lo hacía él, y me contestó que, si alguien lo veía, lo reconocerían al momento y ese sería su fin. Que conmigo era distinto porque nadie se fijaría en la maleta. Era menos arriesgado.

—Bien, ¿y qué pasó después? —la apremia Salter.

—Acabé cediendo —responde abatida—. Llevaba guantes porque hacía frío. Salí con la maleta, que tenía ruedas, me metí en el ascensor y pulsé el 1B. Entonces se subió una chica, pero se bajó antes que yo, en el vestíbulo. Creo que ni me miró, pero olvidé lo de la llamada. No pensaba con claridad.

»Fui al cuarto de los trasteros. Pensaba dejar la maleta delante de la puerta, pero estaba trabada con un cartón y se podía abrir. Entonces me acordé de que había un trastero vacío al fondo: hacía poco había estado allí con Bryden, guardando ropa de la niña. Así que metí la maleta y la dejé detrás de unas cajas.

—Ha dicho que Sam la llamó para que fuera al apartamento —dice Jayne—. No hemos encontrado ninguna llamada suya en los registros del teléfono de Sam a esa hora.

—Los dos teníamos móviles desechables —responde sin dudar— para que Bryden no viera los mensajes. Después nos deshicimos de ellos.

—Entonces usted fue en coche hasta allí, ¿y Sam le abrió para que entrase por el garaje?

—Sí. Él sabía que las cámaras no funcionaban: por eso llamó al interfono y le pidió a Bryden que le abriera, para que no quedara registro de que había estado. En ese momento yo no lo sabía —señala con tristeza—. No me di cuenta de que lo tenía todo planeado hasta... hace muy poco. —Mira a los inspectores suplicante—. Yo no la maté. Lo único que hice fue bajar el cuerpo al sótano y deshacerme de la ropa.

—¿Así que también se deshizo de la ropa? —interviene Kilgour.

—Sí, Sam me pidió que me encargara porque él tenía que volver a la oficina; me dijo que ya llevaba demasiado tiempo fuera y levantaría sospechas. Me dijo que, si de verdad lo quería, le haría el favor. Y lo hice. Y me arrepentiré el resto de mi vida.

—¿Qué hizo con la ropa? —pregunta Kilgour.

—Sam la metió en la bolsa de plástico y yo me la guardé en el bolso. Luego la tiré a un contenedor.

—¿Dónde exactamente? —insiste Kilgour.

—En la parte de atrás de un edificio de apartamentos que hay en Larch Street. —Empieza a llorar de nuevo—. Todo pasó muy rápido. No podía pensar con claridad y él me hizo prometer que no se lo contaría a nadie.

—Y todo este tiempo —dice Salter— ha estado protegiendo a Sam. ¿Es consciente de que es cómplice de un asesinato?

—Cómplice *a posteriori* —precisa la abogada—. Una distinción importante.

Paige cierra los ojos con cansancio y los vuelve a abrir.

—Sé que estuvo mal. No he podido dormir ni probar bocado desde entonces. Bryden era mi mejor amiga, la echo tanto de menos. —Vuelve a mirarlos—. Entré en pánico. Hice lo que él me pidió. No quería que lo metieran en la cárcel porque pensaba que había sido un accidente, que no fue intencionado. Al fin y al cabo, ya no podía hacer nada por Bryden. —Luego añade, sollozando—: Pensé en lo que podría pasar si no lo ayudaba, en las consecuencias para Clara. Tenía miedo de que se criara sin madre ni padre.

Salter asiente, casi parece entenderla.

—Lo siento. Tendría que haber dicho la verdad —admite Paige. Luego mira a su abogada, dubitativa—. Y hay otra cosa que debo contarles.

—¿El qué? —pregunta Salter.

—Bryden no tenía una aventura con Derek Gardner ni con nadie. Me lo inventé yo.

—Por el amor de Dios —exclama Salter—. ¿Por qué?

—Para desviar la atención de Sam y de mí. Se me ocurrió en el momento, la primera vez que hablé con ustedes, cuando me preguntaron si alguno de ellos tenía una aventura. Y, no sé, se me vino Derek a la cabeza porque, cuando Bryden me contó lo del accidente, me dijo que era muy guapo —dice con pesar—. Bryden nunca le habría sido infiel a Sam.

La inspectora mira a Page fijamente. Acto seguido, la arrestan y la llevan al calabozo.

De vuelta en el despacho, Jayne le dice a Kilgour:

—Es asombroso el modo en que algunos hombres consiguen que las mujeres hagan cosas terribles por ellos. Tenemos que arrestar a Sam e interrogarlo. —Menea la cabeza—. Y pensar en la de tiempo que hemos perdido con Derek Gardner.

—Mala suerte para él —dice Kilgour—. Es lo que tiene estar en el lugar y en el momento equivocados.

Jayne reflexiona sobre eso. La mentira de Paige le trajo consecuencias nefastas, sobre todo porque tanto él como su gélida mujer parecen ocultar algo. Qué furioso debía de estar al verse señalado cuando, en realidad, no le había hecho absolutamente nada a Bryden Frost. Ni siquiera se había acostado con ella; mucho menos, matarla.

Quizá ahora logre convencer a su mujer, piensa Jayne.

Sam oye unos golpes en la puerta y le invade un pánico repentino. Nadie ha llamado al interfono. No quiere abrir, pero vuelven a llamar y no le queda otra que ponerse en pie.

Tal y como se temía, son los inspectores. Empiezan a decirle que está arrestado por el asesinato de su mujer. Le leen sus derechos, pero él apenas logra entender nada. Las esposas se cierran con un chasquido y tiene la sensación de estar viviendo la vida de otro. Esto no puede ser real.

—Quiero llamar a mi abogada —consigue decir, mientras siente que se tambalea. Con lo antipática que es, igual debería buscarse otra.

—Puede llamarla desde la comisaría —responde Salter y se lo llevan.

Cogen el ascensor, cruzan el vestíbulo y salen a la calle, donde los aguardan los empujones y los gritos de los periodistas, ansiosos por captar imágenes de él esposado, instantáneas que habrán de quedar para la posteridad.

Una lata vacía vuela entre la multitud y le impacta de lleno en la cara.

62

Hace apenas una hora, Donna recibió una llamada de la inspectora Salter: su yerno ha sido arrestado por el asesinato de su hija, y Paige Mason también está detenida.

Nada más colgar, y tras compartir la noticia con Lizzie, tuvo que ir al baño a vomitar. Se quedó sentada en el suelo frío, entre arcadas. Su querida hija había sido traicionada no solo por su marido, sino también por su mejor amiga. Al poco, Jim regresó de la tienda de la esquina. Cuando le contaron la noticia, se desplomó en el sofá, donde ha permanecido desde entonces en estado casi catatónico.

Ahora Donna va al volante del coche de Lizzie, de camino a casa de Bryden, para recoger algunas cosas de Clara antes de pasar a buscarla a la guardería. Lizzie va en el asiento del copiloto, rígida. Tiene llaves del edificio y figura en la lista de personas autorizadas para recoger a la niña.

—No me lo puedo creer —dice Lizzie de nuevo con la voz apagada—. No me creo que haya sido Sam.

Por supuesto que ha sido él, quiere decirle Donna, pero se muerde la lengua. A pesar de todo, siente alivio: después de que ella y Jim leyesen las horribles publicaciones de Lizzie en ese grupo de Facebook tan repulsivo, se instaló en ella una duda espantosa. Pensaba que su hija tenía algún tipo de enfermedad mental, y —Dios la perdone— llegó a creerla capaz de asesinar a su propia hermana. En ese momento también tuvo que ir al baño a vomitar.

Pero ahora Sam y Paige están arrestados. Donna agradece tener una respuesta al fin, dejar atrás la incertidumbre. Lizzie, en cambio, se resiste a aceptar la verdad. Donna la mira y dice:

—Cariño, Sam no es quien tú crees que es.

Aparca frente al edificio, ya que no hay nadie en el apartamento que pueda abrirles la puerta del garaje. Entran en el vestíbulo. Ya no quedan periodistas; seguramente siguieron a Sam a la comisaría cuando se lo llevaron esposado.

Mientras busca las cosas que Clara necesitará en los próximos días, Donna piensa en la abrumadora tarea que se le viene encima. Aunque su adorada Bryden esté muerta, ella tendrá que seguir adelante. Deberá soportar el dolor y el espectáculo de un juicio. Tendrá que adoptar oficialmente a su nieta y criarla, ayudarla a superar un trauma que ella misma apenas consigue soportar. Y, algún día, tendrá que contarle la terrible verdad.

También deberá lidiar con Lizzie y encontrar la forma de apoyarla. Ella y Jim tendrán que regresar a Albany, supone. No es la jubilación que había imaginado. No sabe si podrá con todo.

De pronto, se deja caer en el sofá del salón. Recorre la estancia con la mirada, horrorizada, imaginando todo lo que ocurrió allí, imaginando a Bryden, a Sam y a Paige. Siente que no puede más.

—Mamá. —Lizzie se arrodilla a su lado y le pone una mano en el hombro—. ¿Estás bien?

Ve cómo las lágrimas inundan los ojos de su hija.

—Tienes que ser fuerte, mamá. Clara te necesita. Yo te necesito. —Hace una pausa—. Y voy a ayudarte.

Donna la mira con un leve resquicio de esperanza y asiente.

—Vamos —dice Lizzie—. Yo conduzco.

Cuando salen del apartamento, las puertas del ascensor se abren con un ding y una mujer aparece con una niña de la mano. Se detiene en seco al verlas.

—Angela —dice Lizzie.

Así que esta es Angela, piensa Donna. Y Savanah. Nunca las había visto. La mujer las observa, visiblemente alterada.

—¿Te has enterado? —pregunta Lizzie.

Angela asiente.

—¿De qué, mami? —pregunta la niña y mira a su madre.

—De nada, Savanah.

Angela abre la puerta de su apartamento y hace entrar a su hija; cierra de inmediato con firmeza, como intentando poner una barrera entre ellas y el resto del mundo.

Sam está sentado frente a los inspectores, completamente alerta. Su abogada se encuentra a su lado, con el rostro marcado por la preocupación. Las cosas han cambiado: ahora está arrestado por asesinato. Y debe de haber un motivo.

La inspectora Salter comienza a decir:

—Paige nos lo ha contado todo.

Sam traga saliva. Mira a su abogada, respira hondo, cierra los ojos y los vuelve a abrir.

—Vale, sí, tengo una aventura con Paige. Acordamos no contarlo porque me haría parecer sospechoso. Pero ella no significa nada para mí, de verdad.

Se sucede una pausa antes de que la inspectora prosiga:

—Creo que no lo ha entendido. Paige nos lo ha contado *todo*. Nos ha dicho cómo mató a su mujer.

Sam casi deja de respirar.

—¿Qué? No. No, eso no es cierto. ¡Yo no maté a Bryden! ¡No entiendo por qué ha dicho eso!

—Dijo que usted la llamó para que fuera al apartamento. Y que, cuando llegó, Bryden ya estaba muerta. Le dijo que habían tenido una discusión fuerte y que la había asfixiado con una bolsa de plástico.

El rostro de la inspectora se vuelve borroso; siente de nuevo esa presión en el pecho, como si un tornillo de banco lo oprimiese.

—Le pidió que bajara la maleta con el cuerpo de Bryden al sótano —continúa Salter—. Ella no quería hacerlo, pero la convenció porque para usted era demasiado arriesgado, ya que podían reconocerlo si alguien lo veía.

Sam siente cómo se le hiela todo el cuerpo.

—¡Está mintiendo! ¡Todo eso es mentira! —grita. Ambos inspectores le lanzan una mirada pétrea—. No es verdad. ¡Yo no la maté! —Mira desesperado a su abogada, pero ella se mantiene en silencio. Incluso ella parece dudar de él.

Esto no puede estar pasando.

—Luego le pidió que se deshiciera de la ropa de Bryden —añade Salter.

—No, eso tampoco es cierto. Se lo ha inventado todo.

—¿Por qué iba a inventarse algo así? —pregunta Salter—. Paige ya no es capaz de seguir con la pantomima. Va a testificar contra usted.

Sam niega con la cabeza una y otra vez, el tornillo de banco comienza a oprimirle el pecho.

—¿Qué hizo con el móvil desechable, Sam?

—¿Qué móvil desechable? ¿De qué está hablando?

El interrogatorio continúa y Sam defiende su inocencia con uñas y dientes, pero no lo creen. Siente que todo es un sueño, que nada de lo que está sucediendo es real. Sabe que ha sido un marido lamentable. Ha maltratado a su mujer, le ha sido infiel con su mejor amiga. Y ahora lo van a acusar de haberla asesinado. Dios, no puede más. Tiene que dejar de mentir a los inspectores y contarles la verdad.

—Necesito un minuto con mi abogada —dice Sam con brusquedad.

La inspectora suspende el interrogatorio.

Lizzie mira el móvil con disimulo mientras su madre se sienta con Clara en el sofá. Han vuelto a su casa, pero no pueden hablar de lo que ha ocurrido porque la pequeña está allí, acurrucada en el regazo de la abuela. Su madre parece haberse recompuesto un poco, pero su padre no termina de asimilar los últimos acontecimientos. Los dos se llevaban muy bien con Paige.

Vuelve a echar un vistazo al móvil. El grupo de Facebook no ha parado desde que se hicieron públicos los arrestos. Ve un comentario de Brittany Clement:

> Así que han arrestado al marido Y a su mejor amiga. ¿Cómo no lo vimos venir?

> **Cynthia Rollo**
> Lo planearon entre los dos. Guau, hay que tener la sangre muy fría. Seguro que estaban liados.

> **Perro Sabueso**
> ¿Y cómo averiguaron que eran ellos? ¿Alguien lo sabe?

Lizzie no se atreve a publicar nada porque su madre no deja de mirarla de reojo. De todas formas, tampoco sabe nada nuevo. Pero siente curiosidad. Ahora que ya ha asimilado que fue Sam, le gustaría conocer los detalles.

Aparece una publicación anónima:

> Sé que todos estáis pendientes de los últimos arrestos, pero ¿os acordáis del vecino que vivía en la misma planta? A diferencia de Perro Sabueso, a mí no me da miedo revelar su nombre: se llama Henry Kemp y vive en el apartamento 811. Lo detuvieron por el secuestro y la violación de Kayly Medoff hace dos años; no llegaron a imputarlo por falta de pruebas. Pero yo sé que fue él.

> **Perro Sabueso**
> ¿Cómo lo sabes?

63

Alice oye vibrar el móvil de Derek y levanta la cabeza. Están en la cocina, preparando la cena.

—Es la inspectora Salter —dice Derek con la voz tensa. A continuación, responde—: ¿Sí?

—Señor Gardner, soy la inspectora Salter.

—Ponlo en altavoz —dice Alice.

Derek obedece.

—Ajá. ¿Qué sucede? —pregunta, mirando a su mujer.

—Quería informarle, en caso de que aún no lo sepa, de que hemos arrestado a Sam Frost y a Paige Mason por el asesinato de Bryden Frost.

Alice se queda tan sorprendida que es incapaz de hablar. Cuando se sobrepone, pregunta en voz alta, para que la inspectora la oiga:

—¿Quién es Paige Mason?

Pero Salter ignora su pregunta.

—Pensé que les gustaría saber —prosigue— que la persona que nos contó que Derek tenía una aventura con Bryden ha admitido que mintió.

Para Alice, la noticia supone una grata sorpresa. A pesar de todas las negativas y protestas de su marido, estaba segura de que había tenido una aventura con Bryden Frost. Incluso llegó a creer que la había matado.

—¿Ve? Lo que yo le decía —responde Derek a la inspectora sin dejar de mirar a su mujer—. Me dan ganas de demandarla por acoso —añade.

—Era nuestra obligación —replica Salter—. No hicimos absolutamente nada que pudiera considerarse acoso. En cualquier caso, quería trasladarle la información como muestra de deferencia hacia usted. —Y cuelga.

Alice se acerca a Derek y dice:

—¡Creo que esto merece un brindis con champán!

Siempre tienen una botella en la nevera por si surge algún motivo de celebración, y este lo es. Derek sonríe y la rodea con sus brazos.

—Te dije que casi no la conocía. ¿Me crees ahora?

—Sí. —Lo abraza y le da un beso en la boca. Luego murmura—: ¿De verdad piensas demandarlos? Quizá no sea una buena idea.

—No, es mejor mantenernos alejados de esa inspectora y de la policía.

Mientras Derek descorcha la botella, Alice piensa: asunto resuelto. Peligro esquivado. Salter los dejará por fin en paz. No va a indagar más. Una suerte para ellos. Y una suerte para la inspectora.

Paige se encuentra en una pequeña celda del sótano de la comisaría. Una habitación cerrada con una rendija en la puerta. Apenas puede ver nada. Ya la han arrestado y sabe que van a acusarla por encubrimiento de homicidio, quizá también por obstrucción, y lo más probable es que la metan en la cárcel. Aunque espera que no por mucho tiempo. Tal vez esto no llegue a suceder, porque piensa colaborar para que Sam acabe entre rejas por asesinato. Se lamenta por todo lo ocurrido, por el trágico desenlace: ha perdido a Bryden, a Sam y a Clara.

Imagina a Sam arriba, en la sala de interrogatorios, con los inspectores. Recuerda cómo la menospreció esta mañana cuando fue a buscar a Clara para llevarla a la guardería. Dio por sentado que ella iba a recogerla también por la tarde. Bueno, al final, ni ella ni él han podido recogerla. Se da cuenta, demasiado tarde, de lo poco que Sam la tenía en consideración. La ha tratado igual que a Bryden, y ni siquiera estaba casada con él.

Sam no la quiere, ahora lo ve con total claridad. Exceptuando el momento de pasión del otro día, se ha mostrado frío y distante con ella después de la muerte de Bryden. Solo piensa en sí mismo.

Se siente tan furiosa: después de todo lo que ha hecho por él, pensaba que Sam acabaría queriéndola. Metió a su mejor amiga en ese trastero para poder estar con él y asumir el rol de Bryden. Estaba convencida de que era el hombre de su vida. Ojalá lo hubiese conocido antes que Bryden. Qué injusta es la vida.

Estaba segura de que él era la persona perfecta, pero resultó ser como todos los demás: incapaz de comprometerse. Pero ¿y si el problema está en ella? ¿Y si hay algo en ella que hace que los hombres salgan corriendo?

Si es así, no tiene idea de qué podría ser.

Seis días antes

Bryden guarda el documento en el que está trabajando. Son las 12.42, hora de comer algo. De pronto oye el zumbido del interfono y se sobresalta. Alguien quiere que le abra la puerta del garaje. No espera a nadie. Con la de trabajo que tiene hoy, piensa. Y mira que se lo había dicho a todo el mundo: nada de interrupciones. Decide no responder con la esperanza de que esa persona haya marcado el número equivocado. Se levanta de la silla con la idea de ir a la cocina y prepararse un sándwich. El estómago le ruge.

El interfono suena de nuevo: no ha sido un error. Quienquiera que sea, le dará largas. Va a abrir con una mezcla de curiosidad e irritación.

—¿Quién es?

—¿Bryden? Necesito hablar contigo.

Para su sorpresa, es Paige, y parece alterada. Se queda junto al interfono, pensativa. No tiene tiempo para esto. Pero ¿qué clase de amiga sería si la despachara de esa manera? Paige sabe que hoy trabaja desde casa, no la interrumpiría de no ser algo importante.

—Claro, sube.

Aprieta el botón y la deja entrar al garaje, ahora con cierta preocupación. ¿Qué le ocurrirá? Bueno, no tardará en enterarse. Mientras espera, vuelve a la mesa del comedor y revisa el móvil por si su amiga le había enviado algún mensaje. Cuando está muy ocupada, desactiva las notificaciones. Pero no hay nada. Deja el móvil sobre la mesa.

Oye unos golpes en la puerta y va a abrir. Paige parece rara, distinta, con una tensión inusual en ella. Una leve señal de alarma se enciende en Bryden.

—Paige, ¿qué pasa?

—Es que... necesito hablar contigo. —Cierra la puerta tras de sí y se queda allí, de pie, con el abrigo puesto, mirándola fijamente.

—Paige, me estás asustando un poco. ¿Qué ha pasado?

—¿Puedes hacer café? —pregunta Paige, dejando caer el bolso al suelo.

—Claro.

—Perdona que te interrumpa, sé que tienes mucho trabajo...

—No pasa nada, para eso están las amigas. —Bryden le da un abrazo breve y se da la vuelta para ir a la cocina y preparar café. Y un sándwich para Paige. Se pregunta, inquieta, por qué no estará su amiga en el trabajo. ¿Qué tendrá que decirle?

Le falta poco para llegar a la cocina cuando oye unos pasos rápidos a sus espaldas y le sobreviene una sensación de peligro inminente. Antes de entender lo que ocurre, algo de plástico le cubre la cabeza, se adhiere a su rostro y siente cómo alguien tira de ella hacia atrás. Jadea, sorprendida y aterrada, pero no logra tomar aire. Intenta zafarse, agitando los brazos hacia atrás, pero la otra persona es más alta, más fuerte. Es Paige quien la sujeta en ese abrazo mortal. Bryden lo sabe, pero no puede asimilarlo. Mientras lucha por tomar aire, la bolsa se introduce en su boca. Puede olerla, saborearla, pero no respirar. Una presión implacable le oprime la nariz, el rostro. El agarre de su agresora la deja sin oxígeno y el pánico la consume. A su espalda, oye la respiración entrecortada de Paige.

A medida que Bryden se debilita, el tiempo parece ralentizarse y su visión se oscurece. Se pregunta por qué Paige le está haciendo eso. Sus brazos pierden fuerza, sus pies patalean por última vez. Y mientras pierde la conciencia, la imagen de su hija acude a su mente.

64

Media hora después, Jayne y Kilgour regresan a la sala de interrogatorios; Sam y su abogada están ya listos, así que vuelve a poner la grabadora en marcha.

Sam se endereza un poco y dice:

—Yo no maté a mi mujer.

Jayne espera a que le diga algo más. Tiene que haber más.

—Paige miente. Yo no estaba allí. Seguro que la mató ella y quiere que yo cargue con la culpa. —Empieza a hablar atropelladamente—. Tenía celos de Bryden, creo que estaba enamorada de mí, pero yo no sentía lo mismo. No quiero nada serio con ella, esa mujer está..., está loca, es evidente.

—Me temo que eso no nos ayuda demasiado —dice Jayne.

—Yo no estaba en el parque ese día —suelta Sam de repente.

Jayne arquea una ceja. Piensa en todas las horas invertidas tratando de confirmar su coartada.

—¿Y dónde estaba exactamente, Sam? —Espera otra mentira, el intento desesperado de un hombre desesperado.

Tras dudar un instante, confiesa:

—Tengo un problema con las drogas.

—¿Qué tipo de problema? —pregunta Jayne.

Sam mira a su abogada en busca de apoyo, y ella le hace un leve gesto de asentimiento. Él inspira hondo, exhala.

—Trabajo en inversiones y estoy sometido a mucha presión. Es muy estresante. Y sí, a veces descargaba mi rabia en Bryden, físicamente —dice y se queda callado.

—Continúe.

—Algunos de mis compañeros se meten coca de vez en cuando y todo el mundo hace la vista gorda. Yo también empecé a meterme, pero luego descubrí la oxicodona. —Suspira—. Pero cada vez necesitaba más y más, así que... empecé a machacarla y... —Su cara se enciende y Jayne advierte lo mucho que le cuesta admitirlo, la vergüenza—. Bryden no lo sabía. Paige tampoco. Ni nadie del trabajo. Si esto saliera a la luz, me despedirían. Podría perder a mi hija, por eso no dije nada. Pero ahora no me queda otra opción. ¡Yo no maté a mi mujer!

—Siga.

—Nunca consumo en casa, solo en el trabajo, para sobrellevarlo mejor. Por eso Bryden no sabía nada. A veces, durante el día, si veo que necesito calmarme un poco, un chute de confianza, llamo a mi camello. Me escapo un rato y le hago una visita.

—¿Y es eso lo que estaba haciendo cuando murió Bryden?

—Sí —dice con el gesto torcido. El dolor, la pena y la vergüenza son evidentes.

—¿Y puede probarlo? —pregunta Jayne.

—Eso espero —responde con voz temblorosa—. Después de comprar algo de comer en el *food truck*, no fui al parque. Fui a casa del camello; vive en un apartamento muy pequeño. Cuando llegué, había otro tipo que conozco. Los dos somos clientes habituales. Pero no estoy seguro de que quieran hablar.

—Hablarán —dice Jayne—. Denos ahora mismo el nombre y dirección del camello.

La tarde siguiente, Jayne y Kilgour se sientan de nuevo frente a Paige y su abogada.

—Hay novedades, Paige —dice Salter.

Paige se inclina hacia delante, expectante; parece creer que han aceptado un acuerdo para que testifique contra Sam.

—Sam tiene una coartada sólida y ha quedado eliminado de la lista de sospechosos —continúa Jayne.

Ve cómo la cara de Paige se descompone, cómo la esperanza se transforma en incredulidad.

—¿Qué? No, no la tiene. Ustedes saben que no la tiene.

—Ha cambiado su versión y su coartada actual es cien por cien sólida. —Hace una pausa—. Usted es ahora la única acusada por el asesinato de Bryden Frost.

La furia crispa el rostro de Paige. Presa de la rabia, comienza a dar gritos, se pone en pie y trata de volcar la mesa y echársela encima a los inspectores, pero está atornillada al suelo, lo que acrecienta su frustración. Kilgour se levanta para intentar sujetarla.

—¿¡Quién!? ¿Con quién estaba? —grita.

—Con su camello —responde Jayne con calma.

Observa con satisfacción cómo el asombro se apodera del rostro de la asesina.

La furia hace enmudecer a Paige. ¿Cómo puede estar pasando esto? Sam le mintió, le dijo que no tenía coartada. Y ahora ella está hundida en el fango. Siente cómo el pánico la atraviesa mientras Kilgour la obliga con brusquedad a tomar asiento.

Sabía que Bryden estaría sola en casa. Sabía que podía someterla y asfixiarla con una bolsa de plástico. Sabía que, si se ponía manga larga y guantes —y luego pasaba bien la aspiradora—, no quedaría ninguna evidencia en su contra. Cualquier cosa que pudiese aparecer en la bolsa de la aspiradora podría explicarse fácilmente, puesto que ella iba con frecuencia al apartamento. Sabía que la maleta estaba en el armario, y que Bryden cabía dentro. Lo más arriesgado era bajarla al sótano, pero no soportaba la idea de dejar el cuerpo allí y que Sam y Clara lo encontrasen. Sabía que no había cámaras. En el peor de los casos, alguien podría verla, pero llevaba una chaqueta negra con capucha que no llamaba en absoluto la atención. Además, estaba segura de que nadie sospecharía de una mujer.

Creía que Sam estaría en el trabajo. No se le pasó por la cabeza que podría ausentarse durante dos horas. Eso fue muy preocupante, el hecho de que la policía lo investigase por no tener coartada. Sobre todo porque estaban liados y no quería que ese detalle saliese a la luz. Pero ella sabía que Sam no lo había hecho y, por tanto, no encontrarían ninguna prueba física que lo incriminase. Albergaba la esperanza de construir una vida junto a él una vez que las aguas se hubiesen calmado.

Y todo por culpa de la puta policía y la puta canción de The Verve.

Sam le mintió. ¿Por qué no le contó la verdad? Ella lo creyó cuando dijo que no tenía coartada. Y, cuando descubrieron que era ella quien estaba en el ascensor con la maleta, no le quedó otra que echarle la culpa a él. Se había dado cuenta de que en realidad no sentía nada por ella. Les dijo a los inspectores que ella había ocultado el cuerpo y la ropa, y todo para nada.

Esto no puede estar pasando.

Tras una breve celebración en la comisaría, Michael lleva a Jayne a cenar. Pide vino y propone un brindis.

—Por ti, por resolver el caso.

—Ha sido un trabajo en equipo —responde ella. Entrechocan las copas y empiezan a hablar.

Jayne lo mira. Lo quiere y sabe que él la quiere a ella. Se pregunta si está preparada para un compromiso serio, a largo plazo, para el tipo de relación que él busca. ¿Es eso lo que quiere ella? ¿Matrimonio? ¿Hijos? ¿Sería capaz de compaginarlo con su trabajo? Ese trabajo que adora, pero que también la agota y la estresa y, en ocasiones, incluso la deprime. ¿Ha llegado el momento de elegir?

Se da cuenta de que todavía no ha hablado con Ginny, la patóloga forense, para tomarse esa copa que tienen pendiente.

—No te he contado —empieza a decir Michael— que ayer, en la clase de psicopatología, una mujer se me acercó y me hizo unas preguntas bastante interesantes…

—¿Como cuáles? —pregunta Jayne mientras le da un sorbo a la copa de vino.

—Por ejemplo: «¿Cómo experimenta el amor un psicópata en comparación con una persona normal?». —Hace una pausa, pensativo, y añade—: Quiere que quedemos para tomar un café.

Jayne arquea las cejas y le sonríe.

—¿Y es atractiva?

—Bueno, sí, supongo —responde Michael. Sonríe y pone su mano encima de la de Jayne—. Pero no tienes nada de que preocuparte.

Agradecimientos

Cuantos más libros escribo, mayor es el agradecimiento que siento hacia todas las personas que hacen posible que la magia de un libro cobre vida. En un mercado editorial tan saturado de novedades, tengo la fortuna de colaborar con algunos de los profesionales más destacados del sector. Aunque siempre intento escribir la mejor obra que está a mi alcance, no dejo de recibir apoyo en cada etapa del proceso: desde la edición inicial hasta la llegada del libro a las librerías y, finalmente, a las manos de los lectores.

En Estados Unidos, deseo expresar mi gratitud a Brian Tart, Pamela Dorman, Jeramie Orton, Kate Stark, Mary Stone, Jason Ramirez, Natalie Grant, Kristina Fazzalaro, Magdalena Deniz, Rachel Wainz, Raven Ross y al resto del equipo de Viking Penguin.

En el Reino Unido, mi reconocimiento va para Bill Scott-Kerr, Sarah Adams, Alison Barrow, Becky Short, Nina Lewis, Jen Porter, Tom Chicken y el extraordinario equipo de Transworld. Agradezco igualmente a Richard Ogle (Reino Unido) y a Ervin Serrano (Estados Unidos), por sus magníficos diseños de cubierta. En Canadá, mi agradecimiento es para Kristin

Cochrane, Amy Black, Bhavna Chauhan, Megan Kwan, Emma Ingram, Kaitlin Smith, Keara Campos, Val Gow, Kate Panek y el resto del equipo de Doubleday Canada. Gracias a todos.

Como siempre, deseo destacar de manera especial el trabajo de mis editores, Sarah Adams, Jeramie Orton y Bhavna Chauhan, por ayudarme a alcanzar la versión final de este libro. Gracias una vez más a Jane Cavolina, la mejor correctora que podría tener, a mi agente Helen Heller y a todo el equipo de Marsh Agency. Y, por supuesto, a Luke Speed, mi extraordinario agente para televisión y cine.

Cualquier error que pueda encontrarse en estas páginas es únicamente responsabilidad mía.

Por último, quiero dar las gracias a mi familia, y en particular a Manuel, por todo lo que haces cada día. Es una lástima que nuestro nuevo gato, Ginger, no muestre interés por la novela policiaca, pero afortunadamente Nutmeg, mi poni, siempre está ahí para escucharme.